Giuseppe Tomasi di Lampedusa

豹 一个意大利家族的时代挽歌
IL GATTOPARDO

〔意〕朱塞佩·托马西·迪·兰佩杜萨 —— 著　费慧茹 艾敏 —— 译

人民文学出版社
PEOPLE'S LITERATURE PUBLISHING HOUSE

图书在版编目（ＣＩＰ）数据

豹：一个意大利家族的时代挽歌 /（意）朱塞佩·托马西·迪·兰佩杜萨著；费慧茹，艾敏译. -- 北京：人民文学出版社，2023（2024.5重印）
ISBN 978-7-02-017755-4

Ⅰ.①豹… Ⅱ.①朱… ②费… ③艾… Ⅲ.①长篇小说－意大利－现代 Ⅳ.①I546.45

中国国家版本馆 CIP 数据核字 (2023) 第 014836 号

责任编辑	朱卫净　张晓清
装帧设计	李苗苗

出版发行	人民文学出版社
社　　址	北京市朝内大街 166 号
邮　　编	100705
印　　刷	杭州钱江彩色印务有限公司
经　　销	全国新华书店等
字　　数	174 千字
开　　本	787 毫米 ×1092 毫米　1/32
印　　张	10.375
版　　次	2023 年 4 月北京第 1 版
印　　次	2024 年 5 月第 2 次印刷
书　　号	978-7-02-017755-4
定　　价	59.00 元

如有印装质量问题，请与本社图书销售中心调换。电话：010-65233595

目 录

第一章　堂法布里契奥亲王　　　　　　　　　　1
第二章　多纳富伽塔　　　　　　　　　　　　　52
第三章　亲王的烦恼　　　　　　　　　　　　　102
第四章　多纳富伽塔之恋　　　　　　　　　　　154
第五章　彼罗内神父返乡　　　　　　　　　　　218
第六章　舞　会　　　　　　　　　　　　　　　245
第七章　亲王之死　　　　　　　　　　　　　　280
第八章　尾　声　　　　　　　　　　　　　　　296

译后记　　　　　　　　　　　　　　　　　　　324

第一章
堂法布里契奥亲王

1860 年 5 月

"求你现在和我们临终时。阿门。"①

每天的《玫瑰经》念完了。在这半个钟头里，亲王用平和的声音念诵了荣华与痛苦的奥义；与此同时，其他人的声音混杂在一起，交织成一片时高时低的喊喳声，从中可以听到个别不寻常的字眼：仁爱、贞洁、死亡。在这一片喊喊喳喳的念经声中，洛可可式②的大厅好像变了模样；平日里，墙壁的丝绸贴面上绣的鹦鹉舒展着它们那五颜六色的翅膀，此时也不敢轻举妄动了；就连那摆在两扇窗户

---

① 原文系拉丁语：Nunc et in hora mortis nostrae. Amen。
② 18 世纪盛行于欧洲的艺术风格，以华丽、繁复见称。

之间的抹大拉①也一反那俊丽的金发女子神思恍惚的常态，变成了一个忏悔的女人。

现在，念经声刚停止，一切又恢复到往常的秩序或者说毫无秩序之中。仆从们走出门去，而那条丹麦种大狗本迪科却由那扇门钻了进来。它摇摆着尾巴，因为刚才被关在门外而无精打采。女人们缓缓地站起身，她们的裙子前后轻轻摆动，使乳白色底子的瓷砖上逐渐显露出裸露的神话人物来。其中唯有安德洛墨达②仍然被还没做完额外祈祷的彼罗内神父的长袍遮掩着，使她有好一阵子望不见飞翔于海浪之上、正赶来搭救她、亲吻她的银色的帕修斯③。

天花板上画的众神又神气起来。只见云烟氤氲，半人半鱼的海神和林中仙女的行列，在覆盆子和仙客来④的簇拥下，从山峦，从海洋，一起拥向变形的孔卡多罗平原⑤，歌颂萨利纳家族的荣耀。他们显得喜气洋洋，竟然对最简单的透视原则弃而不顾。那叱咤风云的神中之王朱庇特，那双眉紧锁的战神，那惹人爱怜的维纳斯，这些高级的神，

---

① 《圣经》里的悔过的女罪人，此处系一雕像。
② 埃塞俄比亚公主。其母夸她美貌而得罪仙女，致使全国遭受海怪骚扰。安德洛墨达的父母准备把她献给海怪，以免灾祸。此处系瓷砖上的画。
③ 希腊神话中主神宙斯与阿耳戈斯国王之女达那厄所生之子。曾杀死蛇发女怪美杜莎，搭救安德洛墨达，并与之成婚。
④ 植物名称。
⑤ 巴勒莫周围的平原。

行走在品位低微的诸神之前，服服帖帖地捧着天蓝色的豹盾。他们明白，在剩下的二十三个半小时内，也就是现在，又可以在府邸里为所欲为了。壁画上的猕猴重又向白鹦鹉①做起鬼脸。

在这座巴勒莫的奥林匹斯山②下面，萨利纳家的人也匆匆走出这神秘的境界。女孩子们重整衣裙，碧蓝色的眼睛互相对视着，并且用修道院寄宿女生的俚语在交谈；一个多月了，自从4月4日"事变"那天起，为慎重起见，姑娘们就被从修道院叫回来了。至今，她们还留恋那带有华盖的寝室和救世主修道院集体宿舍的亲密情谊。男孩子们为了争夺一张圣方济各·迪·保拉③的画像，已经互相扭打起来。继承人长子保罗公爵，早就想吸烟，无奈不敢在父母面前放肆，只好边走边隔着衣袋抚摸草编的烟盒，瘦削的脸庞露出迷惘和忧郁的神色：这一天真没意思，那匹爱尔兰的枣红马古斯卡尔多，看上去精神不佳；芬妮又没有能（或者不愿意）给他送来惯常的紫色便条。对他来说，他的救世主化身成人，又有什么用呢？

---

① 原文系法语：cacatoès。
② 指巴勒莫这座府邸天花板上画的奥林匹斯山。
③ 圣方济各·迪·保拉（1416—1507），意大利卡拉布里亚人，1454年创最小兄弟会。

傲慢而又善感的王妃啪的一下把念珠丢进黑玉镶嵌的绣花提包，那双秀丽而又带有狂郁神色的眸子却睥睨着恭顺的儿女和专横的丈夫。她那娇小玲珑的身子侧向丈夫，徒然地渴望着进行爱情的征服。

亲王这时也站起身来。他那庞大而沉重的身躯行动时，连地板也跟着颤动。有一瞬间，他的浅色眼睛里闪烁出一时感觉到慑服了人与物而自鸣得意的神色。

这时，他把庞大的红皮弥撒书放在刚才念《玫瑰经》时立在自己面前的椅子上，又把方才垫膝盖用的手帕放好。他又一次瞅见那块早晨溅上的咖啡渍时，目光里微露不悦之色：它竟敢玷污他那洁白无瑕的背心。

法布里契奥亲王不算胖，只是身材高大魁梧，体格异常健壮。（在一般人家的住宅里）他的头几乎碰得到吊灯下面的水晶坠子；他的手指可以把一个杜卡托金币①像卷羊皮纸那样卷成圆锥形；在克制怒火不让发作的时候，他还常常在餐桌上把叉子和汤匙扭成一个圈，因此，为了修复这些变了形的叉子和汤匙，萨利纳府邸与金银器店之间有着频繁来往。然而，在抚摸和摆弄心爱的东西时，亲王的手指却非常轻柔。对于这一点，他的妻子马利亚·丝苔拉

---

① 威尼斯等地的古金币名。

是深有体会的。邸宅顶层亲王私人观象台里摆满了千里镜、望远镜和"彗星观察镜",上面的每一个磨得光光的螺丝、金属圈和按钮,在他轻轻的抚摸下都完好无损。

五月的夕阳徐徐落下,余晖照耀着亲王蔷薇色的皮肤和蜜黄色的茸毛;这种毛肤的颜色表明亲王母亲卡罗莉娜王妃的德意志血统。三十年前,卡罗莉娜王妃的高傲使天真的两西西里王国和外界断绝了联系。不过,亲王血液里还沸腾着日耳曼民族的其他特质:专横的性格,某种程度的思想僵化,对抽象思维的癖好。在巴勒莫社会奢侈逸乐的道德环境中,这些特质又各自变成暴戾乖张、无休无止的思想顾虑以及对亲戚朋友的蔑视。依他看来,这些亲戚朋友都在西西里蜿蜒曲折的缓流之中随波逐流。尽管白色皮肤和金发在褐色皮肤和黑发之中很引人瞩目,但是在1860年的岁月里,日耳曼民族的特征究竟还是给这个西西里贵族带来了老大的不方便。

萨利纳家族几个世纪来从没有人会把自己家里的花销加一加,也不会把自己家里的债务减一减。亲王是这个名门望族中第一个(也是最后一个)对数学发生浓厚兴趣的人;他把对数学的爱好应用到天文学上,并在这方面赢得了公众充分的认可,也从中领略到了个人惬意的乐趣。自豪感和对数学的分析,在他身上融为一体,以致他幻想天体也听从他的计算（事实上似乎确是如此），幻想他所发现的两个小行星（为了纪念他的领地和难以忘却的猎犬，他为它们起名为"萨利纳"和"斯维尔托"）在火星与木星之间浩瀚的太空中传扬萨利纳家族的声望，幻想府邸的壁画不是过分地捧场，而是预示着未来。

可怜的法布里契奥亲王一方面受到母亲的自豪和理性主义的影响，另一方面又继承了父亲的情欲和轻率。他生活在朱庇特的怒视之下，经常感到忿忿不满，眼看着自己这个阶层的没落、家产的毁灭而无能为力，更没有进行补救的愿望。

《玫瑰经》和晚餐之间的半个小时，是一天中最少惹人生气的时刻，此时他正在预先享受这段并不十分可靠的平静。

亲王走下通往花园的几级台阶。本迪科兴致勃勃地跑在他前面。花园三面环墙，一面傍着府邸，幽深的环境使花园看上去像个公墓，几座平行的山丘限制了灌溉小渠的范围。它们特别引人注目，好像一些由大块冰雹堆成的坟头。草木杂乱无章地丛生在红色黏土上，到处是盛开的鲜花。香桃木的篱笆与其说是拦出了路，毋宁说是挡住了道。花园尽头有一座布满黄黑色地衣的花神雕像，它无可奈何地施展着古老的魅力。花园的每边都有两条长椅，上面有一些卷曲的刻花靠垫，都是灰色大理石所雕成。花园一角有一棵金合欢树，黄色花朵洋溢着一种不合时宜的欢快情调。从每块泥土里似乎都抒发出一种美的渴望，但怠惰很快又使它缩了回去。

虽说花园因受到这些屏障的限制而显得窄小，但它到处散发出浓郁而肉感的、略带霉味的芳香，就像某些女圣徒的尸骨分泌出来的液香味一样。康乃馨辛辣的香味压过了玫瑰高雅的芬芳和各个角落里开满枝头的玉兰花的幽香。再深深地闻一下，就会嗅出薄荷的清香，夹杂着金合欢花无邪的香味以及香桃木甜蜜的芳香。初绽的橘花从墙外的橘园散发出新婚洞房特有的香气。

可以说，这是一座为盲人而设的花园，因为视觉常常受到妨碍，但是嗅觉可以在这儿享受到浓厚的、并不清雅的乐趣。亲王本人从巴黎买来的保尔·尼隆玫瑰早已退化；西西里土壤强烈而又懒散的水分起初使它猛长，后来又使它精疲力竭。在可怕的六月阳光的暴晒下，它已经变成一种淫荡的、肉色的类似卷心菜的东西，但是能散发出一种浓烈的、几乎令人讨厌的、任何一个养花的法国人都不敢想象的香味。亲王把一朵玫瑰花放在鼻子底下，好像在闻歌剧院芭蕾舞女演员的大腿似的。他把花凑近本迪科的鼻子；这条丹麦种大狗厌恶地向后直退，赶忙到粪肥和死蜥蝎那里去寻找更有益于健康的感觉去了。

然而，香气扑鼻的花园使亲王联想到一件令人心情沉重的事情："现在芳香满园，可是一个月以前……"

他回忆起一股似甜非甜的怪味，全府上下闻到这种怪味都作呕不已，后来才寻出根由：轻步兵五营的一名年轻士兵在圣洛伦佐同造反队伍搏斗时受了伤，孤零零地跑到花园里，死在一棵柠檬树下。人们发现他的尸体俯卧在茂密的三叶草丛中，脸浸在血泊和呕吐物里，手指甲深深地抠进泥土，浑身爬满大蚂蚁；斜挂的皮背带下紫色的肠子形成了一个小水潭。管家罗斯发现了这具腐烂的尸体，把他翻过身来，用自己的红手帕盖上他的脸，用一根树枝把五脏塞进腹部的裂口，又用蓝色大衣的后襟遮住伤口。他恶心得不断地吐唾沫，虽然不是吐在尸体上面，可离尸体也不远。罗斯把这一切做得很有经验也很小心。他说："这些坏家伙就是死了，臭味也不散。"这就是他对这名惨死的士兵所做的唯一的悼词。

当死者的战友茫然地把他抬走后（天哪，他们抓住死者的肩膀，一直把他拖到大车旁，以致把这具木偶似的尸体的五脏又全都折腾出来了），晚上念的《玫瑰经》又增加了个"由深渊呼主吟"①，以便使死者灵魂安息；以后就没

---

① 原文系拉丁语：De Profundis。

人再提起他了，家里女人们的心也平静了下来。

亲王走过去刮掉花神脚边的一些地衣，而后就信步闲荡起来。夕阳把他高大的身影投在毫无生气的花坛上。

的确，关于那个死去的士兵，没有人再提起了；归根结底，士兵之所以是士兵，就是因为他们要为保卫国王而死。但是，在亲王的记忆里，经常出现那个破了肚子的尸首的形象，好像只有把士兵的死解释为一般的必然现象才能使亲王平静。其他的幽灵也出现在他的周围，但都没有死去的士兵那样有吸引力。为某人或某事而死是理所当然的，好吧，但是有必要弄清楚一个人是否明白为谁或为什么而死；那张变了形的脸庞问的就是这个，这就叫人糊涂了。

"亲爱的法布里契奥，他是为国王而死的，这很明确。"如果亲王问他的内弟马尔维卡，马尔维卡一定会这样回答，这个马尔维卡是个人云亦云的典型，"为了国王，因为他代表秩序、世系、体面、权利、荣耀；为了国王，因为只有他保护教会，只有他才能阻止财产的崩溃，而这正是秘密社团所要达到的最后目的。"这些话说得多好，正与亲王内心根深蒂固的思想一拍即合，但是也不尽然。为了国王，就算是这样。亲王很了解国王，至少很了解那个刚逝世的国王；当前的这个只是穿上将军制服的神学院学生。他确实没有什么了不起。"话不能这么说,法布里契奥,"马尔维卡反驳道,"个别君主可能并不称职,但是君主制的思想不能改变。"

这话也有道理;然而代表一种思想的国王不应该也不能够世世代代低于某种水平;否则,亲爱的内弟,他们所代表的思想本身也要跟着遭殃。

亲王一动不动地坐在长椅上,出神地看着本迪科肆意破坏花坛;本迪科有时把无辜的眼睛转向他,好像要求他称赞它的劳动成果:十四棵康乃馨七零八落,一半篱笆东倒西歪,一条小渠堵塞了。亲王可真像个通情达理的人,"好了,本迪科,到这儿来。"大狗跑过来,把沾满泥土的爪子放在亲王手上,急于向他表示它已经原谅亲王毫无道理地打断了它的好事。

在卡塞塔①,卡波迪蒙特②,波蒂齐③,那波利,或更为遥远的其他地方,斐迪南④曾多次召见过亲王。

亲王在腋下夹着尖角帽的王室内侍旁边走着,内侍同他聊着天,嘴里讲着那波利最放肆的粗鲁话。他们穿过建

---

① 意大利坎帕尼亚区的一个城市。
② 那波利(即那不勒斯)的一个区。
③ 那波利附近一个小城。
④ 斐迪南二世(1810—1859),1831年继承王位,为两西西里王国国王。

筑华丽而陈设俗不可耐（正像波旁王朝一样）的一间间大厅，走进肮脏的走廊，登上摇摇欲坠的楼梯，最后来到了候见厅。已经有许多人等在那里：面孔紧绷的密探，满脸贪婪的求见者。内侍连声道歉，才在人群中打开一条路，终于把亲王带到为朝廷官员专设的候见室：一间查理三世①时期的蓝银色的房间。过了一会儿，一个侍从轻叩房门，是晋见国王的时候了。

国王的私人书斋不但窄小，而且故意装饰得很简单：粉刷一新的白墙上挂着法兰西斯一世②和当今王后的肖像，肖像面带讥讽和愠色；壁炉的上方挂着安德烈亚·德尔·萨尔托③所画的圣母像，周围是三级神品的圣徒和那波利教堂的彩色石印画，圣母似乎为受到这些东西的包围而感到惊讶；托架上有一个童年耶稣蜡像，像前点着一支蜡烛；在简朴的写字台上堆放着白色的、黄色的、蓝色的卷宗：王国所有行政事务的公文都到了最后的阶段，即呈报国王签署的阶段。

国王就在这堆屏障似的乱纸后面。他已经站立在那里，

---

① 1734年登基为两西西里王国国王，1759年成为西班牙国王，遂把两西西里王国传给第三子。
② 法兰西斯一世（1777—1830），两西西里王国斐迪南一世之子，于1825年继承王位。
③ 萨尔托（1486—1530），佛罗伦萨画家。

免得叫人看见他临时起立；他那苍白、宽阔的脸上长着金黄色的颊髯，身上穿着一件粗呢军上衣，下身是一条笔挺的紫色裤子。他向前走出一步，斜伸着右手让亲王行吻手礼，随后又做出拒绝的样子。

"噢，萨利纳，看到你真高兴。"国王的那波利口音远远超过了那个内侍，更加饶有趣味。

"请国王陛下原谅我没穿朝服；我仅仅是路过那波利，真不愿意错过这个机会，来向陛下表示敬意。"

"萨利纳，你说到哪儿去啦；你知道，你在卡塞塔就像在你自己家里一样……是的，就像在你自己家里一样。"国王又重复了一句，在写字台后面坐下，随后示意亲王也坐下，"姑娘们在做什么呢？"亲王明白这个时节讲话要含糊得使放纵与虔诚兼而有之。

"姑娘们？陛下，我这把年纪，再加上神圣的婚姻约束？"国王咧着嘴笑了，而双手却一本正经地在整理桌上的卷宗，"我说的不是那个，萨利纳。我问的是你的女儿们、小公主们。我们可爱的贡切达，她现在大概已经长大成人，出落成千金小姐了吧。"

话题从家庭又转到科学："萨利纳，你不仅自己出了风头，也为整个王国争得了荣耀！科学是伟大的事业，只要它不攻击宗教就行！"不过，到后来，朋友的面具被搁置一旁，他又换上君主的严峻面孔，"告诉我，萨利纳，在西西里大家对卡斯泰尔齐卡拉有什么议论？"

对来自王室及来自自由党方面互相攻击的坏话，萨利纳都有些耳闻，但他不愿出卖朋友，于是采取回避态度，笼统地谈了几句："正人君子，光荣地负过伤，也许担任总督的职务年纪稍大了一些。"

国王脸色沉了下来；萨利纳不愿告密，因此对他毫无用处。国王将手放在桌上，准备把亲王打发走。"我很忙，整个王国的重担都压在我的肩上。"又是该说点甜言蜜语的时候了，友好的面具立刻从抽屉里钻了出来，"萨利纳，下次再经过那波利时，把贡切达带来给王后看看。我知道贡切达还年轻，召她进宫为时尚早，但吃一顿私人便饭不至于有什么问题吧。就像人们常说的那样，通心粉加上美丽的姑娘。再见，萨利纳，多保重。"

可是另一次召见结束得很糟糕。亲王已经是第二次倒退着躬身告辞了，这时国王却把他叫住："萨利纳，我还有话问你。有人对我说，你的那个宝贝外甥法尔科内里在巴勒莫和不三不四的人厮混……你为什么不好好管教他？"

"陛下，可是唐克雷迪只想着女人和纸牌。"

国王不耐烦起来："萨利纳，萨利纳，你说些什么呀！

你是监护人,你有责任,叫他好好做人。再见。"

亲王又穿过一连串华丽而庸俗的大厅,去到王后的名册上签字。他感到气馁。国王粗俗的亲热和密探似的奸笑使他心头受到压抑。他的那些朋友真有本事,他们可以把国王的亲热看成友好,把威胁视为国王的权威。然而,亲王做不到这点。当他又一次跟那个无可非议的内侍闲谈时,他心中寻思,将来是谁继承这个已经呈现出灭亡迹象的王国呢?难道是那个皮埃蒙特人①,那个所谓的正人君子?他在他那个遥远的、小小的首都已经闹得天翻地覆。如果真是那样,那和现在还不是一样吗?只不过那波利口音换成都灵口音罢了。仅此而已。

他来到签名处签了名:法布里契奥·科尔贝拉·萨利纳亲王。

要不然是堂佩皮诺·马志尼②的共和国?"谢谢。那我就变成科尔贝拉先生啦。"

回来的路上,马长时间的疾走没有使他平静下来。跟科拉·达诺洛的幽会甚至也没能使他感到欣慰。

事情既已如此,有什么办法呢?抓住现有的,不要在黑暗中蹦跳?那么需要猛然的砰砰几声枪响,就像巴勒莫

---

① 此处系指维托里奥·埃马努埃莱,当时为撒丁王国国王。
② 即朱塞佩·马志尼(1805—1872),意大利共和运动领袖。

一个阴沉的广场上震耳欲聋的枪响一样？那有什么用呢？"砰，砰，也无济于事！对吧，本迪科？"

"叮，叮，叮。"铃声响了，是吃晚饭的时候了。本迪科垂涎三尺地向它的美餐跑去。"活像个皮埃蒙特人！"萨利纳这样想着，走上楼去。

萨利纳家中的晚餐很讲排场，虽然也略有不足之处。它是同两西西里王国的风格相称的。同桌的人共有十四位（包括主人、子女、管家和家庭教师），这就说明了晚餐规模之盛。穆拉诺①出产的吊灯下面，临时挂上了一盏巨大的卡索灯②，餐桌上铺着一块极精致但是织补过的桌布，在耀眼的灯光下，显得闪闪发亮。从窗户射进的光线虽然还很充足，但是门楣上方仿照浮雕绘制的以黑色做底子的白色人像已经不大清楚。摆在餐桌上的银器都是沉甸甸的；波希米亚出产的玻璃杯闪闪发光，在杯子的许多刻面中间镶有一圆形饰物，上面刻着两个拉丁文缩写字母 F.D.③，说明这是王家的恩赐。每一只盘子上都刻有显贵的缩写字母，但这些盘子都已经不成套了，它们是洗餐具的人随意糟蹋下的幸存者。最大的盘子是卡波迪蒙特制造的佳品，杏仁

---

① 威尼斯附近的小城，以生产料器、水晶制品闻名。
② 法国人卡索发明的一种油灯。
③ 意即：斐迪南赠。

绿的宽边上饰有金色船锚的图案。那是专给亲王使用的，因为他喜欢按身份配备身边的一切器物，但妻子除外。

他走进餐厅时，众人已经聚集在那里，各自站在自己的椅子后面，唯独王妃一人坐着。亲王席前摆着一只银色鼓肚的大汤盆，盆盖的顶端有一只栩栩如生的跳舞姿态的猎豹，旁边放着一排盘子。亲王亲自给大家盛汤；这是一桩愉快的劳动，是家长分配食物的象征。这天，只听见羹匙碰得汤盆叮当作响。这种情况可是好久没有出现过了，说明亲王正压着怒火没有发作。四十年后尚存的他的一个儿子还说，这种响声最令人胆战心惊。原来亲王发现十六岁的弗朗切斯科·保罗还没入席。不一会儿，保罗进来了（"请原谅我，爸爸。"），坐了下来。他居然没受责备，然而多少起着点儿牧群之犬作用的彼罗内神父低下了头，早已在求上帝保佑了。炸弹并没有爆炸，可是它飞过时带来的那股风把整张餐桌搞得死气沉沉，照样把晚餐给破坏了。大家默默无语地吃着饭，亲王眯缝着淡蓝色的眼睛，把子女们逐个地审视了一番，这下子可把孩子们吓得更加不敢出声了。

可是谁知道亲王在想："多么可爱的一家子啊！"女儿们体态丰盈、健美，长着俏皮的酒窝，前额与鼻子之间有一道细纹，这是萨利纳家祖传下来的标志。男孩们则身材颀长、体格健壮，脸上带着时髦的忧郁，手拿刀叉时既小心又有力。他们中的一个已有两年不在家了，那就是次子乔万尼，最受宠爱然而性格最乖僻的一个。一天，他突然从家里消失，两个月杳无音信。直到后来，他才从伦敦寄来一封措词恭敬但冷冰冰的书信，信中对他所引起的不安请求原谅，并禀告身体健康。奇怪的是他说宁愿在一家煤栈当职员过日子，而不愿在巴勒莫的安乐窝过那种"过于精心照顾"（应该理解为"束缚"）的生活。对那个流落在信奉异端之邦、浪迹于烟雾弥漫之城的骄子的思念和忧虑，无情地折磨着亲王那颗痛苦的心。他变得更加悒悒不乐。

亲王心情不悦，于是坐在他身旁的王妃伸出孩子般的小手，爱抚着亲王那只放在桌布上的大手。这个突如其来的动作却勾起了亲王一系列的情感，然而被激起的并不是对激起者产生的情欲，而是由于被人怜悯感到的恼怒。马利亚尼娜脑袋埋在枕头里的模样在亲王眼前一闪而过。他干巴巴地提高嗓门就喊"多米尼哥"。他对这个仆人说："去叫堂安东尼奥给马车套上枣红马，晚饭后我要立即去巴勒莫。"当他看到妻子的眼睛黯然失色时，才对刚作出的安排追悔莫及。可是话既已出口，也就不好收回，只得坚持到底，而且在嘲弄之中又加上冷酷："彼罗内神父，您跟我一起去，咱们十一点就回来；您可以在修道会和您的朋友们待两个小时。"

晚上去巴勒莫，况且又在乱世之际，除非是为了一桩低级的风流艳事，显然是不可能有其他的目的。再带上家庭教士做伴，这更是一种侮辱性的专横，起码彼罗内神父是这样认为。他感到委屈，但当然只好照办。

最后一颗枇杷刚咽下去，就已经听见通往大门的道路上车轮滚滚。大厅里，一个仆人把大礼帽递给亲王，又把三角帽递给神父。这时，王妃眼含热泪，进行了最后的、也是无济于事的规劝："可是，法布里契奥，这种年头……街上兵荒马乱……会出事的。"

他似笑非笑地说："无稽之谈，丝苔拉，无稽之谈，你说会出什么事，大伙都认识我，一卡那①高的男子汉在巴勒莫没几个。再见。"他匆匆地吻了一下只齐到他下巴高的王妃那依然平滑的额头。然而，王妃皮肤的气息唤起他温柔的回忆，身后彼罗内神父苦修者的脚步声又使他想起虔诚的告诫，所以当他来到马车跟前，确实又一次想取消此次旅行。就在这个时刻，正当他要开口说回马厩去，突然楼上的窗子里传来一声疾呼："法布里契奥，我的法布里契

---

① 意大利长度单位，约合 2 米至 2.6 米。

奥啊！"继而便是一阵尖厉的喊叫。王妃的歇斯底里症又发作了。"走，"他对坐在车前把马鞭斜贴在腹部的马夫说，"走，去巴勒莫，送神父到修道会去。"仆人还没来得及关车门，亲王就"砰"的一声把它带上了。

天还没有黑，两旁高墙耸立的大路像一条白色的带子，延伸到远处。刚走出萨利纳家的宅院，就看见左边的法尔科内里家族半塌的府邸，它现为受亲王监护的外甥唐克雷迪所有。亲王的姐夫是个挥金如土的人，把家产挥霍干净以后就呜呼哀哉了。那是一次彻底的破产，甚至连侍从号衣饰带里含的银子都提炼了出来。唐克雷迪十四岁时母亲去世，国王把他交给萨利纳家的舅舅监护。这个年轻人原先几乎不为暴躁的亲王所知，现在却变成他最亲爱的人，因为在这个年轻人身上他发现了一种纵情的快乐，一种轻浮的有时相反又变得异常严肃的性格。他自己心里明白，他宁愿要唐克雷迪做长子，而不要那个糊里糊涂的保罗。如今，唐克雷迪二十一岁了，监护人慷慨地给他俸金，有时甚至自掏腰包，让唐克雷迪拿着这些钱去寻欢作乐。"那个小子，谁知道他现在在搞什么名堂呢。"亲王这样寻思着，马车沿着法尔科内里的府邸驶过。庭园里一株高大的九重葛把沉甸甸的花枝伸出栅门，宛如一条紫色绸子的瀑布直泻而下，使府邸在黑暗中呈现出一派过于富丽堂皇的景象。

"谁知道他在搞什么名堂呢。"他所以这样想,是因为斐迪南国王说过唐克雷迪和不三不四的人来往,国王这样说固然不好,不过他事实上是有道理的。唐克雷迪周围的朋友尽是些赌徒,以及倾倒于他纤弱的魅力的"品行不端"的女人。他甚至到了同情"秘密社团"和全国秘密委员会有联系的地步。他兴许从那些组织拿钱,就像同时也从王室财库拿钱一样。这使亲王费了很多周折,还特地拜访了怀疑一切的卡斯泰尔齐卡拉和过分礼貌的马尼斯卡尔科,才使唐克雷迪在4月4日以后免遭灾难。这一切都不怎么好;不过,对于做舅舅的萨利纳来说,唐克雷迪从来不会做错事。真正的过错在于这个年头,这种紊乱的年头,一个名门望族子弟不能随便和人玩纸牌赌博,否则要受朋友的牵连。真是年头不济。

"年头不济,殿下。"彼罗内神父的声音和亲王的思想起了共鸣。神父被亲王那硕大身躯挤得缩在马车的一个角落里,忍受着亲王的傲慢与专横,身心感到无限痛苦。不过他确实不是平庸之辈,马上把自己暂时的苦楚转移到了持久的历史世界。"请看,殿下——"他手指着暮色将逝而仍有余晖照耀的孔卡多罗平原险要的山岳说。山腰和山顶上燃烧着数十个火堆,那是起义队伍每夜点燃的篝火,它们构成对王室及修道院所在之城的无声威胁。篝火宛如重症病人房间在垂危之夜燃起的烛灯。

"看见啦,神父,我看见啦。"亲王寻思唐克雷迪可能就在一堆这样的邪恶之火周围,用他贵族的手去拨弄那正为贬低这种手的价值而燃烧的柴火,"我这个监护人可真好,任凭被监护人想到什么蠢事就去干什么蠢事。"

街道开始微斜,完全笼罩在黑暗之中的巴勒莫近在眼前。那低矮的鳞次栉比的房屋被修道院的高大建筑挤得透不过气来。修道院大约有数十座之多,都是庞然大物,有时两三座连在一起;它们有男人的、女人的、富人的、穷人的、贵族的、平民的、耶稣会的、本笃会的、方济各会的、嘉布遣会的、加尔默罗会的、救世主会的、奥古斯丁教派的。圆锥顶弧线轮廓不清,恰似没有奶汁的乳房,高耸于空中。然而就是它们——这些修道院,使巴勒莫变成一个阴沉的城市,使它具有了自己的风格、自己的外形,以及西西里那狂热的火光也无法驱散的死亡感。再说,此刻深夜即将降临,修道院变成了一切景物的主宰。实际上,山上之火就是针对它们而点燃的。其实,拨弄火堆的人跟住在修道院里的人相差无几,也都是同样的盲信,同样的闭塞,同样的追逐权力;按照传统习惯来说,还都是同样的贪图安逸。

正当亲王思索着这些时,枣红马正以平常的步子跑下斜坡；这些想法和他自己真正的本质相冲突，是由于他对唐克雷迪命运的担忧，以及促使他反抗修道院所代表的戒律的肉体冲动而产生的。

这时候，正好穿过盛开的橘园路段，在婚礼上常闻到的橘花沁人心脾的清香①湮没了一切，就像望月使其他景物相形见绌一样。汗马的气味，马车坐垫皮面的气味，亲王身上和神父身上的气味，统统都被那股令人想起天堂的仙女与亡人的伊斯兰幽香湮没。

彼罗内神父也很激动："殿下，多美的家乡，假如……"
"假如没有这么多教士……"亲王这样想，因为神父的声音打断了他极其甜蜜的预感。他随即对自己没说出来的失礼的话很后悔，就用大手拍了拍老朋友的三角帽。

快要进入巴勒莫周围的村镇时，在阿伊罗尔迪府邸前，一支巡逻队拦住了马车。布里亚的口音和那波利的口音在命令车子停住，刺刀在摇曳的提灯光下闪烁着寒光；不过，有一位军官很快就认出了把大礼帽放在膝盖上的亲王。"对不起，殿下，请过去吧。"这位军官还叫一个士兵上车坐在车夫旁边，以免亲王在其他关卡受扰。马车的负荷加重了，走得慢了一些。它绕过朗基比莱别墅，越过托莱罗塞和维

---

① 西方婚礼习俗，新娘头戴橘花花冠。

拉弗拉卡园圃，然后从马库埃达城门进入了巴勒莫。在罗梅雷斯的"田野四部曲"咖啡馆里，警卫队的军官们大声谈笑着，饮着大杯大杯的冰冻果汁。这是城市里唯一有生命力的地方。街上渺无一人，只有胸前佩十字白背带的巡逻兵经过时回荡着有节奏的脚步声。街道两旁是绵延不断的修道院的矮房，例如：蒙特隐修院，十字架教会，圣痕修会，德亚底安修会。它们一个个黑漆漆的，沉睡在梦中，了无声息，就像并不存在一样。

"两小时以后我再来接您，神父，好好祷告吧。"

于是，可怜巴巴的彼罗内只好慌慌张张地去拍修道院的大门，马车①则奔小巷而去。

马车停放在府邸之后，亲王就朝着他决心要去的地方徒步走去。路虽不长，但这个地区名声不好。全副武装的士兵从矮房走出，从他们无神的眼光马上可以看出，他们一定是从部队驻扎的广场那边偷偷溜出来的。矮房脆弱的阳台上摆着一盆罗勒花，这说明士兵们很容易爬进屋去。身穿肥大裤子、长着一副凶相的年轻人用西西里人生气时特有的低沉声调在吵架。远处传来神经质的哨兵步枪走火的回音。过了这个居民区，街道就进入了卡拉区。破烂不

---

① 原文系法语：coupé。

堪的小船，像长了疥癣的野狗，绝望地在旧渔港中晃荡。

"我是罪人，我知道，而且是双料的罪人，在神的法律面前，在丝苔拉个人的感情面前，我都有罪。这是毫无疑问的。明天，我向彼罗内神父忏悔。"可是亲王想到忏悔可能是多余的，又不禁暗暗发笑，因为神父肯定知道他今天的过错。后来，自我解嘲的精神占了上风。"我有罪，是的，但是我这样做是为了不再犯罪，为了不再继续冲动，为了拔掉我身上的这根肉刺，为了不致陷入更大的祸害。这一点上帝是明鉴的。"接着他又自我怜悯起来，"我是一个可怜而软弱的男人，"他一边想着心事，一边有力地迈着大步，踏着肮脏的碎石路前进，"我软弱，又没有人帮助我。丝苔拉！头一个就说她吧！上帝知道我是否爱过她。我二十岁时结了婚。但是她现在太专横了，也太老了。"他的软弱感过去了，"我还是一个精力旺盛的男子汉，怎么能满足于这样一个女人呢。她在床上，每次拥抱之前总先画一个十字。稍后，她在最激动的时候，就喊：'耶稣马利亚！'我们刚结婚的时候，她才十六岁，这一切还能刺激我；然而现在……我跟她有了七个孩子，七个！可我还从来没见过她的肚脐。这说得过去吗？"他被这种奇特的思绪所激动，差不多要喊出声来，"这说得过去吗？我问问你们大家！"他转弯向卡特纳柱廊走去，"有罪的是她！"

这个令人心安理得的发现使他感到欣慰，于是他就坚定地敲起马利亚尼娜的门来。

两个小时之后，亲王已经和彼罗内神父坐着马车走上归途。神父很不安，他的会友们向他讲了讲政治局势，这可是比在与世隔绝的宁静的萨利纳府邸所看到的要紧张多了。恐怕皮埃蒙特人要从夏卡①那边即西西里南部登陆；当局已经觉察到民众悄悄地在酝酿着骚动：城市游民等着政权当局一有软弱的表示，就大肆抢劫奸淫。教士们已经慌了神，三个年长者带着修道院的身份证明，乘坐下午的邮船到那波利去了，"上帝保佑我们，叫这个最神圣的王国免遭灾难吧。"

亲王漫不经心地听着，身心却沉浸在一种心满意足的平静之中，内里还掺杂着厌恶之感。马利亚尼娜用她那双农妇的昏暗无神的大眼睛望着他。她卑微、殷勤、听任摆布，其实只是一条穿了丝绸衬裙的本迪科。在她有气无力的那一瞬间，她甚至叫出："好亲王啊！"他现在想起来还不禁满意地微笑起来。"好亲王"自然比"我的猫"或"我金黄色的猴子"②要好听。三年前在索邦神学院③召开天文

---

① 西西里岛南部沿海城市。
② 原文系法语："mon chat"，"mon singe blond"。
③ 巴黎大学前身。

学大会，会上授予亲王金质奖章。那期间他结识了一位巴黎的浪荡女人莎拉，"我的猫"和"我金黄色的猴子"就是莎拉在心醉神迷时用的词。毫无疑问，"好亲王"比"我的猫"强，比"耶稣马利亚"也略胜一筹；至少与渎圣罪无关。马利亚尼娜确是个好妮子，下次再到她那里去时，得给她带上三卡那的茧绸。

不过，那任人蹂躏的娇嫩肉体，那并非出自本心的放荡，是多么悲惨啊！他自己，又是什么东西呢？不是别的，只是个卑鄙下流的人而已。他脑子里忽然记起一首诗，那还是他在巴黎的一家书店浏览一本书时偶然读到的。书的作者已经记不起来了，总之是法国每星期大量涌现而又马上被人忘记的诗人之一。他眼前又浮现出那堆柠檬黄色的卖不掉的书，那一页的页码是个单数，耳边又响起那首怪诗结尾的那一句：

……给我力量和勇气
来毫不憎厌地沉思我的心灵和身躯。①

正当彼罗内神父滔滔不绝地念叨他那名叫拉法里纳和

---

① 原文系法语：donnez-moi la force et le courage de regarder mon coeur et mon corps sans dégoût。

科里斯皮的两个人时,"好亲王"在一种绝望的舒适中,在枣红马碎步的摇摆中睡着了。车灯的灯光在肥大的马屁股上摇曳不定。到了法尔科内里府邸的拐弯处,亲王醒了,"那里面的那个小家伙也是一样,他会玩火自焚的。"

他回到他们夫妻的房间里时,看见可怜的丝苔拉披着梳好的长发,戴着睡帽,睡在高大的黄铜床上呻吟。一股激情和温柔涌上他的心头,"她给我生了七个孩子,她只属于我一个人。"房间里弥漫着一种缬草根的气味,这是王妃歇斯底里症发作留下的最后痕迹。"我可怜的丝苔拉。"他歉意地爬上床。几个小时过去了,他久久不能入睡。上帝以强有力的手在他的思想里同时燃起了三把烈火:马利亚尼娜爱抚之火,法国诗句之火,还有山上柴堆之火。

然而,将近黎明时,王妃却有机会画了十字。

翌日清晨,阳光照耀着恢复了精力的亲王。他已经喝过咖啡,穿着红底黑花的晨服,正对着镜子修面。本迪科把它沉重的大脑袋伏在亲王的便鞋上。刮到右颊时,他在镜子里看见后面出现了一个年轻人的脸庞,那是一张瘦削的、眉宇英俊的脸庞,带着一种畏惧而又讥讽的表情。亲王没有转过身,继续刮他的胡子,"唐克雷迪,你昨晚干什么啦?"

"早安,舅舅。我干什么啦?什么也没干呀。我和朋友们在一起,过了一个神圣的夜晚。不像我的某些亲友,跑到巴勒莫去寻欢作乐。"

亲王聚精会神地在刮嘴唇与下巴之间最难刮的胡须。外甥略带鼻音的声音里有一种年轻人的欢快,不大像是生气,说他感到惊讶倒合情合理。亲王转过身,用毛巾捂着下巴,注视着他的外甥。唐克雷迪穿着一身猎装,笔挺合体的上衣,长筒靴,"你这些亲友是谁呀,我可以知道吗?"

"您,舅舅,就是您。在阿伊罗尔迪府邸附近的关卡,我亲眼看见了您,当时您正跟那个下士讲话呢。您这个年纪,干那种蠢事!还有一位尊敬的神父陪着!旧时的放纵习惯!"

唐克雷迪可真是太放肆了。他自以为天不怕、地不怕。他眯缝着蔚蓝色的眼睛——就是他母亲的那双眼睛,也是亲王的那双眼睛——笑嘻嘻地望着舅父。亲王感到蒙受了污辱。这家伙真不知天高地厚,然而亲王没有心思去责备外甥。再说,唐克雷迪说得有理,"你怎么这样打扮?有什么事呀?难道一大清早就去参加化装舞会?"

唐克雷迪顿时变得一本正经起来,他的三角脸露出一种出乎意料的刚毅神情,"我要走了,舅舅,一小时以后我就动身。我是来向您告别的。"

可怜的萨利纳舅舅感到心头一阵紧缩。"去决斗?""一次伟大的决斗,舅舅。去和那个法兰西斯基洛①决斗,上帝保佑。我到菲库扎山里去;不要告诉别人,尤其不要告诉保罗。正在酝酿着大事,舅舅,我不愿待在家里。再说,我要是待在家里,他们马上会把我抓去的。"

亲王眼前又浮现出那经常突然出现的幻景:一个残酷的战争场面,森林里枪林弹雨,他的唐克雷迪倒在地上,像那个倒霉的士兵一样开了膛。"你疯了,我的孩子。跟那些人混在一起,他们尽是些骗子和黑手党人。法尔科内里家族的一员应该和我们站在一起,为国王效忠。"

唐克雷迪又眯缝起眼睛笑起来:"为国王,诚然,可是为哪个国王呀?"年轻人又变得异常严肃,叫人对他难以捉摸,同时又招人喜爱,"要是没有我们,那些人就会给你搞个共和国。假如我们希望一切如故,就得先让它一切都变。我解释清楚了没有?"他有些激动地拥抱了舅父,"再见。我会带着三色旗回来的。"朋友们的慷慨激昂也使亲王的外甥受到一些影响。然而不对,他的鼻音里有一种否定这种夸耀的语气。

这个小子!干蠢事同时又不承认。他的那个保罗这时一定在观察枣红马古斯卡尔多的消化好不好。这才真正是他

---

① 法兰西斯(1836—1894)的蔑称,此人于1859年登基为两西西里王国国王。

的儿子呢。亲王连忙站起身来，扯下脖子上的毛巾，翻了翻抽屉。"唐克雷迪，唐克雷迪，等一等！"他跑去追赶外甥，把一袋金币放进外甥口袋里，并且用手拍拍他的肩膀。

唐克雷迪笑起来："您现在资助革命啦！好，谢谢，舅舅，再见。拥抱舅妈。"他急忙跑下楼去。

本迪科听见呼唤，跟在唐克雷迪后面就跑，宅院里回荡着欢快的犬吠声。亲王刮完胡子，洗过脸。仆从来伺候他穿衣、穿鞋。"三色旗！好啊，三色旗！这些混蛋满嘴都是这些词儿。这个滑稽地模仿法国人的几何标志，是什么意思？比起我们那面中间有金百合图案的白旗来，真是太难看啦。这一堆不协调的颜色能给他们带来什么希望呢？"现在正是把黑缎子领带围在脖颈上的时候。这可是一项艰巨的工程，最好把政治问题的思考暂停一下。一圈，两圈，三圈。粗大而又轻柔的手指打好领结，弄平鼓起的地方，在领带上别了个镶有红宝石眼睛的美杜莎头像的饰针。"换件干净的背心。你没看见这件有污渍吗？"仆从踮起脚给亲王穿上褐色呢子礼服，然后把洒有三滴香柠檬汁的手帕交给了他。亲王自己把钥匙、带链子的怀表和钱放进口袋。他照照镜子：无懈可击，依然是一个美男子。"旧时的放纵习惯！那个唐克雷迪开的玩笑不轻啊！我倒要看看他，骨瘦如柴，到我这个年纪时怎么样。"

亲王穿过大厅，矫健的步伐使大厅的玻璃叮叮作响。住宅里安宁、明亮、豪华，更重要的是这一切都归他所有。他走下楼梯，恍然大悟："假如我们希望一切如故……"唐克雷迪是个了不起的人物，亲王本来一直这样认为。

家产管理处的房间空无一人，阳光静悄悄地从关闭的百叶窗透射进来，照亮了房间。虽说这里是府邸中办理最琐碎事务的地方，但它的外表庄严肃穆。白灰墙映照着打蜡的地板，上面挂着表现萨利纳家族封地的几幅巨大的油画。画面颜色鲜艳，烘托以黑色和金色的框架，画上表现的有萨利纳岛，岛上有形状相似的两座山，四面是泛起浪花的大海，海面上有几只插旗的帆船在荡漾；盖尔切塔低矮的房屋环绕在敦实的主教堂周围，成群结队的淡蓝色的朝拜者向着教堂走去；拉加蒂齐被挤在峡谷之中；阿尔吉沃卡莱坐落在一望无际的平川上，显得异常渺小，平川上种着麦子，到处都有农夫在辛勤耕耘；多纳富伽塔①拥有一座巴洛克式府邸，红色的、绿色的、黄色的马车向着府邸奔驰而去，车里好像载着妇女、酒瓶、提琴；还有许多其他的封地，令人心情舒畅的晴空保卫着它们，长着长须的咧开嘴在笑的豹在保卫着它们。每个封地都喜气洋洋，

---

① 以上五个地方都是萨利纳家族封地。

都想直接或间接地颂扬萨利纳家族的开明的权力。这些画都是地地道道的上世纪田园艺术的杰作；不过，它们不能划定地界，不能确定面积和收入；这些事物实际上是无法知晓的。在许多个世纪的生活中，财富已经转变成装饰、奢侈和寻欢作乐，如此而已；封建权力取消了，义务和特权也取消了；财富如同陈酒，只在瓶底留下贪婪和养尊处优的渣滓，也留下审慎的渣滓，只不过酒的浓度和颜色还保留着。这样一来，财富自己也消逝了，这种实现了自己目的的财富，只是由挥发油构成的，而作为挥发油，它很快就蒸发掉了。上述的一些封地，虽说在画面上欣欣向荣，实际上却已经飞逝，只不过在五彩缤纷的画布上和在名义上留下痕迹。其余的封地宛如九月的燕子，虽然目前还在，但是都已经聚集在枝头上啁啾不已，准备离去。然而，封地还有许多，好像无休无止一样。

尽管如此，亲王走进自己书房时的感觉还如往常一样，并不愉快。房间中央立着一张写字台，上面有几十个抽屉、小洞、凹陷、藏物处以及可以倾斜的搁板。这个黄木制的镶嵌了黑色花纹的庞然大物，装饰得像座舞台，布满了活门、滑板、秘密机关，除了盗贼以外，恐怕没人会使用这些玩意儿。写字台上摆满了书籍纸张。虽然亲王颇有远见，大部分只关系到平静的天文学领域，但剩下的一小部分足以使亲王心中感到很不舒服。猛然间他想起斐迪南国王在卡塞塔的写字台，那上面也是布满卷宗和要批阅的公文，人们幻想用这些文件对命运的急流施加影响，然而它按照自己的意志流向另一个河谷。

萨利纳想起美国最近在医学上的发明，在做最复杂的手术时可以使人不感到疼痛，在遇到不幸时可以使人泰然处之。这个代替了古代禁欲主义以及基督教容忍精神的粗糙的化学制品叫吗啡。对于可怜的国王来说，幽灵般的行政管理就起着吗啡的作用；而对于萨利纳，他的麻醉剂则是最高雅的事业：天文学。他驱散了丧失掉的拉加蒂齐和命运不定的阿尔吉沃卡莱的影子，一头扎到书堆里，读起最新一期的《学者报》："格林尼治天文台最近的观察报告提出一个十分令人感兴趣的问题……"

不过，没过多久，他只得撇下那冷冰冰的星际王国。原来会计堂齐齐奥·菲拉拉进来了。菲拉拉是个干瘦的矮个子，在令人信任的眼镜和洁白无瑕的领带后面隐藏着自由党人的一颗幻想而贪婪的心。那个早晨，他比往常更加快活。看得出来，那些使彼罗内神父感到压抑的消息对他倒是一服兴奋剂。"苦难的年头，殿下，"他恭敬地致礼后说道，"严重的灾难就要临头，不过，稍有骚乱和枪声之后，一切会变得更好的，咱们的西西里还会有新的峥嵘岁月；要不是许多初谙世事的青年将要为此而丧生，我们就只会高兴啦。"

亲王咕噜了一声，没发表意见。"堂齐齐奥，"后来他说道，"在盖尔切塔收租方面要讲点规矩；两年了，一个子儿也没看见。"

"账目已经准备好了，殿下。"这句话真叫人不可思议，"只需写信给堂安杰洛·马札，叫他履行手续就行；今天我就呈上信稿，请您签字。"

然后他就去翻腾那些巨大的账本，上面密密麻麻地记载着萨利纳家两年以来没收上来的账目，唯有真正重要的却反而没记。亲王独自一人待在那里，再也无法埋头于星云之中。他怒气冲冲，这倒不是针对事情本身，而是针对堂齐齐奥的愚蠢，他在这个人身上忽然看到了未来的统治阶级，"那家伙说的都与事实相反。他同情那些将要丧命的初谙世事的年轻人，其实这样的人为数很少；如果说我了解敌对双方的性格的话，那么，我认为任何一方都不需要在那波利或在都灵撰写胜利公报，反正是一回事。堂齐齐奥相信'西西里会有峥嵘岁月'，这是他的原话；从尼西亚斯①以来西西里被登陆已经有一千次，每次都许下这种诺

---

① 尼西亚斯（约前470—前413年），雅典统帅，公元前415年率舰队远征西西里，公元前413年全军覆没，被俘处死。

言，可从来也没兑现。再说，为什么要发生这一切呢？那么，以后还会有什么事呢？嗯，在断断续续不伤人的枪击之中进行谈判，然后，万变皆在不变之中。"他想起唐克雷迪那含糊不清的话，现在他可彻底弄明白了。他放下心来，不再翻阅杂志，望着佩莱格里诺山①光秃秃的山坡，那么起伏不平，像贫穷一样永存。

过了不久，罗斯来了；亲王认为他是手下人中比较重要的一个。罗斯行动敏捷，穿着一身讲究的条绒猎服，舒展无忧的前额下嵌着一对贪婪的眼睛，自以为这是新兴阶层最完美的表情。罗斯对人毕恭毕敬，几乎是由衷地亲热，因为他在偷窃时也认为这是行使一种权利，"我想象得出殿下如何为唐克雷迪少爷的出走而烦恼；但是他不会在外面久留，这一点我敢肯定，一切都会圆满结束。"亲王又一次面临着西西里的一个谜：这个神秘的岛屿上，大门紧闭着，农夫们说不知道怎样可以去他们住的地方，而这个地方是站在山上都看得见的，只需要五分钟的工夫就到了。在这个岛上，尽管一切显得非常神秘，保守机密却是个神话。

亲王示意罗斯坐下，并且用眼睛盯着他："彼得，咱们坦率地谈谈。你也陷进这种事情里去啦？"罗斯回答说，

---

① 巴勒莫附近的一座山，高 600 米。

他没陷进去,因为他有妻室儿女,这种风险只有像唐克雷迪少爷这样的年轻人担当得起。"您想,我有事能瞒着您吗?您就如同我的父亲一样。"(其实,三个月以前,他把亲王的三百筐柠檬藏在自己的仓库里,而且明知亲王知道这件事。)"不过,我要说明我的心是和他们,是和那些勇敢的小伙子在一起的。"这时本迪科以它友好的激情把房门撞得发抖。罗斯站起来把本迪科放进来,随后又坐下,"殿下知道,大家忍无可忍:搜查、盘问,事事都要写报告,每户几个警察;一个老老实实的人不能自由自在地做自己的事情。然而,我们今后却能享有自由、安全、方便、赋税减轻、贸易繁荣。我们大家都会过得更好;大家失去的将只是教士。上帝保护像我这样的穷人,不保护他们。"

亲王不禁莞尔:他知道,正是他,这个罗斯,企图通过中间人买下阿尔吉沃卡莱。"会有几天的枪声和骚乱,但是萨利纳府邸将坚如磐石;殿下是我们的父辈;我这儿有许多朋友;皮埃蒙特人到这里来只能脱帽向殿下致敬。再说您又是唐克雷迪的舅父和监护人!"亲王感到蒙受了莫大的侮辱:他发现自己如今已经降低了身份,成为罗斯的朋友的保护对象了;看来,他唯一的可取之处是作为乳臭未干的唐克雷迪的舅舅这一点。"如果事情在一周以后结束,我会安然无恙的,因为我家里有本迪科。"他用手指揉着狗的一只耳朵，因为用劲过猛，那可怜的狗叫了起来，毋庸置疑，它感到荣幸，但同时也感到疼痛。

稍停片刻，罗斯讲了几句话，给亲王带来了宽慰："一切都会好的，请相信我，殿下。诚实而有才能的人将有出头之日。其余的将一如既往。"这些家伙，这些乡下的自由党分子，只想设法轻而易举地捞上一把。再没有其他目的了。燕子将很快飞去，这就是一切。不过，话说回来，窝里还剩下许多呢。

"你也许有道理。谁知道呢？"现在亲王完全深刻理解了一切内在的含意：唐克雷迪谜一样的语言，菲拉拉夸张的语言，罗斯虚伪的但说明问题的语言，都泄露了他们那令人放心的秘密。很多事情将要发生，然而一切将只是一场喜剧，一场热闹的罗曼蒂克的喜剧，只是丑角的衣服溅上几滴血而已。这个国家是个妥协的国家，不存在法国的那种狂暴；不过，话说回来，法国除了1848年6月以外，什么时候发生过重大的事情呢？亲王想说给罗斯听，但是由于生来讲究礼貌，他没这样做。"我完全明白了。你们不想搞垮我们——你们的'父辈'。你们只想取代我们的位置。用温和的方式，温文尔雅的方式取而代之，也许在我们口袋里塞进几千杜卡托。是不是这样？亲爱的罗斯，你的侄子一心想做男爵；你呢，谁知道，由于你的名字的关系，你可能会变成莫斯科大公的后裔，而不是红毛乡下佬的子孙。你的女儿呢，可能早就嫁给了我们之中的一个，或许就嫁给了那个蓝眼长手的唐克雷迪。再说，她很漂亮，一旦她学会洗脸的话……'因为一切都依然如故'。实际上也是如此，只是不知不觉地换了地位。我的宫廷侍从的金钥匙，圣杰纳罗樱桃色的绶带，将被搁进抽屉，以后被放在保罗的儿子的玻璃橱里；不过，萨利纳仍然是萨利纳；他们也许会得到一些补偿：撒丁岛参议院、圣莫里斯的淡绿色的绶带。不管是这些还是那些，都是做做样子而已。"

他站了起来："彼得，跟你的朋友们说说。这儿有好几个姑娘，不应当叫她们受惊。"

"我可以担保，殿下。我已经对他们说过：萨利纳府邸将平静得像修道院一样。"他微笑着，善意中带着讥讽。

堂法布里契奥走了出去，本迪科在后面跟着；他本想上楼去找彼罗内神父，然而本迪科那哀求的目光使他不得不走向花园。的确，本迪科还兴奋地记着昨天晚上干的好事，想把它弄得更艺术些。花园里比昨天显得更加芬芳怡人；在清晨阳光的照耀下，金合欢树的黄花也令人觉得不是那么不协调了。"可是君主，我们的君主怎么办呢？正统的法理又何在呢？"这个思虑使他一时心绪不宁，无法摆脱。一瞬间他和马尔维卡一样了。这些被人如此蔑视的斐迪南，或者法兰西斯，对他来说就仿佛兄长一样，他们是那么自信、亲切、正直，称得上真正的国王。不过，保卫内心平静的力量在亲王的身上也是那么警觉，它们使用起法律的火枪以及历史的大炮来进行干涉了。"那么法国呢？难道拿破仑三世的政权是合法的吗？难道法国人在这个开明的皇帝的统治下生活得不幸福吗？拿破仑三世将把他们引向更为崇高的命运。另外，让我们把问题说得更清楚些。查理三世，他难道十全十美吗？比通托①之役也跟比札库伊诺②之役，或科烈奥奈③之役，或我不知道的其他战役一样，总之都是皮埃蒙特人在打我们的后脑勺。这些仗打来打去，其目的是叫一切原封不动。就拿朱庇特来说吧，他也不是奥林匹斯山的合法之主。"

朱庇特反对萨图恩④的政变显然使亲王想起了他的众星。

亲王撇下欢蹦乱跳、气喘吁吁的本迪科，自己又走上楼来。他穿过大厅，女儿们正在那里谈论她们在救世主修道院里结识的伙伴（亲王走过时，她们站起身来，丝绸衣

---

① 意大利布利亚区的一个城市。
② 巴勒莫附近的一个城市。
③ 西西里中部的一个城市。
④ 在罗马神话中，朱庇特为闪电之神，他推翻其父萨图恩，成为奥林匹斯众神之王，萨图恩为农神。

裙窸窣作响）。爬完长长的楼梯以后，亲王走进了有强烈的天蓝色光亮照耀的观象台。彼罗内神父刚做过弥撒，就着蒙雷阿莱①出产的饼干喝了一杯浓咖啡，现在正面带教士安详的神色坐在那里，专心致志地解他的代数方程式。两架望远镜、三架千里镜，在阳光照射下，发出令人目眩的光芒。这些仪器的目镜用一个黑色盖子遮住，它们静静地躺在那里，就像经过训练的动物，知道只有晚上才给它们东西吃。

彼罗内神父一看见亲王，就停止了运算，想起了昨天晚上亲王的丑态。他站起来，恭敬地向亲王致意，但又不禁说道："殿下是来做忏悔的吗？"亲王茫然不解，因为晚上这一觉，再加上早晨和唐克雷迪的一席谈话，使他把晚间的插曲忘得一干二净。"我忏悔？今天又不是星期六。"然后他想起来了，便莞尔一笑，"真的，神父，完全没有这个必要了。您已经都知道了。"

这种硬是要把神父弄成同谋的做法惹恼了神父。"殿下，忏悔的效果不仅在于述说事实，而在于对做过的坏事表示悔恨。只要您没这样做，没向我表示悔恨，您思想上还是有罪，不管我知不知道您的所作所为。"神父小心翼翼地把

---

① 西西里岛的一座城市，离巴勒莫 7 公里。

袖子上的一根绒毛吹掉，又埋头于他自己的抽象概念。

今天早晨的新闻使亲王心情十分平静，所以对神父的行为只是微笑不语，要是别的时候，他可能会觉得这样太放肆。他打开了小塔楼上的一扇窗户。窗外的景色炫耀着自己所有的美丽。在温煦的阳光照射下，万物显得轻飘飘的：远处的海洋成了一个单色的斑点，夜间令人可怕地觉得布满了埋伏的山岳，现在却像一团团的蒸气，几乎到了要溶化的地步，就连凶恶的巴勒莫城也围绕着众多的修道院，安静地躺在那里，宛如羊群卧在牧羊人跟前。泊位上停着几艘用来防备暴乱的外国船，在这庄严肃穆的气氛中，一点也没有令人害怕的样子。但是5月13日这天早晨，并不十分强烈的太阳成了西西里的真正统治者。它强暴而恣意，犹如烈性的麻醉药，使一切个人意志归于消灭，使一切生灵处在奴性的僵死状态，被暴虐的梦想所迷乱，被对梦想拥有专断权的暴力所迷乱。

"需要有一个维托里奥·埃马努埃莱①这样的人，来改变倒在我们身上的魔水。"

彼罗内神父站了起来，整整自己的腰带，伸出一只手，

---

① 埃马努埃莱（1820—1878），1849年继承王位，为撒丁王国国王，1861年3月，在都灵举行的第一届全意大利议会上宣布成立意大利王国，成为统一后的意大利王国国王。

朝着亲王走来："殿下，我刚才太鲁莽了。请您对我仍然仁慈为怀，不过请您听我的话，忏悔吧。"

僵局打开了，于是亲王得以向彼罗内神父讲述自己在政治上的预感。然而，神父远远不能分享他的宽慰。相反地，他又重新变得尖刻起来："简单地说吧，你们这些老爷和自由党人串通起来了，我说的是和自由党人，就是和共济会成员们，你们背着我们，背着教会，和他们串通一气。这很清楚，我们的财产，也就是穷人们的财产，将被抢劫一空，并由那些最厚颜无耻的首领胡乱地瓜分干净，那些至今仍受教会救济和引导的不幸的芸芸众生，以后将由谁来从饥饿中解救他们呢？"亲王沉默不语。"那么怎样抚慰那些绝望的众生呢？我可以马上说给您听，殿下。先给他们一部分土地，然后再给他们一部分，最后就把你们全部的土地都给他们。这样一来，上帝就通过共济会会员进行了裁判。上帝治愈了那些眼睛失明的人，而那些思想上的瞎子怎么办呢？"

不幸的神父说得上气不接下气。他既为教会财产将被糟蹋的预感而由衷地感到痛苦，又为再一次被牵连进去而懊悔；他更怕冒犯亲王。他喜欢这个人，尝过他大发雷霆的滋味，也体验过他那满不在意的仁慈。他怯生生地坐下，冷眼观察着堂法布里契奥的动静。此时亲王正用一个小刷子擦拭望远镜的器件，全神贯注地干他的细活。过了一会儿，亲王站起来，用一块拭布把手擦了半天；他的脸上毫无表情，那双浅色的眼睛似乎只是在专心致志地搜索躲藏在手指甲根部的油渍。楼下阳光照耀，府邸附近一片沉寂、幽静，只听见远处传来本迪科在橘园深处对园丁的狗放肆无礼的吠叫，以及厨师在伙房里准备午餐，在案板上用刀剁肉发出的低沉而有节奏的声音。这一切不但没有骚扰，反而更突出了这一片沉寂和幽静的气氛。烈日吸收了人类的喧嚣和世间的冷酷。亲王走到神父桌前坐下来，拿起神父在生气之时丢下的削得尖尖的铅笔，画起波旁王朝的尖瓣百合花。他表情严肃，但又非常心平气和，以致彼罗内神父一肚子的怨气也都消失了。

"我们不是瞎子，亲爱的神父，我们仅仅是人。我们生活在动荡的现实中，因此要力求适应它，就像海藻凭借海水的推力而摆动一样。神圣的教会是确定不朽的，我们呢，作为社会阶层，我们不是不朽的。一个百年的权宜之计对我们就是永恒。我们也许可以为儿子或者为孙子操心；然而，对于我们有望用手爱抚的东西以外的事物，我们就不负有责任了。譬如，我就没法为1960年我可能有的后辈担忧。而教会可以，它应该关心，因为它是注定不朽的。在它感到绝望的时候，它采取的宽慰方法是不能言明的。如果教会现在可以，或者将来可以牺牲我们以挽救它自己的话，您以为它不会这样做吗？它肯定会这样做的，它这样做好。"

彼罗内神父非常高兴，他没有冒犯亲王，所以他自己也就不生气了。那个"教会的绝望"的说法不能令人接受，然而长期在告解座上养成的习惯使他很能欣赏法布里契奥那不抱幻想的性格。但是不能让对方有胜利之感，"殿下，您有两桩罪过要在星期六忏悔：一桩是昨天肉体上的，另一桩是今天思想上的。请您记住。"

两个人心平气和，开始讨论起就要寄给国外的一个天文台（即阿切特里①天文台）的报告。天上的星体此时虽不为人所见，但它们存在着，好像受着数字的支配和引导，用各自确定的运行轨道划破太空。彗星恪守约会，习惯于准时地、一分一秒也不差地出现在观察者的面前。彗星并不像丝苔拉认为的那样会带来灾难。相反，它们按事先估计好的时刻出现，这正是可以知晓并反映宇宙正常状态的人类理性的胜利。"让本迪科在下面追捕乡间的动物吧，让厨师的菜刀剁烂无辜畜类的肉吧。前者的自命不凡和后者的嗜好屠杀，在观象台上面融合为安静的和谐，这才真正

---

① 佛罗伦萨附近的小城，坐落在山丘上，有一天文观象台，当时属于托斯卡纳公国。

是问题之所在：在最崇高的时刻，即与死亡相仿佛的时刻，还能继续过着这种精神生活。"

亲王这样思索着，忘记了经常萦绕在脑际的怪念头和昨日肉体上一时的恋情。在这个抽象推理的过程中，他内心可能比得到彼罗内神父的祝福更感到宽慰，也就是说他感到和整个宇宙的联系更加紧密了。今天早晨这半个小时里，天花板上的众神和壁画上的猕猴又死气沉沉了，可是大厅里没人注意到这些。

午饭的铃声召唤他们下楼时，两个人都显得神色安详，这一方面是由于了解到政治形势，另一方面则由于在认识上已经超越了这种对政治形势的了解。府邸中洋溢着一种少有的缓和气氛。午饭是一天中的主餐：感谢上帝，一切顺利。二十岁的卡罗莉娜的一头鬈发烘托着她秀丽的脸庞，大概是因为发卡别得不牢靠的缘故，有一绺鬈发耷拉了下来，垂到盘子里。换个日子，这件事一定会引起不愉快，然而此时，只增添了欢乐的气氛。当坐在卡罗莉娜身旁的兄弟拿起那绺鬈发，戏谑地把它绕在自己脖颈上时，耷拉着的发梢就像挂着的一块圣牌，连亲王也不禁为之发笑。唐克雷迪的出走，他的去向和目的，已为众人所知，大家议论着这件事，只有保罗一直默默不语地吃饭。除了内心深处隐藏着一丝焦虑的亲王以及美丽的前额上笼罩着一道阴影的贡切达，再没有人为唐克雷迪担忧。"这闺女大概对那个小无赖有点意思。他们两人倒是挺好的一对。不过，我担心唐克雷迪眼界很高，我的意思实际上是说眼光很低。"

今天，亲王表现出了他身上原本具有的善良，政治上的宽慰驱散了平时笼罩着这种品性的云雾。他开始解释王国军队的枪支没有作用，以此来安慰女儿的心；他说那些枪管里没有膛线，因此从枪口射出去的子弹穿透力不强；这都是技术上的解释，再说也是言不由衷，没几个人听得懂，也没一个人信服，但是，大家都从中得到了欣慰，贡切达也包括在内。在亲王的解释下，一场实际上是极其具体的、肮脏的混战，变成了单纯的实力曲线图。

午餐快结束时，仆人端上来朗姆酒冻糕。这是亲王最喜欢吃的甜食。为了感激亲王给予她的安慰，王妃一大清早就关切地订好了这道甜食。朗姆酒冻糕大得吓人，形如城堡，四周有立柱和护墙支撑着。堡墙光洁而平滑，令人无法攀登，四周嵌以红色的樱桃和绿色的阿月浑子做守卫部队；它是透明的、颤悠悠的，匙子令人惊奇地很容易就插了进去。当琥珀色的城堡到了最后一个动手的十六岁的弗朗切斯科·保罗面前时，就只剩下炮击以后的平坡和大堆的废墟了。烈酒的芳香和彩色兵将的可口，使亲王心花怒放，他眼看在胃口极佳的人们的攻势下，深色的城堡很快土崩瓦解，感到饶有趣味。他的一只杯子里还有一半黄色的马尔萨拉酒①。他站了起来，环视了一下阖家大小，视线在贡切达的蓝色眸子上停留了片刻，然后说道："为我们的唐克雷迪干杯！"他一口把酒饮下。刚才杯子上由于酒色的衬托而清晰可见的F.D.两个字母立刻不见了。

午饭后，亲王下楼来到管理处，这时，正值光线斜斜地射进室内，绘有封地的巨画在阴暗中也没有任何责备的意思。"请殿下祝福。"巴斯托莱洛和洛尼哥罗喃喃地说。他们两人是拉加蒂齐的佃农，今天送来了"贡赋"，即用实物交付的那部分地租。这两个人直挺挺地站在那里，被太阳晒得黝黑的脸膛刮得很干净，眼睛露出惊奇的神色。他们身上散发出一股牧群的气味。亲王用很有风格的方言和蔼可亲地和他们交谈，询问他们的家庭、牲畜和收成的情况。接着，亲王问道："你们带东西来了吗？"那两个人说带来了，并说明东西都放在隔壁房间里了。亲王觉得有些羞愧，因为他发觉这样的谈话简直和斐迪南的召见没有什么两样。"等五分钟，让菲拉拉给你们开个收据。"法布里

---

① 西西里马尔萨拉城出产的名酒。

契奥亲王在他们每人手里放了两个杜卡托，这可能早已超过他们带来的东西的价值。"为我们的健康喝杯酒吧。"随后，他就去看他们带来的东西：地上放着四个十二卷的头道咸奶酪，每个十公斤。亲王索然地瞅着这些奶酪，他不喜欢这些东西；还有六只羊羔，它们是一年里最后的了，羊头悲怆地耷拉着，下面是一道宽宽的刀伤，就是这一刀在几个小时前结果了可怜的羊羔的性命。羊肚子也已经被剖开，闪亮着虹色的肠子拖拉了一地。"上帝饶恕吧。"他想起了一个月前被开了膛的士兵。地上还有八只母鸡，脚爪被缚在一起；它们看见本迪科那副侦查似的嘴脸，吓得缩成一团。"其实用不着害怕，狗对它们并不构成危险。它连一根骨头都不吃，因为吃了就肚子难受。"

不过，流血和恐惧的情景使亲王感到不舒服，"你，巴斯托莱洛，把母鸡拿到鸡舍去吧，食物贮藏室目前还用不着；然后把羊羔直接送到厨房去；这儿太脏了。你呢，洛尼哥罗，去叫萨尔瓦多来打扫一下，叫他把奶酪拿走。把窗户打开散散气味。"

然后，菲拉拉进来开了收据。

亲王再次上楼时，长子保罗，也就是盖尔切塔公爵，正在书房里等他。书房里有一张长沙发，亲王经常在那上面午睡。年轻人鼓足了勇气，决定跟亲王谈一次。保罗身材矮小、瘦弱，棕色皮肤，显得比亲王年纪还大。"爸爸，我想问问您，等我们再见到唐克雷迪时，应该怎样对待他。"

亲王立刻明白了，心里感到很不痛快："你这话是什么意思？难道有什么变化吗？"

"但是，爸爸，您当然不会同意，唐克雷迪跟那些使西西里陷于混乱的坏蛋混在一起，不能干这种事情。"

个人的嫉妒，笃信者对放荡不羁的表兄弟的不满，迟钝者对风趣者的反感，都以政治观点为幌子一下子倾泻出来。亲王气愤已极，甚至都没让他的儿子坐下，"做这些蠢事总比整天看着马拉屎好！我比以前更加爱唐克雷迪。再说，他做的不是蠢事。假如以后你叫人印名片，上面还能印上盖尔切塔公爵的字样，假如我一旦离开人世，而你还能继承到几个钱的话，你都得感谢唐克雷迪和跟他一样的人。去吧，我不许你以后再跟我谈这件事！这儿我说了算。"接着他冷静了下来，以讥讽代替了气愤，"去吧，我的儿子，我要睡觉了。去跟你的古斯卡尔多谈政治吧，你们两个谈得来。"

受到奚落的保罗关上房门。亲王脱下上衣和靴子，沉重的身躯把长沙发压得咯吱直响，他安然地入睡了。

亲王醒来时，他的仆人走了进来。仆人手里端着一个盘子，上面放着一份报纸和一封便信。那是亲王的内弟马尔维卡派一个仆人骑着马刚从巴勒莫送到的。午休后还没完全清醒过来的亲王把信打开："亲爱的法布里契奥，当我写这封信时，我正处于一种无限的沮丧之中，请你读读报纸上登载的可怕消息。皮埃蒙特人已经登陆了。我们大家都完了。今晚，我偕同全家上英国轮船上去躲一躲。你一定也打算这样办吧。如果你也这样想的话，我可以为你留几个舱位。愿上帝再次拯救我们敬爱的国王吧。拥抱你。你的齐齐奥。"

亲王把信重新叠好，放进口袋里，忽然纵声大笑起来。这个马尔维卡！他向来胆小如鼠，什么也不懂，所以吓得发抖了。他把府邸扔给了奴仆；这还了得，等他回来时，准发现府邸里空空如也！"对了，应该叫保罗到巴勒莫去坐镇，在这种时候，无人照管的家宅就等于丢掉了的家宅。晚饭时我要和他谈这件事。"

他打开了报纸："5月11日发生了一件明目张胆的海盗行为：一支武装队伍在马尔萨拉海岸登陆。据有关方面透露，这支武装队伍是加里波第统率的八百名匪徒。这伙强盗登陆后，力求避免和王军冲突，据说，他们正朝着卡斯特尔维特拉诺①方向前进。他们到处进行掠夺和破坏，

---

① 西西里西北方的一个城市。

对和平居民构成极大威胁……"

加里波第的名字使亲王有点不安。那个长着一头长发、留着一脸胡须的冒险家,是个纯粹的马志尼分子。他一定会搞得乱七八糟。"但是,如果哪个正人君子把他请到这儿来,那就意味着可以对他放心。他们会使他就范的。"

亲王放下心来,梳梳头,叫人来为他重新穿上靴子和上衣。他把报纸塞到抽屉里。快到念《玫瑰经》的时候了,可是大厅里仍然空无一人。他在沙发上坐下等着其他人的到来;这时他忽然发现天花板上绘的火神有点像他在都灵见过的加里波第的石印画像,亲王微微一笑:"真是个混蛋!"

家里的人慢慢到齐了。女人们的绸裙发出窸窣的声音。最年轻的几个孩子还在嬉笑。从门外传来侍仆与死活要进大厅的本迪科之间惯常冲突的喧闹。

带有浮尘的阳光照着顽皮的猕猴。

亲王屈膝跪下:"仁慈的圣母,求你拯救!"①

---

① 原文系拉丁语:Salve, Ragina, Mater misericordiae。

第二章
多纳富伽塔

1860年8月

"树！看见树啦！"

这是从第一辆马车里发出的呼喊声，这喊声传到了后面紧随的车队。车队由四辆马车组成，隐现在一片白茫茫的尘雾中。每辆车的窗口都露出了一张张汗水淋淋的脸，显得疲惫不堪，却又有几分兴奋的样子。

树，说实话，只有三棵，而且是桉树——大自然的畸形儿。但这毕竟是萨利纳全家从清晨六点离开比札库伊诺后首次见到的树呀！现在已经十一点了，在整整五个小时的旅途中，见到的只是灼热的阳光照耀下火黄色的光秃山丘，一派毫无生气的景色。马车在平地上急速奔驰了一小段路，便不时费劲而缓慢地爬过大段大段的高坡；不一会儿，又得小心翼翼地往下滑行。可是，不管是慢行还是疾驰，马蹄声都不断地和那叮当作响的马铃声融为一体；人们只觉得那声音好像是从白热的山丘里迸发出来的。他们经过淡蓝色天空映照下的村子时，感到心绪不佳；他们经过宏伟壮丽但风格怪异的桥，桥下却是干涸的河床；他们沿着陡峭的山坡行进，虽然看见了高粱和染料木，但并没有因此缓解他们沮丧的心情。除了太阳和尘土外，什么也没有，没有一棵树，没有一滴水。因为那厚厚的尘土和烈日的暴晒，加上车门紧闭，车里的温度准有五十摄氏度。现在，见到这几棵张开双臂伸向灰白色天空的干枯的树，就不免使人浮想联翩。它预示着人们要不了两个小时便可以结束旅行；它预示着旅行者一行已经进入萨利纳家的领地；它还预示着，可以吃午饭了，也许还可以用那满是小毛虫的井水洗洗脸。

十分钟后，他们来到朗宾泽里庄园。庄园里有一所极为宽敞的房子；不过，一年中也才用上一次，那就是在收割的季节，雇工们带着骡子等牲口在这里住上一个月。在那坚固的但已损坏的大门上，有一只石雕的舞豹，它的爪子已被石头砸断。屋旁有一口很深的井，就在那几棵桉树的监护下默默无闻地发挥着它的多种用途：游泳池、饮水槽、监牢、公墓。它既给人解渴，同时也传播着伤寒病；

它既保护受迫害的基督教徒,也能隐藏牲畜和人的尸体,直到腐烂成无法辨认的光滑的骨骼。

萨利纳全家人都下了车。亲王想到很快就要见到他那心爱的多纳富伽塔,心情极为愉快。王妃浑身倦怠,并有些气恼,但当她见到丈夫那安详的面容,便略感宽慰了。姑娘们已是疲惫不堪;酷热却未能制服男孩子们,他们由于旅行的新鲜而异常兴奋。家庭女教师法国小姐顿布洛依却是彻底被打击了。她想起当年跟布若将军一家在阿尔及利亚度过的岁月,便叫苦不迭:"我的上帝,我的上帝,这比非洲还要糟!"①她一边说,一边擦着小翘鼻子上的汗珠。彼罗内神父上路后,便念起《日课经》来。他念着念着便昏昏入睡,似乎旅程也显得短暂了,因此,现在他比谁都活跃。而在城市里长大的一个女仆和两个男仆,一见到乡下的异样面貌,便有些不快。本迪科从最后一辆车里窜出来,冲着在低空盘旋像报丧似的乌鸦汪汪狂叫。

所有的人都变成了灰人,连眼睫毛、嘴唇或嘴角,都沾满了灰尘。车一停下来,大家便你拍我打,周围升起一片乳白色的尘雾。

就在大家乱哄哄地掸土拍灰的时候,唐克雷迪却引人

---

① 原文系法语:Mon dieu, mon dieu, c'est pire qu'en Afrique!

注目地出现了：他衣冠楚楚、仪表堂堂。他是骑马到庄园来的，比其他人早到半小时，因此已经掸掉身上的尘土，梳洗了一番，并换了条白领带。他从那口有着多种用途的井里打出一桶水来，照了照自己，一切都很好，右眼上虽然还绑着黑色绷带，但那条带子已不是用来保护伤口，而是提醒人们，他的眼睛是在三个月前的巴勒莫的战斗中受伤的；他那另一只深蓝色的眼睛，似乎是在代替那只暂时被蒙住的眼睛，闪烁着调皮的目光；他那领带上的红印，暗示着他从前里面穿的是件红衬衫。他先是扶着王妃下车，接着又用袖子去擦亲王的大礼帽；他把糖果分给表妹后，又去挑逗小表弟；他几乎跪倒在神父面前，然后又去应付本迪科的狂热冲动；最后又把顿布洛依小姐着实安慰了一番。他跟所有的人打趣逗乐，博得了大家的喜爱和愉悦。

车夫在慢慢地遛马，以便让马在饮水前得到喘息；仆人们在庄园前面一条狭窄的阴影下，将餐桌布铺在打场时剩下的秸秆上。就在殷勤好客的井旁，人们开始吃起午饭来。周围浮动着一片凄凉悲怆的农村景象：黄色的麦茬，黑色的草木灰；空中回荡着知了的哀怨声，仿佛是西西里干焦的土地在痛苦地呻吟，因为，直到八月底，人们还在绝望地盼望着下雨。

一小时后，所有的人又恢复了精力，重新上路。虽然马匹还是疲劳不堪，比先前走得更慢，但这最后一段路程显得短得多，景色也已不那么陌生和凄凉。一路上，人们认出了过去常去散步和野餐的地方，还有那常去的特拉高纳拉溪谷和米西尔贝西交叉路口。再过一会儿，就要到圣母院了，那是从前在多纳富伽塔散步所到的最远的地方。在那宽敞的马车里，王妃睡着了，只有亲王和她在一起。亲王幸福地微笑着。

在这 1860 年 8 月底的时候能到多纳富伽塔住上三个月，他真高兴，从来也没有像现在这么高兴过。这不仅是因为他喜爱多纳富伽塔的宅第和百姓，喜欢那里尚存的封建主义占有权，还因为这次旅行跟以往不同：他对于在观象台度过的宁静夜晚以及同马利亚尼娜的偶尔幽会并不感到留恋和惋惜。坦率地说，最近三个月来，在巴勒莫上演的那出闹剧有点使他反感。他本想自我炫耀一下：只有他通达时务，只有他才对红衬衫"妖怪"笑脸相迎。但他不得不承认，远见卓识的才能并非是萨利纳家族所独有。看来，全巴勒莫的人都很快活，只有几个傻瓜例外，这当中，就有他的内弟马尔维卡。马尔维卡被首脑①的警察局抓去，在监牢里关押了十天。此外，还有留在巴勒莫的他那个儿

---

① 指加里波第。

子保罗，虽然也心怀不满，但较为谨慎。尽管如此，那孩子在巴勒莫也不知卷进了多少起愚蠢的阴谋活动，而所有其他的人都做出兴高采烈的样子：他们在领子上别着三色饰带，东游西逛；从早到晚成群结队地上街游行，特别是无休无止地在那里慷慨激昂地高谈阔论，笑语喧哗。如果说在占领最初的日子里，他们的大吵大嚷还有一定意义和目的的话，那么现在可就毫无意义了。因为那时，波旁王室警察中的"可怜虫"在小巷子里因受到拷打而呻吟；大家朝着从大街上走过的稀稀拉拉的伤兵欢呼致敬。而现在呢，伤兵已经康复，而幸存的"可怜虫"已被编进新的警察局当了眼线，他们还这样大肆喧闹，亲王便觉得这是愚蠢可笑的了。

同时，他也不得不承认，这是不可避免的，因为这一切都是那些人文化素养不高的表现。但事情的根本部分，经济和社会的情况，正如他所预料的那样，还是令人满意的。堂彼得·罗斯遵守了诺言，萨利纳家别墅附近连一声枪响都没有听到。如果说，在巴勒莫府邸，有一套挺大的中国瓷器被偷走了的话，那只能怪罪于保罗的愚蠢，因为是他让人把瓷器装在两只筐子里的。炮火连天的时候，他把筐子扔在院子里了；这不等于是请装筐子的人把瓷器拿走吗？

皮埃蒙特人（亲王仍这样称呼他们，为的是自我安慰：

因为崇拜者称他们为加里波第党人,而贬抑者则称他们为加里波第分子)在拜会他时,即便不是像早先说的那样脱帽致敬,至少也是把手举到他们那红色军帽的帽檐前面。他们的帽子,同波旁王朝军官们所戴的一样破旧不堪,揉得皱成一团。

大约在6月20日那天,得到唐克雷迪二十四小时前的事先通知,亲王接待了一位将军的来访。来访者穿着镶有黑色横条胸饰的红上衣,在他的副官陪同下来到府邸。将军彬彬有礼地向亲王提出请求,请亲王允许他欣赏天花板上的壁画。亲王欣然允诺。因为事先得到了通知,所以亲王有足够的时间把陈设在一间客厅里的穿着华丽服装的国王斐迪南二世的画像搬走,换上了一幅不会引起什么麻烦的《圣礼池》。这一做法可是把美学原则同政治利害完全融合在一起了。

将军是托斯卡纳人,三十来岁,极为灵活和敏捷。他很健谈,不过有点自吹自擂。但他很有教养,态度友好。他对亲王非常谦恭有礼,甚至用"阁下"称呼亲王,这显然是同首脑所颁发的首批法令相违背的。将军的副官是一个初出茅庐的人,年仅十九岁,是米兰的伯爵。他穿着一双闪闪发亮的长筒皮靴,像法国人似的用小舌发出卷舌音的"R",悦耳动听,这一切都使姑娘们为之倾倒。他们在唐克雷迪的陪同下来到亲王家。唐克雷迪已经晋升,更准确地说是在战场上当了上尉。可以看得出，他还在忍受着伤口的疼痛。他穿着红衬衫跟他们在一起，迫不及待地炫耀自己跟战胜者的亲密关系。他跟他们互相称呼"你"或者"我的勇敢的朋友"，这是"大陆人"在卖弄自己时所使用的幼稚的语言。而唐克雷迪用鼻音学着他们的话，这在亲王听来不但学得像，而且含有奚落讽刺的味道。亲王以他那无论从哪方面来说都无懈可击的最高礼节来接待客人。当他跟他们在一起的时候，他确实感到很高兴，对他们已经完全放心，以致三天后，他便邀这两位"皮埃蒙特人"来府邸赴晚宴。那天晚上，可真是一个美妙的场面：卡罗莉娜坐在钢琴前为将军唱歌伴奏。将军为了向西西里表示敬意，竟大胆地演唱了"啊，我认出了你，美丽的地方"，而唐克雷迪则一本正经地在为她翻乐谱，好像这个世界根本就不会走调似的。与此同时，那位米兰小伯爵俯身在沙发上，对贡切达讲述着橘花，向她介绍阿莱阿尔多·阿莱阿尔迪①的生平；她假装听着他的讲述，心里却在为表兄的气色不好而伤感，因为钢琴上的烛光照在唐克雷迪的脸上，使他比平时显得更加苍白。

这是一个富有诗意的晚会。不久以后，又举行了几次同

---

① 阿莱阿尔迪（1812—1878），维洛那诗人，作品有《致马利亚》等。

样亲切友好的晚会。有一次，在晚会上，亲王请将军设法在执行驱逐耶稣会教士的命令时，能够豁免彼罗内神父。他把神父说成是个年迈多病的人。将军本来就对这位善良的神父颇有好感，便假装相信了他的凄凉处境，应允了亲王的要求。于是，他略施小计，疏通了政界朋友，终于使彼罗内神父留了下来。这件事又一次证明了亲王的预见是多么的准确！

就在通行证这一棘手的问题上，将军也帮了亲王很大的忙，因为，在这种紊乱的年头，没有通行证是寸步难行的。因此，在这动荡的年代，萨利纳全家能到自己的别墅去度假，也多亏了将军。年轻的唐克雷迪上尉请了一个月的假，和舅舅、舅妈一起出发了。即使撇开通行证不谈，萨利纳家的旅行准备工作也还是颇为复杂和费时的。他们得同吉尔简蒂①的"头面人物"在行政管理部门进行简略的商谈。谈判在握手言欢和叮当作响的钱币声中结束，这样就获得了第二个更为有效的通行证，可这并不是什么新鲜的事。此外，还得准备成堆的行李什物；三天前，就得打发走一部分厨师和仆人；然后再带上一个小望远镜；最后是说服保罗留在巴勒莫。在这一切就绪之后，总算是可以上路了。将军和小伯爵带着鲜花前来送行，祝他们一路顺

---

① 亲王的封地。

风。当车辆从萨利纳府邸启动的时候，他们就不断地挥动红袖子；而亲王则从窗口伸出他的黑色礼帽。但是，小伯爵渴望见到的贡切达的那只戴着镶黑边手套的小手，这时候却搁在她自己的膝盖上。

旅行经历了三天多的时间。这真是一场可怕的经历。路，西西里的路，可是出了名的；萨特里亚诺亲王为此丢掉了行政副长官的职务。其实，这哪里是什么路，只不过是坑坑洼洼的尘土飞扬的不明显的小道而已。第一夜是在马里内奥的一个当公证人的朋友家里度过的，还算凑合；可是，第二夜是在普里齐的一个小客栈里度过的，那真令人难熬：每张床上要挤三个人，而且还要受到成群的"小虫子"的不断袭击，实在讨厌。第三夜在比札库伊诺，那里倒是没有臭虫，可亲王却在果汁杯里发现了十三只苍蝇。从马路上和隔壁的"方便室"里传来一阵阵粪便的臭气，熏得亲王做起了噩梦。天蒙蒙亮时，亲王醒来，浑身汗涔涔地散发着臭气。他不得不把这次可怕的旅行同自己的一生相比较：起初是奔驰在阳光明媚而且景色秀丽的平原上，接着是攀登陡峭的山崖，然后是从危险的峡谷中滑行而下，进入那永无止境的此起彼伏的地区。那里景色单调，荒凉得使人产生绝望的念头。在黎明时分，对于一个已过中年的人来说，这样的幻景是最糟糕不过的了。虽然，亲王明白，随着生气勃勃的白天来临，这些幻景定将消逝，但他仍感到心情极为沉重和压抑。因为，根据生活的阅历，他深知，这些幻景已在心灵深处留下了悲哀的沉渣，日积月累，最终就会成为导致死亡的真正原因。

太阳一出来，这些怪念头便悄悄地躲到不知什么地方去了。多纳富伽塔已近在眼前，就要见到府邸和水花四溅的喷泉了。多纳富伽塔，那是多么让人怀念和留恋的地方啊！想起它就想起了美妙的孩提时代；那是缅怀神圣祖先的地方；那里的人友好、朴实，而且效忠于他。但想到这里，一个念头突然向他袭来：在最近的"事变"以后，谁知道人们是不是还会像从前那样效忠于他呢？"等着瞧吧。"

现在可真的快要到了。唐克雷迪那瘦削而精明的脸出现在马车窗口，他猫着腰对着窗里说："舅舅、舅妈，你们准备一下，再过五分钟就要到了。"接着，他便放慢速度，谨慎地让自己的马跟第一辆车子并行走。

通往城镇的小桥那一边，市政当局的头面人物都在等候，有几十个农民围着看热闹。马车一上桥，市政乐队便以狂热的激情奏起"我们是吉卜赛姑娘"[①]的曲子来，这是

---

① 威尔第的歌剧《茶花女》中的吉卜赛合唱曲。

近几年来，多纳富伽塔首次向它的亲王致以这种少见的亲切问候。接着，由几个担任瞭望的小孩发出通知，大教堂和圣灵修道院便响起了欢乐的钟声。

"感谢上帝，似乎一切都跟过去一样。"亲王从车上下来时这样想着。在那里恭候的有：市长堂卡洛杰罗·塞达拉，腰间系着的崭新三色彩带就像他的新职务一样光彩夺目；总司铎特罗托里诺阁下，黝黑的大脸盘；公证人堂齐齐奥·季内斯特拉，以国民卫队上尉的身份出场，头戴翎毛帽，身披襟饰；还有堂托托·姜博诺医生。小努齐娅·贾里塔向王妃献了一把零乱的鲜花，而且是半小时前从府邸的花园里采摘来的。还有大教堂的管风琴师齐齐奥·图梅奥，严格地说，他是没有资格跟官方人士站在一起的，但作为亲王的朋友和打猎伙伴，他还是来了。为了讨亲王的欢心，他居然把泰雷西娜也带来了——那是一条母猪犬，火红色的短毛，垂着耳朵，眼睛上方有两点浅褐色小斑。法布里契奥对图梅奥的大胆行为报以特殊的微笑。

他这时的心情极为愉快，显得和蔼可亲。他和妻子一起走下车来向大家表示谢意。在震耳欲聋的威尔第乐曲和喧闹的钟声中，他同市长拥抱，同大家一一握手。农民们一声不响，但从他们木然的目光里流露出一种并非恶意的好奇神情。多纳富伽塔的贫苦农民对于他们这位宽容的老爷还真有点感情，因为他常常忘记向他们收取佃租和为数甚少的房租。再说，他们看惯了那只到处出现的翘着胡须的豹：它挺立在府邸和大教堂的门面上方，出现在那些巴洛克式的喷水泉顶端；就是在他们自己房屋里的陶制贴砖上也可以见到。现在，他们很喜欢看看眼前这只真正的"豹"：他穿着凸纹布的裤子，有着一张像猫一样温和而又讨人喜欢的笑眯眯的脸；他伸出爪子友好地抓抓这个又搔搔那个。"没说的，和从前一样，甚至比从前还好。"唐克雷迪也引起了大家的好奇。人们早就认识他了，但是现在，他给人的印象是他变了样：从他身上已经看不出从前那个任性的唐克雷迪，而是一个自由派的贵族、罗索里诺·皮洛的战友、在巴勒莫战斗中光荣负伤的战士。他在大家一片热闹的赞扬声中，如鱼得水，行动自如。他觉得，跟这些乡村崇拜者逗逗乐还是挺有趣的。于是，他用方言跟他们寒暄，开玩笑；用方言取笑自己和自己的伤口。当他讲到"加里波第将军"时，却立即把嗓音降低了八度，神情变得庄严肃穆，活像一个站在圣体祭台前的侍童。关于堂卡洛杰罗·塞达拉，他只是模模糊糊地记得：他在解放的那些日子里忙得不亦乐乎。于是，他便以洪亮的嗓音对他说："堂卡洛杰罗，克里斯皮在我面前着实把您夸奖了一番。"说完，便伸出手臂让表妹贡切达挽着走，使大家都感到惊讶不已。

仆人们、孩子们和本迪科乘车前往府邸,但按照古老的传统,其他人在进家门之前,必须到大教堂去听感恩赞美诗。教堂离这里只有几步路,人们列队前往;刚来到这里的人浑身尘土,但仪表堂堂;当局人士的衣着闪闪发光,但举止谦卑。堂齐齐奥·季内斯特拉走在队伍的前面,借助他那套军服的威力,他在人群中开出一条路来,亲王挽着夫人,紧跟在后面。看上去,他好似一头饱餐后的狮子,驯服温顺。再后面便是唐克雷迪和走在他右边的贡切达。贡切达在表兄的陪伴下,缓步向教堂走去;她感到心慌意乱,同时又觉得心里甜滋滋的。她一边走,一边抑制住喜悦的泪水。她的这种慌乱心情本应得到平息,因为殷勤的小伙子在使劲挽着她的胳膊。可是,天哪,小伙子的这个动作只不过是为了防止她踩到泥坑或垃圾堆而已。其他人凌乱地在后跟随。这时,管风琴师齐齐奥·图梅奥匆匆地离开了人群,为的是把泰雷西娜带回家里,并赶在人们进教堂时回到自己的乐师位置上去。钟声当当地响个不停。在一些房屋的墙壁上写着"加里波第万岁""维克多国王万岁""处死波旁王朝国王"。这是一个不善书法的人在两个月前涂上去的,现在已经褪色,字迹似乎已钻进了墙里。

当这一小队人走上台阶时,响起了爆竹声。齐齐奥·图梅奥终于在他们进教堂时气喘吁吁地及时赶到了。他富有激情地奏起"爱我吧,阿尔弗莱德"①。

教堂里,短粗的红色大理石柱子间挤满了好奇的人们。萨利纳一家坐在唱诗班的中间。在进行简短的仪式时,法布里契奥显示了自己非凡的仪表;王妃因闷热和疲乏几乎昏倒;唐克雷迪借口赶苍蝇,不止一次地轻轻抚摸贡切达的金黄色头发。一切都进行得有条不紊,总司铎特罗托里诺告诫完毕后,大家都到祭台前行礼,然后朝门口走去,来到被太阳烤得灼热的广场上。当局的要员们在台阶的尽头告辞。王妃根据亲王悄悄的吩咐,邀请市长、总司铎和公证人出席亲王当晚在府邸举行的家宴。总司铎和公证人都是单身汉——前者系职业所致,而后者却是自己愿意如此;对他们二位来说,不存在带夫人的问题。但是,当王妃请市长把夫人带来时,语调并不是那么有力。原来,市长夫人是个乡下女子,尽管很漂亮,做丈夫的却认为,不管从哪方面讲,都是带不出来的。因此,当市长说他妻子身体不爽时,没有人感到奇怪;使大家感到非常奇怪的却是他补充说:"如果亲王和王妃殿下同意的话,我同我的女

---

① 威尔第歌剧《茶花女》中薇奥莱塔的咏叹调。

儿安琪莉卡一起来。一个月以来，她一直念叨着要谒见您；她现在长大了，非常愿意到贵府做客。"当然，他的这一要求被接受了。亲王看见图梅奥正挤在人背后偷看，便对他喊道："不用说，还有您，堂齐齐奥，把泰雷西娜也带来。"他又对其他人补充说："晚饭后九点钟，我们将高兴地会见所有的朋友。"多纳富伽塔的人们久久地评论着亲王的这最后几句话。亲王觉得多纳富伽塔一点儿也没变；变化很大的倒是他自己：他从来没有这样亲切地跟人说过话。从这时候起，他的威望在无形中开始坠落了。

萨利纳府邸就坐落在大教堂的附近。它的正面有七扇窗户面向广场，但仅这一点并不能体现出它那宏伟的规模。它前后延伸达两百多米，由风格不同的建筑群围绕三个大庭院和谐地构成一个整体，庭院后面则是一个大花园。在面向广场的府邸正门，亲王一行又一次受到了人群的欢迎。亲王在当地的管家堂奥诺弗里奥·罗托洛没有参加在镇口举行的官方欢迎仪式。由于他是在卡罗莉娜王妃严格的管教下训练出来的，他总觉得他这个"平民"[①]好像并不存在；在他看来，亲王在未跨进自家府邸的门槛前，就好像是住在国外。因此，他便站在门外离大门两步远的地方。

---

① 原文系拉丁语：vulgus。

他是一个矮个子老头,满脸胡子。他的妻子,一个比他年轻健壮的女人,站在他的身旁。他身后是侍仆们;另外还有八个卫士,他们的帽子上都别有一个金豹的帽徽,手里都拿着一杆大枪,也不知道这枪能否打响!"我很高兴在亲王和王妃殿下的府邸欢迎你们。现在,请允许我把府邸原封不动地交还给你们。"

堂奥诺弗里奥·罗托洛是为亲王所尊敬的仅有的几个人之一;也许,他是亲王家里唯一没有偷窃行为的人。他为人诚实,几乎近似一种怪癖。关于这一点,人们传说着不少令人惊讶的事。比如,有一次,王妃离开前,剩下了半杯果子酒。到了一年之后,人们发现,酒杯仍在原处放着,动也没有动过。杯子里的酒早就蒸发掉,只剩下一层糖精。"因为,"照他的说法,"这也是亲王财产中的一个微小部分,不应该随便扔掉。"

只是依靠精神力量勉强支撑的王妃,跟堂奥诺弗里奥和堂娜马利亚寒暄过以后,再也支持不住了,于是就径直上床休息;唐克雷迪和姑娘们朝花园里的不太热的阴影跑去;亲王和管家在这所大房子里转了转。一切都井井有条:大画框里的画幅上没有一点尘土,精装古书的烫金书脊闪烁着淡淡的金光,每扇门四周的灰色大理石在耀眼的阳光下闪闪发亮。每件东西都保持着五十年前的样子。法布里契奥在摆脱了那嘈杂的乱民生活后,感到轻松愉快,内心充满了一种安全的幸福感。他几乎是以温情的目光注视着跟着小碎步跑在他身边的奥诺弗里奥,"堂诺弗里奥①,您真是我们的护财神啊,我们对您感激不尽。"尽管在过去,亲王也可能会对奥诺弗里奥怀有同样的感情,但不会说出这样的话来。堂诺弗里奥以感激而又惊奇的目光注视着亲王:"应该的,殿下,应该的。"为了掩饰自己激动的心情,他用左手小拇指的长指甲挖着耳朵。

接着,法布里契奥便用茶折磨起管家来。他叫人送来两杯茶。堂诺弗里奥只得硬着头皮喝下一杯。这之后,他便开始讲起多纳富伽塔的琐事来:两星期前,他把阿奎拉封地的租子收来了,比以前稍微少些;修缮客房的天花板用了不少钱;但除去各项开销,其中包括交税和奥诺弗里奥自己的工资,钱柜里还有三千二百七十五个金币供亲王殿下享用。

然后,他便对亲王讲起了私人的传闻,都是关于堂卡洛杰罗如何急剧地增加了自己的财富的事——这可是当年最大的一件事。那是在六个月以前,他借给图米诺男爵的贷款到期,因对方无力归还,这份地产便落到了他的手里。他借

---

① 奥诺弗里奥的昵称。

出的是一千个金币,现在却得到了一份每年可有五百个金币收入的地产。到了今年四月,他又以一小块面包买了一萨尔玛①的土地,在那"块"地上,有一个采石场,他打算加以开采,因为那里有稀有的石料。加里波第登陆以后,他乘世道混乱,发生饥荒,就倒卖粮食,又赚了很大一笔钱。堂诺弗里奥的声音里充满了怨恨:"我扳着手指头数了数,堂卡洛杰罗的财富不久就要同您殿下在这儿,在多纳富伽塔的财富不相上下了。"随着财富的增加,他的政治影响也相应扩大。他是本城、也是附近城镇自由派的领袖;将来举行选举时,他准能当上代表到都灵去,"瞧那个神气劲儿,我说的不是他,他太精明了,不会这样做。我说的是他女儿。她刚从佛罗伦萨寄宿学校回来,在镇上东游西逛。她那大圆鼓裙一摆一摆的;小帽子上的丝绒带子在肩上飘来飘去。"

亲王沉默了。是的,这就是堂卡洛杰罗的女儿,那个今晚将要来参加晚宴的安琪莉卡。他出于好奇心,很想再见到她,那个打扮得漂漂亮亮的小牧羊女。说一切都没有变可不是真的,堂卡洛杰罗已经像他一样富有!可是仔细一想,这也是在意料之中,是他应该付出的代价。

堂诺弗里奥因为主人的沉默而深感不安。他以为,亲

---

① 面积单位,1萨尔玛相当于1.56公顷。

王听了自己讲的这些乡间闲话感到不快活了。

"殿下，我替您准备了热水，现在可以洗澡了。"法布里契奥这才突然感到自己累了。这时，差不多已经是午后三点钟，而他在酷热的阳光下已经整整折腾了九个小时，而且还经历了那么一个可怕的夜晚，怎么会不累呢！他感到浑身，就连最隐秘的部位，都沾满了灰尘，"谢谢，堂诺弗里奥，谢谢您想得这么周到，谢谢您为我做的这一切。晚饭时再见。"

亲王从内室的楼梯走到了楼上。他穿过挂着壁毯的客厅：先是蓝色壁毯厅，后是黄色壁毯厅，从下垂的百叶窗缝里透进一缕缕的光线；他的书房里，布勒式的座钟有节奏地发出微弱的摆动声。"多么宁静呀，我的上帝，多么宁静呀！"他走进了洗澡间。这是一间不大的浴室，墙壁是用石灰刷白的，地面由粗糙的瓷砖铺成，中间有一个下水口。硕大而椭圆的浴缸是用铁皮做成的，上了油漆，外面是黄色，里面却是灰色。浴缸由四条坚固的木腿支撑着。墙头钉子上挂着一件浴衣；一把绳椅上放着换洗内衣，另一把椅子上放着一件外衣，是刚从箱子里拿出来的，还有明显的折痕。浴缸旁边放着一大块玫瑰色香皂，一把大刷子，一包用手帕包着的麸皮——水一沾湿就散发出喷香的牛奶味，还有一块大海绵，这是萨利纳岛上府邸管家替他送来的。灼热的太阳透过没有窗帘的窗户直射进来。

他拍了一下手,立即有两个仆人走了进来。他们各提着两桶水,一桶冷水,一桶开水,水面发出晃动的响声。他们往返提了好几次,便灌满了澡盆。他用手试了一下水温:挺合适。他把仆人们打发出去后,便脱下衣服,进到了水里。他那与澡盆不相称的巨大身躯使水溢到了外面。他往身上抹肥皂,用刷子擦着;在微热的水中,他全身感到松弛和惬意。他几乎要睡着了,这时传来了敲门声。一个叫米米的仆人怯生生地走了进来:"彼罗内神父请求立刻晋见殿下,他就在门外,等殿下洗完。"亲王吃了一惊,心想,如果出了什么事儿,还是早点知道的好,"不必啦,让他立刻进来吧。"

彼罗内神父的急切求见使法布里契奥感到不安。为了表示对神父的尊重,他匆忙地从澡盆里爬了出来。他满以为在神父进来之前就能披上浴衣,但他没来得及这样做。就在他身上既没有肥皂液遮掩也没有披上浴衣的时候,神父进来了。他赤裸裸地站在那里,如同法尔内斯的赫拉克勒斯一样,浑身冒着热气。水顺着他的脖子、手臂、胸口、大腿往下淌着,宛如一条条溪流,就好像罗纳河[①]、莱茵

---

① 法国河流。

河、多瑙河、阿迪杰河①穿过并滋润着阿尔卑斯山区一样。亲王那魁梧身材的全貌以亚当的形体出现，那是彼罗内神父所从未见过的。由于告解圣事的锻炼，他对忏悔者在灵魂上裸露无遗的自我剖析习以为常，可是，对于躯体的裸露他却不敢正视。在听人忏悔时，比如说，听一个人忏悔自己的乱伦或私通时，他连眉头也不皱一下，但现在见到这么一个一丝不挂的巨大身躯，他感到惶惑不安。他结结巴巴地向亲王表示歉意，便要往后退。但法布里契奥正为未能及时遮住身体而气恼，便自然地向他发泄起自己的怒火来："神父，别装傻了，还不如把浴衣递给我。如果您不介意的话，过来帮我擦干吧。"突然，他想起了从前的一次口角，便说："您听我的话，神父，您也洗洗澡吧。"他感到有些自鸣得意，因为能够向一个经常给自己进行伦理教育的人上一堂卫生知识课。于是他心平气和了。当他终于接到浴衣，便用它的上端擦起头发、连鬓胡子和脖颈来；而蒙受了极大羞辱的彼罗内神父则用下端替他擦着脚。

当亲王把他那魁梧得像山岭似的身体从顶峰到两侧都擦了一遍之后，便开了腔："现在，神父，您坐下，告诉我您为什么这样急匆匆地来找我。"让神父坐下后，他又开始

---

① 意大利河流。

自顾自地擦着几处最隐秘的部位。

"殿下，是这么回事，我是受人之托来处理一件棘手的事。一个您最心爱的人向我倾吐了她自己心中的秘密，并嘱托我向您转告。她深信——也许她这样想是不对的——凭借我所享有的荣誉和声望……"

彼罗内神父拖长的句子和犹豫的口气，使得法布里契奥再也忍耐不住了："那么，神父，那个人到底是谁呀？是王妃吗？"这时，他举起了手臂，好像在威胁人一样，实际上只不过是要擦一擦腋下而已。

"王妃疲惫不堪，已经睡了。我没有看见她。我说的是贡切达小姐。"他停顿了一会儿，"她恋爱了。"一个四十五岁的人可能会觉得自己还年轻。然而，一旦发现自己的子女都长大了，在恋爱了，他就蓦地感到自己是老了。不是吗？法布里契奥忘记自己曾经长途跋涉地打猎；忘记自己能激起妻子"耶稣马利亚"的叹息；也忘记这会儿，在辛苦的长途旅行之后所感到的惬意。猛然间，他仿佛看到自己是一个白发苍苍的老人，在朱利亚山庄的花园里跟在骑山羊的孙子们后面漫步。

"这个蠢货为什么要跑到您那儿去说这些呢？为什么不来跟我说呢？"他连对方是谁都没有问一声，他觉得没有这个必要。

"您有一颗慈父般的心,但在孩子们的眼里,您是一位外表威严的家长。因此,这可怜的孩子感到害怕了,便自然而然地来向我这个忠诚的家庭教士求援。"

法布里契奥穿上那又长又肥的裤子,吁吁地喘着粗气。他预感到要有没完没了的谈话、眼泪和无穷的烦恼。这个自作多情的姑娘,刚到多纳富伽塔的第一天就使他扫兴。

"我明白,神父,我明白。在我的家里,没有人理解我,这是我的不幸。"他在一张板凳上坐下,金黄色的胸毛沾满了晶莹的水珠,一道道细水蜿蜒而下落到了瓷砖地面上。浴室里充满了麸皮发出的类似牛奶的气味,以及香皂散发出的杏仁似的气味。"既然事已如此,依您看,我该怎么办呢?"

在这个热得像火炉似的小屋里,神父已经汗流浃背。他本想一俟转告了姑娘吐露的心事以后,就可走开的,但是责任心又迫使他留了下来:"教会认为,渴望建立一个普通的家庭是一桩好事。基督出席迦拿①的婚筵……"

"不要扯得太远了,我指的是这件婚事,不是讲一般的婚姻。也许,唐克雷迪明确地向她求婚了?什么时候提的?"

---

① 《圣经》中的地名。

提起唐克雷迪，真叫彼罗内神父寒心。有一个时期，在连续五年的时间里，彼罗内神父曾试图教这孩子拉丁文，但得到的是冷嘲热讽，这个任性的孩子足足折磨了他七个年头呢！尽管如此，他仍跟大家一样，对他十分娇宠和喜爱。但是，唐克雷迪最近的政治态度已冒犯了他。昔日的宠爱同今日的怨恨交织在一起了。此时此刻，他不知如何回答才好，"确切地说，正式的求婚还谈不上。但贡切达小姐的感觉是不会错的。他的关切，他的眼神，他的那些吞吞吐吐的话语，都越来越使这位灵魂圣洁的姑娘确信：他爱上了她。但作为一个顺从而又尊重长辈的女儿，她想叫我来问问您，如果一旦他向她提出求婚的话，她该如何回答。她感到，这个日子已迫在眉睫了。"

亲王感到略微放心了。可是，这个丫头凭什么说她已经看透了一个青年，特别是像唐克雷迪这样一个青年的心思呢？也许，这纯粹是幻想吧？是那种修道院寄宿女生的"金色美梦"之一吧？姑娘们在做这种美梦时，是会把枕头弄得乱七八糟的，不过，这不会有什么危险。

"危险"这个词在他的脑际清晰地回响，连他自己也感到惊奇。危险，谁遇到危险啦？他非常爱贡切达，喜爱她的一贯顺从和她在任何情况下都顺从父亲意志所表现出来的安详和娴雅。顺便提一句，顺从和安详正是他所崇尚的品德。他的天性是不允许任何事情来干扰他自己的宁静。这使他在无端发怒时忽略了姑娘受委屈的眼神里闪露出来的刚强。亲王非常喜爱他这个女儿，但他更喜爱他的外甥。他一向就喜爱那小伙子好嘲讽人的可爱劲儿。近几个月来，他也开始赞赏起他外甥的聪明才智来了。的确，这小伙子很能适应环境、擅长社交。他善于辞令，能够哗众取宠。然而，他的这一切又让人觉得，这不过是他，法尔科内里亲王一时寻开心而已。这一切都给法布里契奥亲王带来了乐趣。而在那些跟法布里契奥趣味相投以及和他同属一个阶层的人看来，他们感情中的五分之四是由逗乐取笑构成的。亲王认为，唐克雷迪有着远大的前程，他可以成为贵族阶级穿上新的军服对新的社会形态进行反击的旗手。为此，他只需要一样东西：钱。可是，唐克雷迪没有钱，一点也没有。现在，要想在政治上有所作为，姓氏已不那么重要，关键是要有很多的钱。有钱才能收买选票，拉拢选民，过豪华的生活，非常豪华的生活……然而，贡切达生性温顺，她能为一个雄心勃勃、才华横溢的丈夫在攀登新社会那艰险的阶梯时助一臂之力吗？像她那么腼腆、守旧、孤僻的人，只会像现在这样，永远是这么一个漂亮的女学生，是丈夫的一块绊脚石。

"依您看，神父，贡切达是驻维也纳还是彼得堡的大使夫人呢？"彼罗内神父被他问得晕头转向，"跟这有什么关系？我不明白。"

法布里契奥顾不上向他解释，继续陷入自己的沉思。钱？当然，贡切达会有一份陪嫁的。但是，萨利纳家的财产应当分成七份，而且是不均等的七份，其中，女儿们所能得到的最少。那怎么办呢？唐克雷迪的需要可是要大得多呢。他需要的是像现在已经拥有四个封地以及一大堆叔伯、教士和守财奴的玛丽亚·桑达·保乌；他需要的是一个苏泰拉家族的姑娘，虽然长得丑一点，但十分富有。那么，爱情呢？当然，还有爱情。可是爱情的火焰只能延续一年，而余下的三十年生活就像那燃烧后剩下的灰烬一般，冷冷清清。他可是知道，什么是爱情……再说唐克雷迪，女人们会像成熟的梨子一样一个个地掉落在他面前的。

突然，他觉得发冷。他身上的水在蒸发，两条胳膊的皮肤感到了凉意，手指头起了皱纹。又得费多少口舌呀，必须避免……"神父，现在我得穿衣服去了，我请求您跟贡切达说一下，我没有生气。不过这事得看一看，等证实了确实不单单是一个浪漫姑娘的幻想时再谈吧。再见，神父。"

他站起来，走进更衣室。这时，从附近的大教堂里传来了葬礼的丧钟，多纳富伽塔有人离开这个世界了，一个疲惫的躯体再也承受不住西西里那令人感到无限悲哀的夏天了，连等待雨水的力气都没有了。"他很幸运，"亲王想着，一面揉擦着短髯，"他很幸运，现在，他用不着为女儿、陪嫁和政治生涯操心了。"他竟然一下子就能把自己同一个无名的死者联系起来，这就足以使他的心情平静下来。他这样想："只要有死亡，就有希望。"然后，他又觉得，仅仅因为他的一个女儿想结婚，自己便这样消沉忧郁，实在也太荒唐可笑了。"归根结底，这是他们的事。"① 他用法语思索着，就像以往那样，当他的思想在自由驰骋时，他总爱用法语思维。他在一把安乐椅上坐下，有点昏昏然，很快就睡着了。

一小时后，亲王醒来了，感到精神振奋。他下楼走进了花园。这时，快要落山的太阳已失去了原先的威力，只以它那柔和的余晖亲切地照耀着杉树、松树和当地引以为荣的粗壮的圣栎树。通往花园深处的主要甬道由高处缓缓而下，形如篱笆的高大的月桂树分立两旁，一座座没有鼻子的无名女神的半身雕像点缀其中。从花园的尽头传来了喷泉的水花飞溅声，水珠落在安菲特里忒② 的泉水池

---

① 原文系法语：Ce sont leur affaires, après tout。
② 希腊神话中的神，为海神波塞冬的妻子，常坐着一只由海豚和海马拉着的贝壳，在海上巡游。

里，柔和悦耳。他快步地径直朝水声走去，恨不得一下子就见到它。特里同①的号角，那伊阿得斯②的贝壳，海怪的鼻孔，都喷着一股股的细流，噼里啪啦地拍打着水池暗绿色的水面。水面上，水花跳跃，泡沫四溅，微波荡漾，还有那好像在微笑的漩涡。这水池，这温热的泉水，这覆盖着毛茸茸苔藓的石头，都洋溢着一种愉快而又欢乐的气氛，好像这里从来不知道什么叫痛苦和烦恼。圆形水池中央的小岛上，一位新手雕刻了一座尼普顿③双手拖住安菲特里忒的石像。石像富于性感：尼普顿面带微笑，神情放荡；安菲特里忒激情满怀，她那被水花溅湿的脐下在阳光中闪烁；似乎他们立即就要躲到水下的阴影里去纵情接吻和拥抱了。法布里契奥停在那里注视着。顿时，往事涌上心头，他感到无限的眷恋和惆怅。他久久地伫立在那里。

"好舅舅，快过来看看外国种的桃子，长得怪不错的。别看那些有伤风雅的东西了，那对于你这种年龄的男人很不合适。"

---

① 是波塞冬和安菲特里忒的儿子，以半人半海豚的形象出现，常用号角兴风作浪。
② 希腊神话中的水泉女神。
③ 罗马神话中的海神，即希腊神话中的波塞冬。

唐克雷迪那亲切而又调皮的话语使得陶醉于情欲遐思中的亲王不禁一怔。他从麻木的沉思中清醒过来。他没有听见唐克雷迪的脚步声，这家伙走路轻得像只猫。见到了这小伙子，亲王第一次产生了怨恨的感觉。正是他，这个身穿深蓝衣服、腰身瘦削、风度翩翩的花花公子，两小时前曾使他极其痛苦地想到了死亡的问题。然而，他意识到这并不是怨恨，不过是一种变相的害怕心理。他害怕唐克雷迪跟他提起贡切达。可是看他外甥那股亲热劲儿，那讲话的声调，并不像准备向他这样的人倾吐爱情秘密的样子。于是，他的心情平静下来了。外甥以那种青年人对待长辈亲切而又带讥讽的目光注视着他。"这些年轻人当然可以对我们温顺一点，因为他们深知，我们死后，他们就无所顾忌了。"他一面思索着，一面同唐克雷迪去看"外国种的桃子"。那是两年前用两株外地桃枝与德国桃树嫁接的成果。经过嫁接的桃树虽说结果不多，总共才十二个桃子，但个儿挺大，毛茸茸的，全都呈淡黄色，芳香四溢。一个个都有着粉红色的面颊，宛如中国小姑娘含羞可爱的小脸蛋。亲王用他那出了名的胖而粗的手指尖轻轻地触摸了一下。"看样子好像都熟了，只可惜太少，不够今天晚上用的。不过，明天就把它摘下来，尝尝什么味儿。"

"瞧！舅舅，我喜欢你现在这个样，像个庄稼人①，优先品尝自己的劳动果实，并对它倍加珍惜；而不喜欢你刚才那样，在那里出神地看着那丢人的裸体石像。"

"可是，唐克雷迪，这桃子也是爱情结合的果实呢。"

"当然，但这是合法的爱情之果，是你，这里的主人，还有园丁兼公证人尼诺所促成的爱情结合。这种爱情是经过深思熟虑的，因此是富有成果的。至于那玩意儿，"说到这里，他指了指圣栎树构成的天然屏障那边的喷泉，那里传来的哗哗泉水声还隐约能够听见，"你以为他们真的去过神父那里吗？"

谈话进入了危险的领域，堂法布里契奥赶紧把话题扯开。在回屋的路上，唐克雷迪讲述着他听来的多纳富伽塔的形形色色的桃色新闻：卫士萨韦里奥的女儿梅尼卡的肚子被她未婚夫搞大了，现在得赶紧办婚事；卡里基奥搞了人家的妻子，差点被醋意发作的丈夫用子弹打死。

"你怎么这么快都知道了？"

"我就知道，舅舅，我就知道。他们什么都对我说，因为知道我同情他们。"

他们顺着从花园直通府邸的台阶走上去，经过好几道

---

① 原文系拉丁语：agricola pius。

平缓的转弯和长长的平台,最后到了台阶的顶端。从这里,越过树木,他们看到了暮色中的地平线。远处,接近大海的地方,升起了大块大块的乌云,翻滚的云层立即遮满了天空。也许,上帝的愤怒已经平息,西西里一年一度的不幸有了尽头。在这个时刻,这些给人带来慰藉的云层正被成千上万对眼睛注视着,也被萌动在地球怀抱里的亿万颗种子感觉到。

"但愿夏天已经结束,雨季终于来临。"堂法布里契奥说道。这句话表明了这位高傲的贵族对他的粗俗的村民们怀有兄弟般的感情,因为,对他个人来说,雨水只会给他带来种种不便。

亲王总想到达多纳富伽塔后的首次晚宴尽量隆重些,因此,十五岁以下的孩子不许上桌。晚宴用的是法国红酒。烤肉上来前,还有一巡罗马式的潘趣酒;仆人们都扑了粉,穿着齐膝的短裤和长袜。只是在一个细节上他作了让步,那就是不穿晚礼服。显然,这是为了不使客人们因为没有晚礼服而难堪。那天晚上,在名叫"莱奥波尔德"的客厅里,萨利纳一家在等待最后的一批客人。汽油灯在带花边形流苏的灯罩下,散发出一道道的光圈;黄色的灯光照耀着萨利纳家族那些已故骑士的大幅画像,但他们的威武形象如同人们对他们的记忆一样,已是模糊不清。堂奥诺弗里奥偕同妻子已经来到;总司铎也来了,穿着一件节日盛装,那是用又轻又薄的料子做成的披风,从肩膀上往下打的褶子。他跟王妃讲着马利亚寄宿学校的麻烦事儿。管风琴师堂齐齐奥也来了(泰雷西娜已被拴在角落里的一条桌腿上),他和亲王一起谈起了他们在特拉高纳拉峡谷打猎时的好枪法。像往常一样,大家沉浸在一片静谧的气氛中。这时,亲王十六岁的儿子弗朗切斯科·保罗闯了进来,报告了一条令人震惊的消息:"爸爸,堂卡洛杰罗穿着燕尾服上楼来了!"

唐克雷迪比他人早一秒钟估量到这条消息的重要性。当保罗进来时,他正在向堂奥诺弗里奥的妻子施展魅力。但他一听到这个十分不幸的通报时,就再也控制不住自己而发出了痉挛的笑声。然而,亲王的脸上却没有一丝笑容。应该说,这条消息远比加里波第在马尔萨拉登陆的新闻公报对他的影响大得多,因为加里波第的登陆是在预料之中的,而且既离得远,也看不见。于是,一向善于预测形势和注重象征的法布里契奥,就把这个结着白色领带、摆着两片燕尾正在上楼的人看作是革命的化身。他作为亲王已不再是多纳富伽塔的最大财主,而且,现在还不得不穿着下午的服装接待一位穿着晚礼服的客人。

当他机械地朝门口走去迎接客人时，他那满脸沮丧和懊恼的神情是显而易见的。可是，他一看见客人，却又稍稍感到轻松。堂卡洛杰罗的燕尾服的制作手工与他在政治上所取得的成就相比，可以说是糟透了。料子是上等的，式样是时髦的，但剪裁不合适，大得不成体统。伦敦的《圣经》被一个吉尔简蒂的裁缝念糊涂了——堂卡洛杰罗只付给他少得可怜的一点工钱。两片燕尾的上端朝天矗立，像是在那里默默祈祷；领子大得不成样子。虽然说出来未免叫人寒心，但必须指出，市长的脚上穿的可是系扣的短靴子。

堂卡洛杰罗走上前来，向王妃伸出戴着手套的手，说道："我女儿请您原谅她，她还没有完全准备好。夫人，您知道女人们在这种时候会怎么折腾。"他说话时带着十分浓重的乡音，表达的思想却很轻快，具有巴黎人的情调。接着，他补充说："但她一会儿就到，您知道，寒舍离这儿只有两步远。"

一会儿就是五分钟的时间。门开了，安琪莉卡走了进来。人们的第一个感觉是：他们见到了一位令人神驰目眩的美女。萨利纳一家人都惊讶得透不过气来，而唐克雷迪则感到连太阳穴的脉管都在剧烈地跳动。男人们在她美貌的冲击下，一个个神魂颠倒，六神无主，以致没有人会注意到，如果细看的话，她的美中仍有不足；一般人是永远也不会做到这一点的。按照通常的标准来说,她那高高的身材长得匀称优雅,白皙的肤色像乳汁一般,似乎有一股新鲜奶油的香味;樱桃小嘴显出孩子般的稚气;一头浓密的黑发卷成柔美起伏的波浪;然而绿色的眼睛却泛着白光,如同塑像一般,有点冷漠无情。她徐步朝前走来,宽大的白色裙子在旋转。她稳重沉着,仪态端庄,俨然是一个对自己的美貌怀有不可动摇信念的女人。只是在几个月以后,人们才知道,当她以胜利者的姿态跨进门槛的一刹那,她却因忐忑不安而几乎昏倒。

亲王赶紧殷勤地向她迎了上去;唐克雷迪有点惘然若失,然后又连忙向她微微一笑。但是,这位美女视若无睹。她径直来到坐在安乐椅里的王妃面前,微微地一鞠躬,将她那美妙的肩膀稍稍向下弯了一下。这种不同于西西里风俗的礼仪,使这位美丽的乡村姑娘又增添了一种异乡情调的魅力。

"我的安琪莉卡,我有多长时间没有看见你了呀,你变了很多,不错!"王妃简直不敢相信自己的眼睛;四年前,那个邋里邋遢的丑丫头(那时才十三岁),现在竟成了一位令人倾心和富于肉感的女郎。王妃怎么也无法把这两个形象连在一起。亲王没有什么可回想的,有的只是令人震惊不已的预见。她父亲的燕尾服对于他那高傲的自尊心已经是一个刺激,她的外貌则是给他带来了一个更大的冲击。但这次可不是什么黑色的料子,而是比乳汁还要洁白的皮肤,一个体态匀称、曲线优美的姑娘,多么标致呀!他本是一个偷香窃玉的老手,这时,他立刻感到有一种女性的美在呼唤。他以对波维诺公爵夫人或兰佩杜萨王妃的那种优雅风度对姑娘说道:"安琪莉卡小姐,能在我们家里接待您这朵怡人的鲜花,这是我们的荣幸,希望能经常见到您。"

"谢谢,亲王。我看得出,您对我的好意就像您一向对我亲爱的爸爸所表示的一样。"她的声音悦耳动听,也许是因为有点矫揉造作,所以音调稍低。由于在佛罗伦萨学校里的熏陶,她已失去了吉尔简蒂人那种拖长的调子。她说话时,唯一能使人听出西西里口音的,就是辅音发得较重。不过,这恰好同她那清晰动听的嗓子互相协调。由于受了佛罗伦萨的教育,她懂得可以不用"殿下"这个称呼了。

令人遗憾的是,关于唐克雷迪我们所要说的就很少了。我们只知道,他被堂卡洛杰罗介绍给安琪莉卡后,就不停地转动着那双炯炯发光的蓝眼睛,竭力抑制住自己要亲吻安琪莉卡小手的渴望。在这之后,他便回到罗托洛夫人身边,同她闲聊起来。但他心不在焉,罗托洛夫人的话一句也没听进去。彼罗内神父坐在黑暗的角落里沉思。那天晚上，在他的脑海里，好像整部《圣经》都只是大利拉、友弟德和以斯帖①的连续不断的显现。客厅中间的门打开了，总管家拖腔带调地喊着："请——入——席。"他的声音显得有点神秘莫测，意思是向大家宣布，晚宴开始了。于是，男女宾客便纷纷朝餐厅走去。

亲王深知，在内地的小城镇里宴请西西里客人，如果一开始就上汤的话，虽然是自己喜欢的，但那是行不通的，因为这违反了高级宴会的规则。然而，由于在多纳富伽塔的上流社会人士中有外地人一开始便喝清汤的野蛮习惯的种种传说，所以在这种隆重的晚宴开始的时候，客人们还是多少有所顾虑。因此，当三个穿着金绿色制服、脸上扑着粉的仆人每人手托一只巨大银盘——上面是堆成塔楼似的烤杂拌通心粉——走进来时，二十位就餐的人中没有流露出惊喜神色的只有四位：亲王和王妃，他们是早就知道的；安琪莉卡，她是故作姿态；贡切达，她是因为食欲不佳。而所有其他人（应该承认，也包括唐克雷迪本人在内）都以不同的方式表达了自己的喜悦。公证人狂喜地咕哝着，弗朗切斯科·保罗高兴得尖叫起来。这时，主人用严厉的目光扫视了一下，立即制止了这种不体面的举动。不管人

---

① 均为《圣经》中的女性人物。

们的教养如何，谁也不能不为这种美馔佳肴所吸引。单是那面食的丰盛景象就值得让人赞叹不已。那棕黄色的表皮散发出的桂皮香甜气味只是前奏；当刀子拉破表皮，热气腾腾的香味扑鼻而来，这时才看见了那些堆在通心粉上面的鸡蛋块、鸡肝丁、火腿条、鸡肉丝和蘑菇。肉汁把通心粉浇成类似珍贵的羚羊皮般的淡褐色。

就像通常在外省一样，晚宴开始时是安静的。总司铎画完十字后，一句话也没说就埋头大嚼起来。管风琴师闭着双眼，吮吸着美味的鲜汁。他得感谢造物主，多亏了自己那种猎取野兔和山鹬的机灵劲儿，才能时时得到这样令人陶醉的享受。他想，一盘这样的面食的花费足够他和泰雷西娜用一个月。安琪莉卡，美丽的安琪莉卡，她忘了托斯卡纳的黑布丁，也有些忘了保持自己的优雅举止，以她十七岁芳龄的好胃口，紧握叉子津津有味地吃了起来。唐克雷迪在吞咽食物的时候，也在做着风流的美梦：他一面咀嚼着一叉子一叉子香喷喷的食物，一面想象着同他身旁的安琪莉卡接吻的滋味。可是他立即感到这样实在没意思，便停止了遐想，打算等到吃甜食的时候再说。亲王虽然也在全神贯注地凝视着坐在对面的安琪莉卡，但在座的只有他发现冷冻甜食装得太满。他打算第二天对厨师说一声。其他人都在专心致志地吃着，并没有想到，他们之所以觉得食物特别可口，是因为屋子里充满着艳情。

人人都感到安逸愉快，唯独贡切达例外。她热烈地拥抱和亲吻了安琪莉卡，让她别用"您"而仍应像幼时那样用"你"相称。但是，那颗隐藏在浅蓝色外衣下的心都快要碎了；萨利纳家族的血液在她周身激烈地沸腾。平整的前额下，脑海里却在酝酿着隐晦的邪念。唐克雷迪坐在她和安琪莉卡之间，像个请罪的罪人，小心谨慎地把自己的眼神、恭维话和玩笑都平分给自己身边的两位姑娘。但是，贡切达本能地感到表兄的心更加倾向于那个外来户，于是她皱起了眉头：她想杀人，也想去死。出于女性的本能，她敏感地观察到了某些细微的地方：安琪莉卡右手举起酒杯时，故作风雅地把小拇指高高地跷起；她的脖子上长着一颗暗红的痣；她曾试图用手剔除嵌在洁白牙齿中间的食物。贡切达更加敏感地注意到：安琪莉卡的性格显得有些粗俗。这位外来姑娘的这些细微地方本来是无关紧要的，因为这早已被她那出众的令人动情的魅力掩盖过去。但是贡切达自信而又绝望地抓住不放，就像一个要从屋顶上摔下来的泥瓦匠死命地抓住铅皮檐槽一样。她希望唐克雷迪也注意到这些地方，并且对这种教养上的差距产生反感。实际上，唐克雷迪早就注意到了，只是哎呀，并无反应！因为这位美女的姿色已燃起了他的春情，而且使他心中打起如意小算盘来——一个富家闺秀必然会给一个野心勃勃的穷小子带来锦绣前程。

晚餐将结束时,谈话的内容是一般性的。堂卡洛杰罗对大家讲起了加里波第占领外省时的一些内幕新闻,他讲话时,虽然笨嘴拙舌,但心里一清二楚;公证人对王妃讲起了人们在"城外"建造的小别墅。安琪莉卡很兴奋,因为那精美的食物、美味的夏布利葡萄酒、柔和的灯光以及席间的男人们对她流露出来的特殊好感,这一切都使她感到异常的兴奋和激动。于是,她便乘兴要唐克雷迪对她讲点巴勒莫的"光荣战斗"。她把胳膊肘支在餐巾上,手托着腮帮。她的两颊绯红,那妩媚的姿态令人失魂落魄;她简直就是一幅由胳膊、胳膊肘、手指和那悬在空中的白手套组成的阿拉伯式图案。这情影使唐克雷迪赏心悦目,却使贡切达感到恶心透顶。唐克雷迪一面继续欣赏着姑娘,一面讲起战争中的故事。他把一切都讲得平淡无奇,例如:夜袭季比尔罗萨①、比克肖和拉·马萨②之间的争吵和攻打泰尔米尼门③等等。"小姐,请相信我,那可好玩呢。最好笑的一次是5月28日那个晚上。那天,将军需要在奥利里奥纳修道院的制高点设

---

① 意大利的城市。
② 比克肖、拉·马萨以及罗索里诺等人,都是加里波第参谋部的成员。
③ 巴勒莫的一城门。

立一个瞭望所。我们有几个人就到修道院去敲门，敲来敲去，半天也没有人开门。后来，我们便大声恳求，还是无人理睬，因为那是一所隐修院。这时，塔索尼、阿尔德里盖尔蒂和我，还有其他几个年轻人，我们想用枪托把门砸开，但也是白费力气。没法子，我们便跑到附近一家被炸毁的屋子里搬来一根房梁来撞门，终于，在一片大轰大嚷的吵嚷声中，门被撞开了。我们进去一看，一片荒凉。但从走廊的一角传来了修女们绝望的喊叫。那是一群躲在小教堂里的修女，她们挤在祭坛前叫喊着。谁知道她们害——怕——什么呢，难道害怕十来个动了肝火的小伙子不成！她们那副模样才叫人发笑呢，一个个身穿黑色长袍，既丑陋又衰老。她们圆睁双眼，随时准备以身……殉教。后来，她们仍然像母狗那样尖声地喊着。塔索尼，这个调皮小子喊起来了：'嬷嬷们，没法子呀，我们没时间了，等下次帮我们找几个初来的见习修女，我们再来吧！'瞧我们那个乐啊，一个个笑得直不起腰来。后来，我们便离开了她们，让她们大失所望地留在那里。我们跑到了上面的平台便向国王的军队开火，十分钟以后，我便受伤了。"

安琪莉卡仍靠在桌上，她笑了，露出那一口迷人的尖利洁白的牙齿。她觉得这个笑话很有趣，可是想到里面掺杂着淫邪的欲念，便感到惶惑不安了；于是，她用美妙而颤动的声音说:"你们该是多么潇洒的人啊!我多么想跟你们在一起!"唐克雷迪这时好像判若两人:激情洋溢的叙述,热烈的回忆,加上被姑娘袭人的香味所刺激,这一切终于使这个文质彬彬的青年立即变成了一个粗野的兵痞。

"如果您在的话,小姐,那么我们就没有必要等待见习修女了。"

在自己家里,安琪莉卡听到过很多粗话。可是,自己成为开玩笑的对象——而玩笑是具有双重含义的——这还是头一次(不是最后一次)。这件新鲜事叫她喜欢,她放声笑了起来,笑的声音很尖。

这时,所有的人都站起身来,唐克雷迪弯下身去捡安琪莉卡故意掉落在地上的羽毛扇。当他起身时,看见贡切达的脸涨得通红,眼睫毛上挂着两滴晶莹的泪珠:"唐克雷迪,这些下流的事情你该去对忏悔神父讲,而不是在餐桌上讲给小姐们听。至少我在场时,你不应该讲。"说完,便转过身去不理他了。

就寝以前,堂法布里契奥在更衣室的小阳台上待了一会儿。楼下的花园沉睡在黑暗里。空中,一丝儿风也没有,树木好像是用铅水浇铸成的。邻近的钟楼上传来了猫头鹰的啼声,这声音就像童话中所描绘的那样。天空中的乌云已经消散,人们傍晚时以喜悦的心情所见到的云块现在已不知跑到什么地方去了,也许是跑到那些罪孽较少的村庄去了——愤怒的上帝对那里的人的惩罚要轻些。暗淡的星光颇为费劲地穿过那道由酷热织成的帷幕。

亲王的心此时已飞向星际,飞向那永不可攀的星球。那些星星给人以欢乐却从不奢望得到任何报偿。亲王常常幻想,有一天,他能够以一个学者的身份到那些冰冷的星球上去,随身带着一个小本子作计算;那是一些极为复杂的计算,但他总是可以算出来的。"它们才是唯一纯洁的、少有的好人呢,"他按照自己习以为常的世俗逻辑思考着。"谁会去考虑七仙女①的陪嫁,天狼星的政治生涯,织女星婚后的喜悦呢?"这是令人不快的一天:他胃里的食物堵得他喘不过气来,天上的星星又显露出不祥的兆头。今天晚上,他所看见的星星不在它们原来的位置上;每当他抬起眼睛时,他所见到的星星总是排列成一种图像:两颗星星在上面,那是两只眼睛;一颗星星在下面,那是下巴尖。这是每当他心情不佳时看到星座所呈现出的可笑的三角脸图像。堂卡洛杰罗的燕尾服,贡切达的爱情,唐克雷迪的自命不凡,他自己的胆怯,甚至那位安

---

① 希腊神话阿忒拉斯的七个女儿,此处指仙女星座。

琪莉卡令人倾倒的美丽,这一切都不是好兆头,就好比山崩前乱石滚落一样。还有那个唐克雷迪!当然,应该说他的行为是无可指责的,而且他也乐意助他一臂之力。但是,又不能否认,他的行为还是有些不正派。可是,他,萨利纳亲王自己也不见得比唐克雷迪好啊。"算了,还是睡觉去吧!"

本迪科在暗影中用脑袋拱着他的膝盖。"瞧你呀,本迪科,你真幸运啊,你有点像它们,像那些星星,什么也不懂,整天无忧无虑。"他在漆黑的夜晚,捧起了狗的脑袋,"你呀,你的眼睛同鼻子长在一条线上,又缺下巴,凭你这个脑袋,是请不来天上鬼神的。"

按照古老的习俗,萨利纳全家在到达多纳富伽塔的第二天必须朝拜圣灵修道院,到降福的科尔贝拉墓前祈祷。科尔贝拉是亲王的祖先,修道院的创立者和资助者。她在那里度过了自己圣洁的一生,并在那里像圣人般死去。

圣灵修道院采取了极为严格的隐修制度,严禁男子入内。可正因为这个,亲王才特别高兴去那里,因为他是创始人的直系后代,禁令对他无效。他特别珍视这个只有那波利国王同他才能享有的特权,同时,也为此像个孩子般感到骄傲。

按教规，他享有自由进入圣灵修道院的特权，这是他喜欢这座修道院的主要原因——当然这并非唯一的原因。那里的一切都叫他喜欢，就说那间简陋的接待室吧，它给人一种谦卑的感觉：它的圆形拱顶中间镶嵌一只豹；它的会客室设有两层栏杆，附带一个小巧的木制传送轮，那是用来传送信件的；还有那方方正正的大门，那是只有他和那波利国王——世界上唯一的男子——才有权跨越的门。他喜欢修女们的那种打扮：一个个身穿黑粗布长袍，宽宽的胸衣用雪白的亚麻布打着细褶，显得耀眼夺目。此外，他还喜欢听修道院长对他讲述降福的科尔贝拉显灵的奇迹，虽然他已听过二十遍了，但每次听起来仍然感动。院长一边讲着，一边指着花园的一角，就是在那弥漫着忧伤气氛的地方，出现了一个地狱里的魔鬼。这个魔鬼一见到科尔贝拉那么庄严朴素就跳起来，接着便从地上捡起一块大石头朝她扔去。然而，她却镇定自若，只是用手一指，便使那块石头悬在半空中了。然而，每当他看见挂在一间小屋里的墙壁上、镶嵌在镜框里的那两封出了名的信件时，便越来越感到疑惑不已。那两封信的字迹难以辨认：一封是降福的科尔贝拉写给魔鬼的，规劝他改邪归正；而那封回信的意思似乎是表示遗憾，不能听从她的劝导。亲王喜欢修女们根据延续近百年的配料法制作的果仁夹心蛋糕。他还喜欢听做弥撒时的合唱。他甚至很乐意将自己收入中的一大部分捐赠给这座修道院——这也是符合修道院的创始条例的。

因此,那天早上,当两辆马车向城外不远的修道院驰去的时候,车里的人个个都兴高采烈。在第一辆车里的是亲王、王妃和他们的女儿卡罗莉娜与贡切达;在第二辆车里的是亲王女儿卡特莉娜以及唐克雷迪和彼罗内神父。无疑,最后这两位是要待在墙外[①]的。在整个朝拜过程中,他们将一直待在接待室里。但令人欣慰的是,木制传送轮会给他们带来果仁夹心蛋糕。贡切达显得有点神情恍惚,但安详平和。亲王很希望头天晚上的那些离奇设想已成为过去。

要进入一座与世隔绝的修道院,即使对于一个最有神圣权利的人来说,也绝非一件易事。修女们喜欢装出一副反感的样子,虽然说是表面上的,时间却很长,这就使"准予入内"显得更加神圣。虽然朝拜是事先通知的,但他们也不得不在接待室里等好一阵子。将要进去时,唐克雷迪出人意料地对亲王说:"舅舅,您不能让我也进去吗?再说,我毕竟也是半个萨利纳家族的人呀,我还从来没进去

---

① 原文系拉丁语: extra muros。

过呢。"

说心里话,他的这个要求使亲王感到很高兴,但亲王坚定地摇着头说:"可是,我的孩子,你知道,只有我才能进去,其他人是不允许的。"但要说服唐克雷迪可没有那么容易。"对不起,好舅舅,昨天我又看了一遍条例,那上面写着:萨利纳亲王可以进去,如经修道院院长同意,可以带两名侍从随行。我就做您的侍从好了,我做您持盾牌的侍从,您叫我干什么都行,我求求您,去问问院长吧。"他以不寻常的热情说着,似乎是想使什么人忘掉他在头天晚上说过的那些轻率的话。亲王备受恭维,心被打动了。"如果你那么想进去的话,亲爱的,我试试看……"这时,贡切达面带甜蜜的微笑对表兄说:"唐克雷迪,我们经过季内斯特拉家门前时,看见地上有根木梁。你去把它搬来,不很快就进去了嘛。"唐克雷迪那对蓝眼睛立即变得黯然失色,不知是因为羞愧呢还是恼怒,脸红得像朵罂粟花。亲王感到惊讶;唐克雷迪正想对他说什么,贡切达又插嘴了,她说话有点刻薄,笑容也已不见:"爸爸,别管他,他是开玩笑,至少他已进去过一次,该知足了,这次就不必跟咱们进去了。"只听得哗啦一声,门闩拔掉,门打开了,一股清风伴随着修女们的喃喃低语声,从庭院吹进了闷热的接待室。修女们整齐地排列在那里。商谈已经来不及,唐克雷迪只得顶着火热的太阳，在修道院前面散步。

对圣灵修道院的朝拜很成功。堂法布里契奥由于喜欢平静，便没有过问贡切达刚才讲的话是什么意思。他想准是表兄妹之间常有的那种孩子般的怄气。但不管怎么说，两个年轻人之间的争吵倒是让人省了好多心，免了好多麻烦和口舌，也用不着再采取什么措施。因此，这是令人欣喜的。在这种心平气和的气氛下，所有的人都怀着痛悔的心情，伫立在降福的科尔贝拉墓前默哀致敬；然后，又勉强地喝了修女们送来的淡咖啡。不过在吃那玫瑰和淡绿两色的杏仁奶油糖时，大家却都高兴地嚼得嘎巴作响。王妃去仔细察看收藏室；贡切达在跟修女们闲谈，对她们表现出自己惯有的、有节制的恭顺；而亲王则去把每次都要布施的十个金币放在饭厅的餐桌上。听人说，唐克雷迪想起有一封急信要写，已提早步行走了。亲王一行出来时，确实发现只有神父一个人待在那里；对此，谁也没有在意。

回到府邸，亲王上楼走进书房，书房上面是钟和避雷针。书房有一座大阳台，面向府邸正门前面的中心广场。为了防热，房间的门窗紧闭着。从大阳台望出去，可以看见多纳富伽塔的广场，广场很大，到处都有沾满灰尘的法国梧桐投下的阴影。对面的几座房子，也用自己的门面在炫耀自己：那些人家让一个本地建筑师在正面墙上涂了鲜艳的色彩，还有的用浅色石头雕刻了乡间的鬼怪像，日久天长，这些雕刻已变成光滑的石头。这些房子都带着小巧玲珑的弯曲的阳台。其余的房子，包括堂卡洛杰罗·塞达拉的在内，都有一个光洁的门面做装饰。门面虽小，却具有拿破仑时代的庄严风格。

堂法布里契奥在宽大的房间里踱来踱去。他走到阳台前面时，偶尔朝广场看了一眼。他看见在他捐赠给市政府的一条长凳上，有三个老人坐在那里晒太阳；四匹骡子拴在一棵树上；十几个顽童挥舞着木剑呼喊着，互相追逐。这是一幅仲夏灼热阳光下典型的乡村景色。有一次，他路过窗口时，他的目光被一个身影所吸引，那人完全是城里模样：挺直而瘦削的身材，讲究的穿着。他眯着眼睛仔细瞧，认出了那人是唐克雷迪。虽说他已走得比较远，但亲王从那歪斜的肩膀，那裹住瘦细腰身的上衣认出了他。这时，他已换下了那套去圣灵修道院穿的栗色衣服，穿了一身普鲁士蓝。蓝色，正如他自己所说，这是"我诱惑人的颜色"。他拿着一根手杖，手杖的头饰上了油彩（那是一根带有法尔科内里家族独角兽标记和永远纯正[1]铭文的手

---

[1] 原文系拉丁语：Semper purus。

杖）。他走起路来像猫一样轻盈。那样子，就好像是什么人生怕弄脏了鞋一样。离他十步远的地方，有一个仆人在后跟随，挎着一只饰有花边的小篮子，里面装着十几个淡黄色的、带小红脸蛋的桃子。他一面走路一面躲闪：先是避开了一个剑术高明的小男孩，接着又小心翼翼地躲过一匹骡子的一泡尿。他来到了塞达拉家的门口。

第三章
亲王的烦恼

1860年10月

雨过天晴。太阳又高踞其位,就像一位畏惧臣民筑起的街垒而躲避了一个星期的专制君王,如今卷土重来,怒气冲冲地恢复了统治,只不过这一次要受宪章的制约而已。天气又热起来,但已不那么炽烈灼人了。阳光普照大地,万物绚丽多彩。三叶草和羞答答的薄荷又从地里冒了出来,人们的脸上又流露出疑惑的希望。

堂法布里契奥带着泰蕾西娜和阿尔古托两条狗,偕同他的追随者堂齐齐奥·图梅奥,以狩猎打发了许多时光,从黎明一直坚持到下午。至于战果,那可远不及他们为此而受的颠簸和劳累。这也难怪,如果目标几乎根本不存在的话,即使是最有经验的好射手也难以命中。倘若亲王回家，能派人送两只山鸡到厨房里去，那就很不错了；同样的道理，如果堂齐齐奥晚上能把一只野兔扔到桌上，他就自认为走运了，而且他还蛮可以根据我们这里的习惯，由此①把它说成是后腿长、跑得快的野兔。

其实，猎获丰硕的战利品对亲王来说只不过是次要的乐趣；打猎日子里的情趣不在于此，而寓于许多小小的细节之中。首先是从依然黑咕隆咚的房间里刮胡子开始。在烛光照耀下，他的一举一动都被夸大地投影到绘有壁画的天花板上。随之而来的一系列行动更是增强了这种乐趣：他穿过一个个沉睡的大厅，在跳动的光亮中绕桌而行，桌子上凌乱地放着纸牌、筹码和空杯子；在纸牌当中他瞥见了英姿勃勃的预祝他满载而归的黑桃杰克；他穿过晨曦下寂然无声的花园，惯于早起的小鸟正缩着身子，抖落羽毛上的露珠。亲王从常春藤缠绕的小门溜了出去，总而言之，他跑了出去。在沐浴着晨光的空荡荡的大路上，他看见了留着黄色小胡子的笑容可掬的堂齐齐奥。堂齐齐奥正在亲昵地咒骂着那两条狗：可怜的狗在等待的时候，毛皮下的肌肉微微颤动。金星闪烁发光，葡萄珠圆溜溜的，绽开了皮，亮晶晶、温润润。这时候，人们似乎听到了太阳神的战车攀登地平线下的陡坡

---

① 原文系拉丁语：ipso facto。

时发出的隆隆声。不久,他们就遇到了慢腾腾像潮水一般前进的第一批羊群。脚穿翻毛靴的牧人投着石子赶羊群上路。在黎明的曙光下,羊毛显得那么柔软,看来像是玫瑰色的。接着而来的是要解决牧羊犬与固执的猎犬之间,为了争得优先过去的权利而难解难分的争执。这场震耳欲聋的插曲过去之后,亲王和他们拐弯爬上斜坡,置身于一派田野风光的西西里的远古寂静之中了。他们顿时觉得在空间或更多地在时间上都已经超然物外。多纳富伽塔,连同它的府邸、它的暴发户,虽然距此不过两里路,然而在记忆中却已经褪了颜色,宛如有时在铁路隧道中遥望远处出口的景物一样,模糊不清了。多纳富伽塔的苦难以及奢华如果从属于过去,那就显得更加毫无价值,因为对这个永恒不变的穷乡僻壤来说,它们又像是从属于未来。它的楼房和居民不像是用石头砌成或者用血肉组成,倒像是由梦幻的、未来的丝绸做成,是乡间柏拉图所向往的乌托邦的产物。一有风吹草动,一切都会改变模样,甚至会不复存在;一切过去的事物所保留的那点儿活力,也随之消逝,它们也就不会给人们带来烦恼了。

提起烦恼,堂法布里契奥最近两个月来确实碰到不少;它们从四面八方纷纷涌来,像众多的蚂蚁向一只死蜥蜴展开攻势一样。有些烦恼是从政治局势的裂缝中冒出来的;

有些是由周围人的激情引起的；还有一些（也是最伤脑筋的）则是从他自己的内心世界萌发的，即产生于他对政治以及周围人的任性（他在气头上时称之为"任性"，而他在冷静下来时则称之为"激情"）所产生的不合理性的反应。他每天都把这些令人头痛的事情在脑子里检阅一番，在自己思想的练兵场上操练它们，叫它们时而列成纵队，时而排成横队，企图在队形变化中发现使他心安的目的性，然而办不到。过去的岁月里，麻烦事情少些，不管怎么说，那时候，在多纳富伽塔居住是休息的时期。他的"烦恼"也放下了枪支，分散在崎岖的山谷中，津津有味地吃着面包和奶酪，相安无事，以至于人们忘记了它们那好战的军服，把它们当作无害的牧人。可是今年不然，"烦恼"像哗变的军队，挥动着武器，大声喊叫着，聚而不散；一个上校慌慌张张地喊道："解散！"但是军队集结得比往常更加紧密，显出更加咄咄逼人的气势。来到多纳富伽塔时的乐队、爆竹、钟声、《吉卜赛女郎之歌》、感恩赞美诗，都很好，可是往后呢？资产阶级革命步步升级，升上了堂卡洛杰罗的燕尾服；安琪莉卡的花容月貌使他的贡切达雍容华贵的风度黯然失色；唐克雷迪性急地加快不可避免的时间的进程，并以好色的激情掩饰他实用主义的目的；全民投票拘泥细节，暧昧不明；而他自己呢，作为豹的象征，多少年来一挥巨爪就能解决问题，如今却要屈从于数不胜数的阴谋诡计。

唐克雷迪走了已一个多月了，眼下，他暂时住在卡塞塔以前国王居住的套间里。他有时给堂法布里契奥写信。亲王读着信，时而低声咕噜，时而点头微笑；读后就把信往写字台最里面的抽屉一塞。唐克雷迪从不给贡切达写信，但倒也没忘记用惯有的、亲切的调皮口吻向她致意。有一次，他竟然写道："亲吻所有小母豹的手，特别是贡切达的手。"当亲王给聚在一起的全家念信时，由于做父亲的谨慎，他把这句话略去没念。安琪莉卡出落得更加艳丽迷人，差不多天天都来拜访，有时由她父亲陪着，有时让一个哭丧着脸的女仆伴随。她是冠冕堂皇地来看望女伴们、看望姑娘们来的，但实际上，人们觉察到当她有意无意地问"亲王有消息没有"的时候，才达到了来访的最高潮。唉，可惜在安琪莉卡的嘴里，"亲王"这个称呼不是指他——堂法布里契奥，而是用来称呼加里波第的小上尉的。这不禁使萨利纳产生了既有男性的妒忌又有为亲爱的唐克雷迪的成功而高兴两者交织而成的一种滑稽可笑的感情，总之，是一种不愉快的感情。对于安琪莉卡的询问，总是由亲王来回答。他经过周密思考，才把了解的情况讲出来，总是一棵经过细心整枝的消息之树。树上的刺已经被他用剪刀审慎地修剪掉了（例如，关于多次游逛那波利的叙述，对圣卡罗芭蕾舞女演员阿乌罗拉·斯瓦尔兹瓦尔德美丽的腿的明显暗示），早熟的蓓蕾也被剪去了（"告诉我有关安琪莉卡小姐的消息"，"在斐迪南二世的书斋里，我看见了安德烈亚·德尔·萨尔托的圣母像，它使我想起了塞达拉小姐"）。这样一来，他所塑造的唐克雷迪的形象就是平淡无奇、不太真实的；不过，即使如此，也很难说亲王是扮演了一个令人扫兴者的角色，还是扮演了撮合者的角色。这种讲话时的谨慎和他对唐克雷迪的受理性控制的激情所产生的情感是一致的。然而，这种做法使他气恼，也使他感到疲倦；再说，这只是最近一个时期以来他被迫苦思冥想后在语言和态度上机智灵活的一个例子。他不无眷恋地又想起一年前的情况，那时，他脑子想什么就说什么，而且确知即使说的是一派胡言，也都被当作福音接受了，哪怕是最无礼的举止，也被认为是亲王的一时疏忽。他惋惜地怀念着过去，在心境不佳的时刻，不知不觉地在危险的下坡路上滑得很远。有一次，当他往安琪莉卡递给他的茶杯里放糖时，他突然意识到自己正在羡慕三百年前的法布里契奥·萨利纳和唐克雷迪·法尔科内里，他们想和当时的安琪莉卡上床的欲望一定会得到满足，用不着非要到神父那里走一趟，也无须为那些村女的嫁妆（再说那时候也没有)煞费心思,更没有必要迫使他们可尊敬的舅舅像变戏法似的去渲染或掩盖某些事情。祖传的溺于声色的冲动(其实也不完全是溺于声色,只不过是一种惰性的情欲而已)是如此强烈,以致素有文化修养的年近半百的贵族绅士面红耳赤。他的心灵,经过无数次的清滤,最后也染上了卢梭的道德观念,使他深感羞愧。从这件事情开始,他越发厌恶他所面临的社会环境了。

那天早上,亲王更加强烈地感到自己被进展异常迅速的形势所左右。那是因为,头天晚上,驿车把不定期的邮件带到了多纳富伽塔,淡黄色的邮箱里只有为数不多的信件,其中有一封是唐克雷迪写给亲王的。

还没看信的内容,就知道它非同寻常,极为重要,因为是用华丽的光纸写的,字迹工整匀称,往下的笔画粗,向上的笔画细,有板有眼,一丝不苟,一看就知道写成这个样子,一定浪费了不少的纸张。唐克雷迪在信里没有以"好舅舅"的字眼来称呼亲王,其实亲王倒挺喜欢那个称呼。这个深思熟虑的加里波第分子用心良苦地想出了"最亲爱的法布里契奥舅舅"这个称呼,它有好几个用意:使人不怀疑他在修道院门廊讲的话是开玩笑;使人从信的第一行就预感到后面内容的重要性;使人把信拿给任何人看都行；最后则是把自己与基督教之前最古老的宗教传统联系在一起，给确切的称呼赋以一种咒语的力量。

于是，"最亲爱的法布里契奥舅舅"获悉：他的"最亲爱最忠诚的外甥"三个月来深受恋爱的折磨。"战争的风险"（应读为：在卡塞塔花园的散步），或"大都市的各种消遣"（应读作：芭蕾舞女演员斯瓦尔兹瓦尔德的妩媚），一时一刻都不能从他的脑海、从他的心田抹去安琪莉卡·塞达拉小姐的形象（这里使用了一系列的形容词来赞颂他所爱的少女的美丽、优雅、美德和聪颖）。然后，唐克雷迪又以清晰的笔墨和感情婉转地说明自知不配，因此力图熄灭这团烈火（在喧闹而嘈杂的那波利，在刻苦而严峻的战友面前，我长时间地试图压抑我的恋情，但是徒劳无效）。可是现在，爱情冲破了矜持，他请求最敬爱的舅父能以外甥的名义，为他向安琪莉卡小姐"最可敬的父亲"表示要娶安琪莉卡小姐为妻的愿望。"舅舅，你知道，我对我所热爱的心上人只能献上我的爱、我的姓、我的剑，除此以外，别无他物。"不要忘记这句话是在浪漫主义色彩浓厚的南方说的。在这句话之后，唐克雷迪大讲特讲法尔科内里家与塞达拉家（在某一处，他竟然斗胆写成"塞达拉家族"）联姻的适宜性，尤其是它的必要性，这种联姻应当受到鼓励，因为它可以给古老的家族带来新鲜血液，又可以把阶级拉平，这也是意大利现时政治运动所要达到的目的之一。信里唯有这部分内容使亲王读来感到愉快；这不仅因为它证实了亲王早先的预见，因而给他戴上了预言家的桂冠，还因为（如果说尤其就太过分了）唐克雷迪那充满意在言外的讥讽文笔不可思议地使他想起了外甥的面庞，他那带有嘲弄鼻音的声调，他那闪烁着狡黠之光的蓝眼睛以及他那不失礼貌的冷笑。后来，他突然发现洋溢着激进思想的这一大段刚好写满一张纸，这样，只要把这张具有革命内容的信纸扣下，如果亲王愿意的话，尽可把信拿给别人看，丝毫不影响它的完整性。发现了这一奥秘，亲王对唐克雷迪的足智多谋简直佩服得五体投地。唐克雷迪简短地叙述了最近的战事，表示确信一年之内一定打到"新意大利注定的庄严首都"罗马，他感谢亲王过去对他的关心和爱护，在信的末尾，还恳求亲王原谅他冒昧地委托亲王去办理这件"决定我未来幸福"的大事。最后向亲王表示问候（只向亲王一个人）。

首先，读完这篇奇妙非凡的散文，堂法布里契奥感到有些晕头转向：他又一次发觉历史以令人难以置信的速度在前进。如果用现代的词句来表达的话，我们可以说，堂法布里契奥的心理状态和这样一种人极为相似——本来以为登上的是往返于巴勒莫与那波利之间的慢速短程飞机，后来却发现自己是坐在一架超音速飞机上，因而连十字还来不及画就到了目的地。然后，亲王性格中富于感情的这一层也升上来了；他为唐克雷迪的决定深感高兴，这小伙子第一是保证肉体上的满足，这是暂时的；第二是保证经济上的稳定，这才是永久的。再后来，他又发现这个年轻人有种不容置疑的自信，他蛮有把握地提出自己的要求，就好像安琪莉卡已经同意了似的；但是最后，所有这些想法统统都被一种被迫要和堂卡洛杰罗商谈这么一桩关系密切的事情而蒙受莫大屈辱的心情搅得乱七八糟。他一想到明天要开始进行微妙的谈判，要采取谨慎的态度，要使用各种的计谋，就感到讨厌，因为这种做法和他那被公认为狮子般的性格是不相容的。

堂法布里契奥把信的内容仅仅告诉了妻子一个人，当时他们正在床上，玻璃罩的油灯发出淡淡的蓝光。起初，马利亚·丝苔拉一言不发，只是一个劲地画十字；随后，她说应该用左手而不是用右手画。讲完这句莫名其妙的话后，她便口若悬河，滔滔不绝地说起来了。王妃坐在床上，手指神经质地揉搓着被单，火辣辣的语言像火炬的怒焰，灼烧着关上了门的房间里凄凉的气氛。

"可是我还一心盼望他娶贡切达为妻呢！忘恩负义的家伙，跟他那伙自由党分子是一丘之貉。他先背叛了国王，现在又来出卖我们啦！这个无赖，长着一副虚伪的面孔，口蜜腹剑！把这样一个没有你们家血统的人弄到家里来，就会出这种事儿！"说到这里，她就恣意发泄，掀起家务事的轩然大波。"我这话说过多少次，可没人听我的。这位花花公子简直叫我忍受不了。只有你被他迷住了心窍！"其实，王妃自己何尝不为唐克雷迪的撒娇作态所征服呢，她还是打心眼里喜欢他的。但是喊叫着"我这话说过多少次"使人享受到了最强烈的愉快，以致一切事实、一切感情都跟着来了个一百八十度的大转弯。"如今他脸皮可真厚，竟然托付你——他的舅舅，萨利纳亲王，受了他骗之人的父亲，去低三下四地求那个混蛋，那个臭婊子的父亲！你不能做这件事，法布里契奥，你不该去做，别去做，别去做！"她愈说嗓门愈高，身子开始发僵。

平躺在床上的堂法布里契奥向旁边瞥了一眼，看看缬草精是不是放在五斗柜上面。瓶子是在那里，还有一只银匙斜放在瓶塞上；在卧室青绿色的朦胧光线笼罩下，它们像一座安定人心的发光的灯塔，屹立在那里，准备驱散歇斯底里症的风暴。他一时竟想起床，去拿缬草精瓶子和银匙；不过，他没有那么做，只是坐了起来；这样，就显得威风一些。"丝苔露齐亚①，别尽说蠢话，你胡说些什么。

---

① 丝苔拉的爱称。

安琪莉卡不是臭婊子，也许将来是，可她现在是一位姑娘，跟其他姑娘一样，比她们更漂亮，只是单纯地想嫁个好人家。她可能跟大家一样，有那么点儿爱唐克雷迪。至于钱，她是有的，大部分是我们的钱，可是堂卡洛杰罗会管钱。唐克雷迪正迫切需要这个；他是个少爷，花钱似流水，想干出一番大事业。他对贡切达从来没说过什么，相反，倒是贡切达，自从我们到了多纳富伽塔以后，对他就像对条狗一样。再说，他也不是忘恩负义的人；他能迎合潮流，无论在政治上还是在生活上都是这样，这就是一切。况且，他是我所认识的最可爱的年轻人，这一点你跟我一样清楚，我的丝苔露齐亚。"五只大手指轻轻抚摸着丝苔拉小小的颅骨。她抽泣着。她总还算明智，刚才喝了一口水，怒火消下去了，悲伤又袭上心头。堂法布里契奥开始觉得不必离开暖和的床，光着脚从有一丝凉意的房间这一头走到那一头去了。为了确保未来的平静，他佯做生气的样子说："在我的家里、我的房间里、我的床上，我不愿意有人大喊大叫！什么'做呀''别做呀'，统统给我见鬼去。这件事我决定了；其实，你连做梦都还没想到的时候，我就早决定了！事情就到此为止吧！"

憎恶喊叫的人自己却先喊起来了，而且使出了他那宽大的胸膛里所有的力气。他一拳砸下来，仿佛面前有一张桌子；这一拳正打着自己的膝盖，可真痛，于是乎他也冷静了下来。

王妃吓坏了，像只受到恫吓的小动物，低声呻吟着。

"咱们现在睡吧，我明天去打猎，还得早起。就这样吧！说定了的就定了。晚安，丝苔露齐亚。"他先吻了吻妻子的前额，然后又在嘴唇上吻了一下。亲王重新躺下，转过身子对着墙。他那卧在床上的身影映在墙上的丝绸贴面上，宛如浅蓝色地平线上起伏的山峦。

丝苔露齐亚也躺下了；她的右腿轻轻触到了亲王的左腿，心头不禁感到慰藉，为有一个这样健壮而高傲的男人做丈夫而自豪。唐克雷迪算什么……还有贡切达……

处于困境的苦恼，连同其他的忧虑，在田野的古老芳香中都被遗忘在一边。我们权且把亲王每日清晨去打猎的地方唤作田野吧。其实，"田野"明确地意味着是用劳动改造过的土地。可是山坡上茂密的树林，与腓尼基人[①]、多利安人[②]、爱奥尼亚人[③]在这个可以称为古代美洲的西西里

[①] 腓尼基为地中海东岸古国。腓尼基人在古代以航海、经商和贩卖奴隶闻名。至公元前10世纪左右，其活动范围已达塞浦路斯、西西里岛、撒丁岛、法国、西班牙等地。
[②] 古希腊四种主要居民之一。公元前12至11世纪由巴尔干半岛北部迁来，曾在西西里岛东部进行活动。
[③] 古希腊四种主要居民之一。

登陆时的状态毫无两样,没有任何变化。堂法布里契奥和图梅奥时上时下,时而滑倒,荆棘撕破了他们的衣服。他们两个人简直和二十五个世纪前疲惫不堪、被荆棘剐破的阿尔基达莫①和菲洛斯特拉托②一模一样。他们见到的是同样的景色,同样黏乎乎的汗水湿透了他们的衣衫,同样冷漠的海风不停地吹动着香桃木、染料木,播散着百里香的清香。两条狗骤然停止不前,若有所思,紧张地等候着猎物,就跟打猎的日子里人们虔诚而热烈地祈求着阿耳忒弥斯③一样。生活缩小到这些最基本的因素,人们脸上除去了忧虑和美容的脂粉,这时候,生活就显得可以忍受了。那天清晨,还没到山顶,阿尔古托和泰蕾西娜就开始了猎狗发现猎物的宗教舞蹈:滑步、紧张、小心地抬起前爪、压抑的低沉的吠声;几秒钟后,一个灰毛屁股在草丛间一窜而过,两声几乎同时响起的枪声结束了无声的等待;阿尔古托把一只奄奄待毙的小动物叼到亲王脚下。

那是一只野兔,那一身不显眼的黏土色的毛皮并没有使它免遭厄运。枪弹的迸裂撕破了它的脸部和胸部,那双黑眼睛死死地盯着堂法布里契奥,然后很快蒙上了一

---

① 古希腊奴隶制城邦斯巴达的国王。
② 古希腊公元前3世纪时的哲学家。
③ 希腊神话中月亮和狩猎女神。

层青绿色的薄膜。它们毫无责备之意地望着堂法布里契奥,然而却充满着一种茫然的哀痛,一种对世界秩序的怨恨。毛茸茸的耳朵已经冷却,矫健的爪子有节奏地抽搐着——这是尚存的徒然的企图逃脱的象征;这个小动物在一种焦急地渴望得救的希望的折磨下慢慢死去;当它刚被抓住时,它还幻想着能挣脱困境,人类又何尝不是如此呢。亲王用怜悯的大手抚摸野兔可怜的小脸时,它最后颤抖了一下,死了。而堂法布里契奥和堂齐齐奥得到了消遣;前者在感受杀戮的愉快之余,还有着一种安然的怜悯之情。

猎人们登上山峰,稀疏的桎树和橡树之间呈现出了西西里的真实面目;巴洛克式的城市和橘园在这派景色中变成了可有可无的华丽饰物。干旱的、荒芜的、不合情理的圆形山丘此起彼伏,以至无尽。人的头脑也理不出它们的主要轮廓,若在思维错乱的一瞬间去想象一下,人们可以把它们看作一片汪洋大海。风向的变化使波浪随着改变方向,刹那间大海化成了石头,多纳富伽塔蜷缩成一团,隐藏在大地的一个不知名的褶皱里,看不见人的踪影;只有稀疏的成排的葡萄树那里有人影在晃动。山的那一边,靛蓝色的大海成了一个小点,比土地更含有矿物质,更加不结果实。微风吹来,拂弄着万物,把粪便、腐烂的动物尸体、鼠尾草的气味,散布得到处可闻。微风漫不经心地掠过,或吹得事物无踪无影,或使之残留一部分,或进行重新的组合。它把兔子留下来的唯一的血迹吹干。再向前去,它拂动加里波第的头发;再向前去,它把微尘吹进那波利士兵的眼睛,士兵们正在匆忙地加固加埃塔①的工事,怀着虚幻的希望,和野兔垂死挣扎一样枉然而渺茫的希望。亲王和管风琴师图梅奥在一棵橡树下很狭小的一块树荫里休息。他们喝着用木壶装的温酒,吃着堂法布里契奥从皮口袋里拿出来的烤鸡和堂齐齐奥带来的撒有面粉的香喷喷的圆面包,品尝着模样难看吃起来香甜的"伊索利亚"葡萄。他们用大块面包喂饱面前的两条猎犬。它们毫无表情,就像专心致志地收债的守门人。在制宪的阳光下,堂法布里契奥和堂齐齐奥昏昏欲睡。

尽管一声枪响打死了一只兔子,恰尔迪尼②的有膛线的大炮已经使波旁王朝的士兵胆战心惊,而中午的酷热又使人昏昏欲睡,只是没有任何事物可以使蚂蚁停止活动。堂齐齐奥吐在地下的几颗烂葡萄,招引了密密麻麻的大队蚂蚁,它们一心一意要把沾有管风琴师唾沫的烂葡萄占为

---

① 两西西里王国的要塞和军港。
② 恰尔迪尼(1811—1892),意大利将军,政治家,在1860年攻克加埃塔。

己有。它们无所畏惧，混乱地然而又是坚定地从四面八方汇集而来，三五成群，有时停下来说几句悄悄话，毫无疑问，它们是在赞扬百年来的胜利，为马尔科山山峰上第四棵橡树下的第二号蚂蚁窝未来的丰收而庆贺。然后，它们就集合在一起，向未来的繁荣昌盛继续前进。这些帝国主义分子发光的背上似乎颤动着激情，可以肯定地说，在它们的上空还荡漾着胜利凯歌的声响。

由于一种不能言明的联想，这些昆虫的忙碌使亲王再也无法入睡。他想起前些日子在多纳富伽塔亲身经历的全民投票。那些日子除了使他惊讶不已以外，还使他产生了好几个不解之惑。而眼下，在蔑视这些问题的大自然面前，当然蚂蚁除外，或许可以找到答案。两条猎犬舒展着身子，平卧在地上睡着了，像从纸上剪下来的一样。野兔头朝下倒挂在树枝上，风一个劲地吹，吹得它斜向一边。图梅奥吸着烟斗，提了精神，睁着眼睛没睡。

"堂齐齐奥，21日那天您投的什么票[①]？"

可怜的堂齐齐奥吓了一跳。他同所有的本地人一样，总是小心翼翼地在篱笆墙内活动；但此时，他置身于墙外，处于毫无戒备的状态了；亲王冷不防提出的问题使他迟疑

[①] 1860年10月21日西西里岛举行全民投票，表决意大利各王国合并于撒丁王国的问题。

不决，一时难以回答。

亲王把堂齐齐奥的犹豫误会成畏惧，不禁有点生气："您究竟怕谁？这里只有我们两人，再有就是风和狗。"

说实在的，这个叫人放心的见证人的名单并不令人十分满意："风"，从意思上讲是能传话的；亲王则是半个西西里人；能够绝对信赖的只有狗，因为它们不会说话。不过，堂齐齐奥此时已镇静下来，小地方人的狡黠使他找到了合适的回答，那就是所答非所问："对不起，殿下，您这个问题根本用不着提，您晓得，多纳富伽塔全体居民都投了赞成票。"

关于这一点，堂法布里契奥是清楚的；正因为如此，对方的回答只是把一个小小的疑团变成了一个历史的谜。在投票之前，许多人到亲王家来征求意见。亲王恳切地劝他们投赞成票。实际上，堂法布里契奥也想不出别的办法。一方面，这已经是既成事实，投票只不过是戏剧性地走过场；另一方面，因为这也是历史的需要，再说也要考虑一旦这些身份低微的人投了反对票而被发现时，他们肯定会吃苦头的。然而，他注意到许多人对他的话并不十分信服；这是西西里人的抽象马基雅维利主义① 在作怪，它

---

① 意大利15世纪政治家马基雅维利提出的为达到政治目的可以不择手段的主张。

经常引诱那些被称为宽宏大量的人在极为脆弱的根基上建立复杂的脚手架。就像一些临床医生,虽然医术娴熟,其治疗方法却根据错误的血和尿的化验,然而,他们又懒于纠正化验的错误,结果他们(那个时候的西西里人)害死了病人,也就是害死了他们自己。这正是因为他们绞尽脑汁的算计不是建立在对问题的实际了解上,或者起码不是建立在对交谈者的实际了解上。有些人到过豹的领域[①],对一个萨利纳家族的亲王居然会主张投票赞成革命(在那个遥远的小地方,人们把近来局势的变化也称为革命),认为这是不可能的事情,因此他们把亲王的话从反面上理解为讽刺,目的在于达到与他嘴上说的截然相反的结果。这些朝拜者(他们还算是最好的)走出亲王的书房时,并不使人感到失敬地眨巴着眼睛,自以为透彻领悟了亲王讲话的含意,为此洋洋得意。他们搓着手,踌躇满志,庆幸自己有敏锐的洞察力,殊不知此时此刻,他们的洞察力却正在衰退。

而另外一些人听完了亲王的话,却忧心忡忡地离去,心里还以为亲王成了叛臣,要不然就是得了神经病,因此下定决心,对他的话不予理睬,而听从千百年来约定俗成

---

① 原文系拉丁语:ad limina leopardorum。

的老话：宁受旧日的苦难，也不要新的幸福。他们所以迟迟不能承认这个全国性的新现实，还有一些个人的原因：或由于宗教信仰问题，或因为受过旧王朝的好处而不能相当快地适应新制度，或因为在解放的混乱日子里被人偷去了几只阉鸡和一些蚕豆，有的则是因为自愿加入加里波第的队伍，或被迫征入波旁王朝军队，离开了家而被戴上绿帽子。总之，亲王不愉快地，但是清楚地预感到有十五六个人可能会投反对票，固然为数极少，不过在多纳富伽塔小小的选区里也不容忽视。何况，还要考虑到上他这里来的人都是多纳富伽塔的头面人物，几百个选民中持反对意见的人想都没敢想要到亲王的府上来，所以亲王估计多纳富伽塔大多数居民会投赞成票，投反对票的大概只有四十余人。

全民投票那天刮着风，空中乌云密布，一帮帮年轻人无精打采地在多纳富伽塔大街上游荡，帽带里插着一小块纸板，上面写了好几个"赞成"。旋风一过，吹得废纸和垃圾满天狂舞，在此时此景中，这伙年轻人唱着《漂亮的吉古金》里的几段歌曲，经他们一唱，曲子变得像阿拉伯歌那样单调而缓慢，反正，任何活泼明快的旋律到了西西里，都要遭到如此的命运。两三张"陌生的面孔"（是吉尔简蒂人）坐在梅尼哥老汉开的小酒店里，歌唱革新的西西里统一于复兴的意大利所开创的"走向进步的锦绣前程"①。几个农夫默默地在听他们唱歌,一半由于无节制地挥动"锄头",一半由于近几天来带有强制性的闲散和饥饿,变得痴痴呆呆。他们一个劲地咳嗽、吐痰,可是一句话也不说。大概就是因为这个(堂法布里契奥后来这么猜测),几张"陌生的面孔"决定在中世纪大学的四学科中拿出算术,把它放在音乐之上。

将近下午四点,亲王前去投票,他右边跟着彼罗内神父,左边是堂奥诺弗里奥·罗托洛。亲王皮肤浅黄,皱着眉头,慢腾腾地向市政府走去,还不时用手遮住眼睛,以防街上被风扬起的脏东西使娇气的眼睛染上结膜炎。他边走边对彼罗内神父说,不刮风空气就会像池塘一样腐烂发臭;而刮风,虽使空气清新,但又使这么多脏东西乘机四处飞扬。他身上穿的一件黑礼服,就是两年前去卡塞塔觐见可怜的斐迪南国王时穿的那件。斐迪南国王幸亏死得早,用不着在这种倒霉而肮脏的刮风天出来,眼看着人家以投票方式确认他的无能。难道真的是无能吗?人们可以说患伤寒症而死的人是低能儿。亲王回想起斐迪南国王为了制止无用文牍主义的泛滥而作的努力。忽然间,他恍惚觉得

---

① 意大利诗人列奥巴尔迪(1798—1837)所作《染料木》一诗中的诗句。

那张不讨人喜欢的脸上无意中流露出了乞怜的表情。想起这些事就令人不愉快,因为即使它使人懂得了一些事理,可也为时已晚。亲王面色阴沉,神情庄重,就像跟在一辆无形的柩车后面。只有当他的脚没好气地冲着小石子猛力踢起时,他内心的冲突才泄露了。他的大礼帽缎带上没有插任何纸片,这无须多言;但是,凡是了解他的人一定能看得出他的帽带上时而显出"赞成",时而显出"反对"。

亲王来到市政府的投票大厅,当他的高大身躯顶天立地地出现在大厅门口时,投票处的全体工作人员都站了起来,这使他颇感意外。比亲王先到的几个农民被撂到一旁,这样亲王不必等待,就把自己的赞成票交到了堂卡洛杰罗·塞达拉的爱国之手中。彼罗内神父无须投票,因为他十分聪敏,没有叫人把他算作多纳富伽塔的居民。至于堂诺弗里奥,他对亲王是言听计从,只用一个单音节就对复杂的意大利问题表达了自己的意见,就像小孩子喝蓖麻油那样情情愿愿地完成了简明的杰作。投完票,大家都被邀请到楼上市长办公室里去"喝一杯";但是,彼罗内神父和堂诺弗里奥留在下面没去,他们提出的理由也无可非议:前者是滴酒不进,后者则因为肚子疼痛。于是,堂法布里契奥只好一个人去享用清凉饮料了。

市长写字台的后面挂着加里波第和维托里奥·埃马努

埃莱（可真够快的）闪闪发光的画像。幸好后者的画像挂在右边。加里波第神采奕奕，而维托里奥·埃马努埃莱则相貌丑陋；不过，两个人却一样地留着几乎遮住脸的浓密胡子。在一张低矮的小桌子上放着一盘陈饼干，上面沾满苍蝇屎。十二个矮墩墩的杯子里斟满了烈性甜酒：四杯红色的，四杯绿色的，中间是四杯白色的。这个新国旗的纯粹象征，在亲王悔恨交加的内心里泛起一丝微笑。他自己选择了白色的烈性酒，猜想它可能比较好消化些。有人说，这是他对波旁王朝旗帜所表示的最后敬意。其实不然，实际上，三种颜色的烈性酒都一样甜，一样发黏，一样难喝。幸好没有发表祝酒词；按堂卡洛杰罗的话说，最大的快乐是用不着以语言表达的。堂法布里契奥看到吉尔简蒂当局的一封信，信里宣布要给多纳富伽塔勤劳的公民们两千里拉的捐款修筑下水道。市长宣称这项工程将在1961年内完成，显然他是说错了。几十年以后，弗洛伊德才把口误的原因解释清楚。随后，聚会就散了。

日薄西山时分，多纳富伽塔的广场上出现了三四个头发上系有三色饰带的妓女（那个地方也有妓女，她们不是结伙，而是个别活动的），抗议当局禁止妇女参加投票。这几个可怜的女人甚至受到了最激进的自由党人的嘲弄，迫不得已只好躲了起来。四天以后，《西西里报》却大言不惭地向巴勒莫居民报道说：在多纳富伽塔"有几个热情的女界代表在广场上举行游行，表明了她们对可爱祖国的崭新灿烂的前途抱有坚定的信念，此举得到爱国居民的普遍支持"。

投票处的门终于关上了，监票人开始统计选票。晚上，市政府中间阳台的门敞开，堂卡洛杰罗身佩三色绶带出现在阳台上，左右各有一位手持明烛的仆人。可他们刚出来，蜡烛就被风吹灭了。堂卡洛杰罗向站在黑暗中看不见的人群宣布了多纳富伽塔的投票结果：

应投票人数：515；赞成票：512
实际投票人数：512；反对票：0

黑魆魆的广场深处响起了掌声和欢呼声。安琪莉卡由那个总是哭丧着脸的女仆陪着，站在自家的小阳台上，拍着她那双美丽而又贪婪的小手。有人在发表演说，所用形容词多是最高级和带有双辅音的，这声音响彻夜空，在家家户户的居室内回荡。在噼噼啪啪的爆竹声中，人们给国王（那个新国王）和将军发了贺信；几枚三色花炮在黑暗中冲向不见星光的夜空。八点时分，一切都停了下来，剩下的只是如同每个夜晚的永恒的黑暗。

阳光灿烂，马尔科山山顶上的景物明媚宜人；可是，那个黑暗的夜晚仍然留在堂法布里契奥的心灵深处，使他久久不能忘却。他的不快是难以忍受的，也是模糊不清的。这绝不是用全民投票来着手解决的重大问题的产物。王国（两西西里王国）的根本利益、本阶级的利益，以及他私人的利益，统统在那些虽有创伤但仍保留一定生命力的事件中消失了。迫于形势，过多的要求是不恰当的。亲王的不快并不具有政治色彩，却有着基于非理性原因的更深远的根源。我们称这些原因是非理性的，因为它们埋藏在不为我们所知的堆堆块块里。在多纳富伽塔那个悒悒不乐的夜晚，意大利诞生了。她就诞生在那里，在那个被遗忘了的地方，也诞生在懒洋洋的巴勒莫和动荡不定的那波利；不过，当时一定有个不知名的恶神在场。不管怎样，既然她诞生了，那就希望她在这种形式中生存下去；任何其他的形式都不如这种形式。这种说法也对。但是，这种持续的不安一定意味着什么；亲王感到在那次干巴巴的宣布投票数字以及过于哗众取宠的演说中，一定有着什么，或者什么人死去了。只有上帝知道那发生在哪条街，抑或发生在人们思想的某个深处。

凉气习习，驱散了堂齐齐奥的睡意；亲王的郑重其事，打消了他的顾虑。眼下，他的思想意识中只浮现出一种愤懑。他的愤懑固然无济于事，但也不容轻视。堂齐齐奥站在那里，讲着方言，指手画脚，活像个招人怜悯的木偶，却滑稽得有道理。

"殿下，我投的是反对票，'反对'，一百个'反对'！我懂得您跟我说过的话：必要性、统一性、适时性。您讲的可能有道理；我对政治一窍不通。让别人去为它操心吧！但是，齐齐奥·图梅奥是个堂堂正正的男子汉，虽然家境贫寒，穿的是破裤子，"（他拍打着猎裤屁股上仔细缝上的补丁）"但他不会忘记过去受到的好处。市政府的那些卑鄙小人把我的意见嚼碎咽了下去，然后拉屎又拉出来，随心所欲地把它变成什么样子都行。我想要说黑，他们偏要我说白！就这么一次，我应该可以畅所欲言了吧，可那个吸血鬼塞达拉硬把我取消了，就好像我根本不存在一样，好像我什么事情也管不了似的。我是弗朗切斯科·图梅奥·拉马纳，是去世的莱奥纳尔多的儿子，多纳富伽塔主教堂的管风琴师，比塞达拉那个混蛋强一千倍。当他有了那个……"（图梅奥咬着自己的手指控制自己）"那个娇滴滴的女儿，我还为此作了一支玛祖卡舞曲献给他呢！"

此时，堂法布里契奥冷静下来了，他心里的谜终于解开。他现在明白，在那个刮起一股邪恶之风的夜晚，在多纳富伽塔及其他一百多个地方，是什么人被扼杀了，是一个刚刚降生下来的女婴：真诚。那个小生灵本来应该得到更多的关照，她的成长壮大可以为一切愚蠢的野蛮行为辩护。像堂齐齐奥这样的反对票，即便在多纳富伽塔有五十张，在全国有十万张，也丝毫不能改变投票的结果，反倒会使它更有意义。其实，也用不着这样歪曲民意。六个月前，一个严厉而专横的声音威胁道："照我的意旨办，不然，小心挨打！"而现在，已有迹象表明这种威胁将由高利贷者的柔声细语所代替："既然你签了字，你自己没看见吗？这很清楚，你得照我们说的去做，看看期票；我的意志就是你的意志。"

堂齐齐奥继续大发雷霆："对于你们这些老爷，事情就不一样了。为了多一个领地，可以忘恩负义；为了要一块面包，感激就是义务。对于诸如塞达拉之流的不法商人，事情就更不一样了，获利是他们的自然规律。而对于我们这些老百姓来说，事物该怎么样就怎么样。您很清楚，殿下，我那去世的父亲在斐迪南四世在位时是王室在圣奥诺弗里奥行宫的猎场看守人，那时这里还有英国人。我父亲过的是苦日子，然而，王家的绿制服和银徽章授予了他权力。是伊萨贝拉王后，那个西班牙女人，当时是卡拉布里亚公爵夫人，让我念上了书，我才有了今天，成为主教堂的管风琴师，荣幸地受到殿下的仁慈爱护。在最艰难的岁月里，我母亲向朝廷呈上请求书时，朝廷马上及时送来五个金币救济我们，因为那波利那儿的人待我们好，知道我们是老实人，是忠实的臣民。国王到这儿来时，他手拍着我父亲的肩膀说：'堂利奥纳①，我需要有许多像你这样忠实的人，来支持我的王位和我本人。'副官后来还分发了金币。现在他们那帮人管堂堂正正的国王的慷慨解囊叫作施舍；他们这么说是因为他们不愿意这样做。可这是对忠诚的合理奖励啊！假如那些神圣的国王与美丽的王后现在从天上看我们，他们该怎么说呢？'堂莱奥纳尔多·图梅奥的儿子背叛了我们！'幸好天堂上的人是明察秋毫的。我明白，殿下，我很明白，跟您一样的人曾经向我说过：国王和王后做的区区小事，算不了什么，这是他们的天职。也许如此，事实上也的确如此。但是，五个金币顶五个金币用，这也是事实。我们一家就靠着这五个金币才熬过了冬天。现在，我总可以报答恩情了吧。不行，'你不存在'。我的'反对'变成了'赞成'。我这个'忠实的臣民'变成了'讨厌的波旁分子'。眼下，大家摇身一变都成了萨沃亚分子！可是那些萨沃亚分子，我喝咖啡时恨不得把他们吃了！"他说着就用大拇指和食指拿起一块不存在的饼干，把它蘸进想象中的杯子里。

---

① 莱奥纳尔多的爱称。

堂法布里契奥一直很喜欢堂齐齐奥；不过，那是出于一种怜悯的感情。一个年轻时自以为有艺术天赋的人，等到上了年纪，才发现自己实际上不具备这种天赋，不得不在更低下的阶梯上继续他的职业，口袋里装着他那凋谢的梦想，这种人令人同情。而当前，亲王对堂齐齐奥还增添了一种钦佩的感情。在亲王那高傲的心灵深处，有一个声音问道：难道堂齐齐奥不比萨利纳亲王表现得更高尚吗？难道塞达拉，以及塞达拉之流的人，从多纳富伽塔那个破坏算术原则的小塞达拉，到巴勒莫和都灵的大塞达拉，不是都犯了强奸民意的罪吗？堂法布里契奥当时无从知晓：以后几十年内，南方人所受的指责，懒散和任人摆布，大部分恰恰产生于愚蠢地取消了他们第一次自由表述意志的权利这一事实中。

堂齐齐奥发泄掉了心中的愤懑。此时，他那真正而又少见的"严肃的老实人"的品格，被同样纯真的、更为常见的"趋炎附势者"的品格取而代之了。因为图梅奥从属于"消极的趋炎附势者"的动物品种，即今日被错误蔑视的品种。不言而喻，"趋炎附势者"这个词于1860年在西西里还无人知晓；但是，就像在科赫①之前就有结核病患

---

① 科赫（1843—1910），德国细菌学家，结核杆菌发现者。

者一样，因此在那遥远的时代，就有这么一种人，他们认为服从、仿效，特别是不要得罪社会地位比他们高的人，是最好的生活准绳。的确，趋炎附势者与妒忌别人者截然相反。这种人以各种名词出现，被称为"虔诚的""亲切的""忠实的"；这种人生活得很幸福，因为仅仅一个贵族对他表示转瞬即逝的一笑就足以使他整整一天充满阳光。正因为这种人总带着那些亲切的称呼出现，他所得到的可以慰藉的恩惠也比现在要多。秉性热忱而又崇拜贵族的堂齐齐奥担心自己惹堂法布里契奥生气，就关切地急忙设法驱散自以为由于他的过错而笼罩在亲王宁静的前额上的阴影。马上可以奏效的办法是提议继续打猎；他的意见被接受了，狩猎又接着进行。几只没交好运的山鸡和一只兔子在午睡时受到突然袭击，在猎人的枪声中倒下。这两个猎人那天的枪法可谓特别准、特别狠，因为不论是萨利纳，还是图梅奥，都将这些无辜的动物当作堂卡洛杰罗·塞达拉，以此为乐。枪声持续不断，打中后被击落的片片羽毛和茸毛顷刻间在阳光下闪烁；然而，这一切都不能使亲王平静下来。随着时间的推移，返回多纳富伽塔的时刻愈益逼近。想到即将与平民市长进行的谈话，他不禁感到忧虑、气恼和屈辱，这种心情使他感到压抑，不能自拔。即使在心中暗暗地把两只山鸡和一只兔子叫作"堂卡洛杰罗"也无济于事。尽管他决定吞下那只令人作呕的癞蛤蟆,但他仍感到有必要掌握对方的大量材料,或者更确切地说,有必要试探一下公众舆论对他就要采取的步骤作何反应。就这样,堂齐齐奥那天意外地又受到了另一个问题的突然袭击。

"堂齐齐奥,听我说,您在这个地方认识的人挺多,在多纳富伽塔,大家对堂卡洛杰罗到底有什么看法?"

实际上,图梅奥觉得似乎已经相当明确地表达了自己对市长的意见了;他正打算这样回答亲王的问题,忽然脑子里一下闪过了隐约听到的一些传闻,人们在私下里议论唐克雷迪注视安琪莉卡时那种温情脉脉的眼神。他发觉自己是在被人拖着发表平民的意见,一时很不愉快。如果大家私下议论的话是真的,那么他的意见一定使亲王的鼻子闻到了臭味;同时他脑子里的另一部分又在为没说安琪莉卡的坏话而高兴;他右手食指轻微的疼痛使他似乎得到安慰。

"总而言之,殿下,堂卡洛杰罗·塞达拉比起那些在最近几个月里飞黄腾达的人来还不算最坏。"话是模棱两可的,不过,这就足以使堂法布里契奥追问下去:"为什么?堂齐齐奥,您瞧,我对堂卡洛杰罗和他家庭的实情很感兴趣。"

"殿下,实情是堂卡洛杰罗很有钱,而且还很有势力,就是太吝啬（当他女儿住寄宿学校时，他和他老婆两个人合吃一盘炒鸡蛋），但只要有必要，他也肯花钱。既然世界上花掉的每一个金币都必然落进某一个人的腰包，因此眼下有许多人靠他过日子。不过，他待人好时也够朋友，也得承认这一点：他把土地以什一税的税率租给别人种，农民们为付地租得拼死拼活地干；但是一个月前，他竟借给巴斯卡尔·特利皮五十个金币而且还不要利息，因为巴斯卡尔·特利皮在登陆期间帮了他的大忙。这可是自从圣罗莎莉止住了巴勒莫的瘟疫之后的最大奇迹。他机灵得像个魔鬼，殿下真应该瞧瞧他在四五月间的那股劲头：不管天好天坏，他到处奔波，简直像个蝙蝠，飞遍了这个地区，有时坐马车，有时骑骡子，有时步行。他到了哪儿，哪儿就组织了秘密机构，为应该到来的人们铺平道路。这是上帝的惩罚，殿下，上帝的惩罚。我们看到的还只是堂卡洛杰罗生涯的开始：几个月以后，他将是都灵议会的议员；几年以后，等教会的财产拍卖时，他付上几个铜板，又可以得到马尔卡和丰达凯洛两块封地，变成省里最大的财主。殿下，这就是堂卡洛杰罗，所谓的新型人物；遗憾的是他就是如此。"

堂法布里契奥想起了几个月以前在沐浴着阳光的观象台与彼罗内神父的谈话。神父所预见的都变成了现实。参加到新运动中去,使它至少部分地为这个阶级的某些人谋福利,这难道不是一个绝妙的策略吗?想到这里,亲王对即将和堂卡洛杰罗进行谈话而感到的厌烦减少了。

"但是,堂卡洛杰罗家的其他人呢,堂齐齐奥,其他人到底怎么样?"

"殿下,堂卡洛杰罗的老婆,这么多年了,除了我以外,从来没人见过。她出来只是去望弥撒,望的是清晨五点钟的头堂弥撒,那个时辰,不用奏管风琴,也没有一个人。不过,有一次,我为了看她,特地起了个大早。堂娜巴斯蒂阿娜在女仆陪同下,走进教堂;我呢,躲在告解座后面,由于告解座挡着,看不太真切。但是弥撒结束时,炎热迫使那可怜的女人掀起她那黑色面纱。说真的,殿下,她美得光艳照人。难怪堂卡洛杰罗那个伪君子不愿她和别人接近。然而,不管家里封得怎样严实,也会走漏风声的。女仆们可是长着嘴巴的,据说堂娜巴斯蒂阿娜像个动物,不会读书写字,不会看表,几乎不会讲话,连疼爱女儿也不会,活像一匹好看的母马,粗野而情欲旺盛,只知道跟她男人睡觉,别的什么也不会。"

受过王后的好处,紧紧追随着亲王的堂齐齐奥特别注意讲话简单明了,他自以为尽善尽美,就心满意足地微笑起来,因为他发现了向消灭了他人格的人进行小小的报复的手段。"再说，"他继续说道，"不能不是这样的，殿下，您知道堂娜巴斯蒂阿娜是谁的闺女吗？"他转过身，踮起脚，用食指指着远处的一群小屋，它们好像要向山边峭壁滑下去而被一座简陋的钟楼勉强地钉住了似的：那是一座远看像个十字架的村庄。"堂娜巴斯蒂阿娜的父亲是龙齐那地方您的一个对半佃农，他叫佩佩·居恩达，特别脏，而且粗野，大家都管他叫'大粪佩佩'；请原谅我说这个词，殿下。"堂齐齐奥自鸣得意，把泰蕾西娜的一只耳朵卷在自己的一只指头上。"堂卡洛杰罗和巴斯蒂阿娜私奔两年后的一天，人们发现佩佩倒毙在去朗宾泽里的小路上，背部中了十二颗子弹。堂卡洛杰罗算是走运，因为当时佩佩变得愈来愈令人生厌和专横跋扈了。"

这其中的许多事情，堂法布里契奥是知道的，而且也再三经过权衡，但是，安琪莉卡外祖父的绰号却不为他所知；这个绰号显示了深刻的历史远景，使人遥见其他的悬崖。这样比起来，堂卡洛杰罗真可谓是公园里的花坛了。他感到两腿发软，唐克雷迪怎么能吞得下这枚苦果呢？他自己又何尝不是如此呢？他的脑袋里开始思索新郎的舅舅萨利纳亲王与新娘的外祖父之间有什么亲属关系。他找不到他们之间有什么亲属关系，这种关系是不存在的。安琪莉卡就是安琪莉卡，一个像花一样美的姑娘，一朵玫瑰花，他外祖父的绰号倒可以用来做肥料。不臭①,他又想,不臭;相反,有女人而又与其同居,味道最香②。

"堂齐齐奥,一切您都跟我讲了,讲起粗野的母亲和发臭味的外祖父,可是对这些我不感兴趣,我感兴趣的是安琪莉卡小姐。"

关于唐克雷迪打算结婚的秘密虽然在数小时前还属天机,但是,如果稍不注意,就一定会传出去。毫无疑问,唐克雷迪对堂卡洛杰罗家的频繁拜访肯定引起了大家的注意;唐克雷迪的凝神微笑和无数的小小殷勤绝不会逃过大家的眼睛,这些小事在城里本来是司空见惯和毫无意义的,可在那些大惊小怪的多纳富伽塔居民的眼睛里,就变成强烈欲望的迹象。最引起纷纷议论和窃窃私语的是第一次的拜访;晒太阳的老翁和在尘土中厮打的顽童,什么都看见了,什么都听见了,而且把他们看到和听到的一切也都告诉了别人;至于那十几个桃子是否具有牵线和刺激情欲作用的问题,人们甚至还去请教了富有经验的女巫和揭示奥秘的书籍,其中首先包括被誉为"农村平民的亚里士多德"的鲁蒂利奥·贝宁卡萨的书。幸而,我们此地相当经常地出现这样的一种现象;恶言中伤的愿望往往掩盖了事实的

---

① 原文系拉丁语:Non olet。
② 原文系拉丁语:optime foeminam ac contuberninum olet。

真相；大家都以为放荡的纨绔子弟唐克雷迪垂涎安琪莉卡的美色，只不过是施计想勾引她，仅此而已。那些村民绝对不会简单地想象法尔科内里亲王和大粪佩佩的外孙女之间会有经过深思熟虑的婚姻关系。他们对封地领主家庭所作的臣从宣誓跟诅咒者对上帝的敬畏差不多。唐克雷迪的离去使大家停止了各种想象，再没人谈起这件事了。图梅奥跟大家想的一样，所以他带着开心的神色，就像老年人谈论年轻人的顽皮行径时的那种模样，回答了亲王提出的问题。

"关于安琪莉卡小姐，殿下，没说的；她自己本身难道还不说明问题。她的眼睛，她的皮肤，她的美貌，是明摆着的，大家都知道。我想她的眼睛，她的皮肤和她的美貌所表达的语言，唐克雷迪少爷一定都懂；或者是我斗胆这样想。她母亲的美丽在她身上全有了，而却闻不到她外祖父的臭粪味；再说，她聪敏伶俐着呢！在佛罗伦萨才待了几年，她就完全变了样，您瞧见了没有？她完全像位夫人啦。"堂齐齐奥滔滔不绝地说着，也不注意讲话的分寸，"一位完完全全的夫人。她从寄宿学校回来时，派人把我请到她家，给我弹了我过去作的玛祖卡舞曲，她弹得不好，但是看着她倒是一件乐事；她那黝黑的辫子，那双眼睛，大腿，胸脯……啊！哪有什么大粪的臭气，她的床单一定散发着天堂的芳香!"

亲王听着感到厌烦;虽然他所属的那个阶级已经没落衰败,但阶级的自尊心仍然那么强烈,所以图梅奥对他未来的外甥媳妇卖弄风骚所使用的纵情赞美的语言,触犯了他;怎么堂齐齐奥如此放肆,竟敢对未来的法尔科内里王妃大发如此色情狂的议论?不过,这个可怜的人不知内情,这倒也难怪;得把一切都告诉他,再说,三个小时以后,消息将要公布于众。他主意已定,就向图梅奥做了一个威严的,但也是友好的微笑:"镇静,亲爱的堂齐齐奥;我接到外甥的一封来信,委托我向安琪莉卡小姐求婚;从现在起,您要以您惯有的尊敬谈到安琪莉卡小姐。您是头一个知道这个消息的人;不过,为了这点好处,您得委屈一下;回到府邸后,您将和泰蕾西娜一起锁进枪械室;您会有时间擦拭全部枪支,给它们上点油。只有在堂卡洛杰罗来访后,才能放您出来;我不愿意事先走漏任何风声。"

这件事情来得如此突然,以致堂齐齐奥的一百个"小心谨慎",一千个"趋炎附势",顷刻间都土崩瓦解,好像被击中的小木柱一样纷纷倒下。唯一残存的只是一种最古老的情绪。"这件事,殿下,可万万使不得呀!您的外甥不该娶您敌人的女儿为妻,他们这些人尽给您拆台。像我原来以为的那样,想法勾引她,那是一种征服;照您说的去做，那就变成无条件投降啦。这等于法尔科内里家族的末日，也是萨利纳家族的末日。"

说完，堂齐齐奥低下了头，心头忐忑不安，恨不得脚下的大地裂开一条缝，钻进去。亲王满脸绯红，连耳朵和眼珠也呈现了血色。他攥紧拳头，向堂齐齐奥走近一步。他毕竟是个研究科学的人，不管什么事有时还是习惯于权衡利弊的；除此以外，他表面刚强，内里却是个怀疑派。他今天已经够呛；全民投票的结果，安琪莉卡外祖父的绰号，十二颗子弹！图梅奥是有道理的；他身上有着纯朴的传统，不过，他是个糊涂虫。唐克雷迪和安琪莉卡的结合不是任何事物的结束，而是一切事物的开始。它是在最优秀的传统范围之内的。

他松开了拳头，手心里留下深深的指甲印。"咱们回家吧，堂齐齐奥，有些事情您还不能理解，我们刚才说好了，一言为定噢？"

他们下坡走向大路；很难说这时他们两人中哪个是堂吉诃德，哪个是桑丘。

刚刚四点半，就有人禀告亲王，堂卡洛杰罗准时赴约来访。此时，亲王还没梳洗完毕；他传话请市长先生在书房稍等片刻，自己却还在不紧不慢地着意打扮。他在头发上擦了阿特金森①出产的利姆瑞丝发油,这是从伦敦成箱运来的很浓的乳白色发油,它的名字也像歌曲一样,被西西里当地居民给变了音,成了莱莫利施奥。他不愿穿黑色礼服,特意换了一件极为柔和的淡紫色礼服,他认为这才跟这种喜庆的场合相宜。由于早晨修面时匆忙,还留有一根黄色的茸毛,他用一把小钳子把这根不知羞耻的茸毛拔掉,这又耽搁了一会儿;他叫人把彼罗内神父请来,在走出房间之前,他从桌子上拿起天文研究资料②的一份摘要,把它卷成卷儿,用它画了个十字;这种虔诚的表示在西西里已经极为普遍地失去了宗教的意义。

在穿过两间房间走向书房时,他把自己想象成一头茸毛平滑、香气袭人、威风凛凛的猛豹,正向着一只胆怯的小豺扑去,准备把它撕裂。不过,不由自主的联想无疑对他这种性格的人是种鞭挞,他的脑海里出现了一幅法国的历史画:胸前佩戴勋章,帽上插着长翎的奥地利元帅和将军们,在投降的时候,从带有几分嘲弄神情的拿破仑面前列队而过。毋庸置疑,奥地利的元帅和将军们个个风流倜傥,但是胜利者是个穿灰大衣的侏儒。不合时宜地回忆起

---

① 圭亚那的一个城市。
② 原文系德语:Blätter für Himmelsforschung。

曼图亚①和乌尔姆②，使亲王感到耻辱，所以他走进书房时倒变得像一头怒气冲冲的豹子了。

堂卡洛杰罗站在那里，矮个子，瘦小，脸也没刮干净，倒真像一只小豺，这不是由于他小眼睛里闪烁着机警的光芒，而是因为这位天才的目标是具体的，与亲王所欲达到的抽象目标正好相反，这就是堂卡洛杰罗狡狯之所在。市长没有亲王生来就有的使衣服适合场合的观念，他以为穿一身黑好，所以他几乎和彼罗内神父一样，穿了一身黑衣服；不过，彼罗内神父面带教士们所特有的那种冷冰冰的深奥莫测的表情，坐在一个角落里，不愿对人家的取舍施加影响，而市长的脸上却露出一副有所期待的贪婪相，叫人看了难受。亲王和堂卡洛杰罗见面后，马上先无关紧要地交了一下锋，这是一场伟大的唇枪舌剑的前奏。倒还是堂卡洛杰罗先开始了进攻。

"殿下，"他问道，"您有没有得到唐克雷迪的好消息？"在小城小镇里，市长完全有可能凭借职权检查来往信件，何况唐克雷迪使用的不寻常的精致信封定会引起市

---

① 现为意大利伦巴第一城市。1796年，拿破仑在与第一次反法联盟的斗争中，越过阿尔卑斯山，向意大利境内进军。1797年初，攻克曼图亚。
② 现为德国一城市。1805年，英、法、俄组织第三次反法联盟。10月，拿破仑在乌尔姆一役，歼灭奥军数万人，11月乘胜占领维也纳。

长的注意。亲王一想到这里,就开始气恼起来。

"没有,堂卡洛杰罗,没有得到。我的外甥发疯……"

亲王们有一个守护神,名叫"良好的教养"。当这些"豹"处于困境时,守护神就来解救他们。不过,为此就要献给他大宗的贡品。智慧女神雅典娜驾驭奥德修斯①的无节制就是一例。"良好的教养"这时亦出现在亲王面前,使他悬崖勒马;但是,亲王为此要付出代价,那就是把问题明朗化,这在他的一生中是不常见的。他泰然自若,毫无停顿地把话讲下去:

"发疯地爱上了您的女儿,堂卡洛杰罗。这是他昨天写信告诉我的。"市长保持了令人惊讶的平静,他略带笑意,一个劲地瞅着自己帽子上的缎带。而彼罗内神父则用眼睛仰视着天花板,很像个监工,在估量天花板的牢固程度。亲王感到很难堪:市长和神父联合起来,对他的话毫无反应,使他扫兴,他本以为话一出口,会使他们两人大为震惊的。当他发觉堂卡洛杰罗正打算开口讲话时,才松了一口气。

"我晓得,殿下,我晓得。9月25日星期二,也就是唐克雷迪少爷动身的前夕,有人看见他和安琪莉卡就在您

---

① 荷马的史诗《奥德赛》中的主人公。

家花园的喷泉附近亲吻。桂树篱笆并不像人们想象的那么严密。我等您外甥的决定已经有一个月啦,我想现在可以来问殿下的意见了。"

这一番话使亲王觉得自己好像受到了一群叮人的胡蜂的袭击。首当其冲的是肉欲妒忌的刺激,这种反应对一个尚未衰老的男人来说是合情合理的;唐克雷迪已经领略到那樱桃小口和乳白皮肤的美味了,而他却永远没有那种福分。接下来是一种蒙受了社会屈辱的感觉,他不但不被人视为传送喜讯的使者,反而被人当作被告,受到询问。再接下去就是个人的不满,他原以为自己可以凌驾于一切人之上,来控制他们,而现今却发现许多事情在隐瞒着他。"堂卡洛杰罗,别把事情本末倒置,请记住是我请您来的。我想告诉您,昨天我收到外甥的一封来信。他在信里表达了对您女儿安琪莉卡小姐的钟情,我对这种钟情……"(他迟疑了一下,因为在市长双双利刃般的眼睛前,撒谎不那么容易。)"我对这种钟情的深度至今还不十分了解;他在信的结尾托我代他向安琪莉卡小姐求婚。"

堂卡洛杰罗还是那么不动声色。彼罗内神父好像由建筑监工一下子变成了穆斯林贤哲,右手的四根手指和左手的四根手指交叉在一起,而两个大拇指则互相绕着旋转,过一会儿换个方向又旋转起来,似乎在卖弄舞蹈设计者的想象力。大家沉默了良久,亲王着急了:"堂卡洛杰罗,现在是我在等待您向我表明您的意见了。"

一直盯着亲王的安乐椅上橘黄色流苏出神的市长,忽然用右手捂住了眼睛,一会儿,又放下右手,抬起眼睛;现在他的眼睛一片洁白,充满惊愕的神色,好像他刚才的那一番动作确使眼睛变了样儿。

"请您原谅我,亲王。"(市长如闪电一样迅速地不再使用"殿下"这个称呼。堂法布里契奥马上就明白事情进展顺利。)"这太出乎意外啦,我真不知说什么好了。我是个新派的父亲,在没有征求使我们家庭得到安慰的天使的意见以前,我还不能给您确切的答复。不过,我知道怎样行使父亲的神圣权利;我了解安琪莉卡心里和脑子里想的是什么;我想可以说,使我们感到无限荣幸的唐克雷迪的钟情,也会得到真挚的响应的。"一阵真诚的激情涌上堂法布里契奥的心头。癞蛤蟆已经吞下去了,血肉模糊的脑袋和肠子经过咽喉咽了下去,剩下的就是咀嚼癞蛤蟆腿了,这跟吞下去的那部分相比,就算不了什么,主要的事已经完成。亲王感受到解脱后的惬意,对唐克雷迪的钟爱又占据了他的心窝。他想象着唐克雷迪在阅读带有佳音的复信时那闪闪发光的眯成一条缝的蓝眼睛;他想象着,更确切地说是回忆着,由恋爱而结合的婚姻的头几个月,狂热而放纵的情欲虽然使各级天使惊讶,却会受到她们的善意保护和支持。他更进一步隐约地看到唐克雷迪的生活有了着落,看到他的才华得到了发挥的可能性;而如果没有这门婚事,缺少钱财,唐克雷迪的天才就会被埋没。

亲王站起身来,朝受宠若惊的堂卡洛杰罗面前走近一步,把他从安乐椅上拉了起来,搂在自己怀里,市长的两条短腿随之也腾空而起。在这个西西里遥远外省的房间里挂着一幅日本版画,画上有一株巨大的紫色鸢尾花,一只毛茸茸的大苍蝇攀在一片花瓣上。当堂卡洛杰罗的双脚重新着地时,堂法布里契奥心想:"我一定得送他两把英国刮胡刀,他这样下去太不成体统。"

彼罗内神父停止了大拇指的旋转,站起身来,握着亲王的手说:"殿下,我祈求上帝保佑这桩婚事,您的快乐也是我的快乐。"对堂卡洛杰罗他只伸出手指,一句话也没说。随后,他用指关节敲了一下挂在墙上的晴雨计,气压在下降,预示坏天气即将来临。他又坐下,打开了《日课经》。

"堂卡洛杰罗,"亲王说道,"这两个年轻人之间的爱情是一切的基础,是他们未来幸福的唯一源泉。仅此而已。这点我们大家都清楚。可是,我们作为长辈,都是过来人,还得为旁的事情操心。用不着跟您讲法尔科内里家族如何显赫;这个家族随同查理·迪·昂儒①来到西西里,后来在阿拉贡王朝、西班牙王朝、波旁王朝的国王们(如果您允许我在您面前提到他们)手下时,法尔科内里家族继续兴旺昌盛,我相信在大陆新王朝(上帝保佑)统治下,它仍然会有锦绣前程。"(永远无法弄清亲王何处是在讥讽,何处是说错了话。)"法尔科内里家的祖先一直为王室重臣、西班牙的最高贵族、圣地亚哥骑士,如果他们一时兴起,想做马耳他骑士,不费吹灰之力,就可如愿以偿,孔多蒂大街马上就可以给他们造出证书,连大气儿也不敢吭一声,就好像是木头人一样。这种情况至少沿袭至今。"(这种骗人的含沙射影简直是多余,因为堂卡洛杰罗根本不懂圣约翰的《耶路撒冷法令汇编》。)"我确信您的女儿定会以她罕见的美貌给法尔科内里古老的家族增添光彩,她的美德将和过去的圣女王妃们相媲美,而其中最后的一个就是我死去的姐姐,她定会在上天为新婚夫妇祝福的。"堂法布里契奥提到他亲爱的姐姐朱丽叶,又动了感情,她那摈弃一切的生活对唐克雷迪狂热而怪僻的父亲是永世的牺牲。"至于我的外甥,您了解他。如果您还不了解他,我在这里可以为他向您担保一切。他身上的优点可以以吨计算,不光是

---

① 查理(1226—1285),法国国王路易八世之子,西西里王国国王。

我这么说，彼罗内神父，难道不是这样吗？"

最善良的神父被亲王的一声问话打断了《日课经》，一下子面临着一个最棘手的难题。他是唐克雷迪的忏悔神父，对唐克雷迪的罪过可以说了如指掌；当然说起来，哪一个也算不上严重的罪过，然而就是这样，亲王说的以吨计算的浩大的美德，也要减去一些。从性质上讲，所有这些罪过，没有一个可以保证他对夫妻生活忠贞不渝（只有这样说才合适）。当然，由于圣事的理由，由于世俗的方便，他不能实说。更何况神父喜欢唐克雷迪，虽说他打心眼里不赞成这门婚事，却从没有说过一句可能影响事情顺利进行的话，更不用说阻止这桩婚事了。他从主要的美德中最有伸缩性、用起来最方便的品德——谨慎中，找到了周旋的对策。"我们亲爱的唐克雷迪有着深远的美德之渊，堂卡洛杰罗，在天上的神的恩惠和安琪莉卡小姐人世间的美德的支持下，他将会成为一个通情达理的好丈夫。"这个预言不免担有风险，但审慎地带着附加条件，总算对付过去了。

"但是，堂卡洛杰罗，"亲王继续说道，似乎咀嚼着癞蛤蟆剩下的最后的软骨，"如果没有必要对您讲法尔科内里家族的古老历史，遗憾的是也用不着对您说，我外甥目前的经济情况与他的家族的声望是不相称的，因为您是知道的，唐克雷迪的父亲，我的姐夫斐迪南，不是那种目光远大的父亲；他那大老爷式的慷慨，再加上管家们的轻率，把属于我亲爱的外甥，我过去的被监护人的家产，挥霍殆尽。马扎拉周围的大片大片封地，拉瓦努萨的阿月浑子园，奥里维利的桑树园，巴勒莫的府邸，一切的一切，都完了，堂卡洛杰罗，这您是知道的。"

堂卡洛杰罗对这些事确实很清楚，这是人们所记得的一次规模最大的燕子迁徙；西西里大小贵族一想起这桩事，仍无不感到惶恐，然而他们仍然没有吸取教训，采取谨慎的态度。可是它倒给塞达拉家带来了欢乐。"在我监护期间，我保住了唯一的一座府邸，就是靠近我家府邸的那一座。为此，在法律上我费尽周折，并作了一些牺牲。这也是为了纪念我那圣女般的姐姐朱丽叶和为了我这可爱的外甥，这样做我很愉快。那座府邸很漂亮：楼梯是由马尔乌利亚漆绘的，厅堂是由塞雷纳利奥装饰的；不过，目前府邸内最好的地方只能当羊圈用。"

癞蛤蟆的碎骨头比预想的更令人倒胃口，不过总算把它们也咽下去了。现在需要几句好听的，而且也是真挚的话来漱漱口啦。"但是，堂卡洛杰罗，经过这么多不幸、这么多令人心碎的事情以后，留下来的是唐克雷迪。咱们这些人很明白，如果他的长辈不把大量的财产糟蹋掉，兴许还造就不出像唐克雷迪这样潇洒、温存、富有魅力的青年。

这种情况在西西里至少是常见的;这是一种自然规律,像支配地震和旱灾一样的自然规律。"

这时一个仆人走了进来,手里端着一个盘子,上面有两盏灯。亲王中止了讲话。仆人把灯放好,亲王还没开口,书房里静悄悄的,弥漫着一种令人满意的伤感气氛。而后,他接着说道:"唐克雷迪并非等闲之辈,堂卡洛杰罗,他不光有高雅不俗、风流倜傥的风度;尽管他念书念得不多,但是,他应该知道的他都知道:男人、女人、时代的变迁和时代的色彩。他雄心勃勃,才华横溢,前程远大。堂卡洛杰罗,您的安琪莉卡如果愿意和他一起平步青云,那算是交上了好运。跟他在一起,有时不免会生点气,但是永远不会厌烦。这一点很重要。"

要是说市长大人领悟了亲王讲话中关于上流社会的暗示的那部分,恐怕有点言过其实;堂卡洛杰罗从亲王的讲话中大体上证实了自己想象中的唐克雷迪的精明和适应潮流的本领。他家中正需要一个这样的人,别的什么也不缺少。他认为自己跟谁都没有两样,而且自我感觉也是如此。当他观察到女儿对这个漂亮的小伙子表现出某种亲热的劲儿时,甚至还有些遗憾的感觉。

"亲王,这些事我都知道,也包括其他的事。我觉得没有什么关系。"一阵柔情涌上他的心头,"爱情,殿下,爱情就是一切，我也有体会。"可怜的人儿，他说的可能是真心话，这也就是他对爱情所能作出的定义。"我不是个不通世故的人，现在来谈谈我的打算。本来用不着提我给女儿的嫁妆，因为她是我的心肝，我的宝贝。没有别的人可以继承我的财产，我的就是她的。不过，让年轻人知道他们立刻可以支配的财产，也合乎情理。婚约中将写明我给女儿塞泰索利封地，有六百四十四萨尔玛，用现在的话说，就是一千零十公顷，都种着谷物，土质是上好的：松软、肥沃；还有基比尔多尔切的一百八十萨尔玛葡萄园和橄榄园。结婚的那天，我将给新郎二十个帆布口袋，每袋装着一万金币。而我自己手里只留一根拐杖。"他蛮有把握地，又想叫人不可相信地补充道，"可是女儿终究是女儿。用这些钱可以重修世界上一切的马鲁加的楼梯或索尔齐奥纳利奥①的天花板。安琪莉卡要住得舒舒服服。"

庸俗和无知从堂卡洛杰罗全身的每一个毛孔冒出来；尽管如此，听他讲话的两个人不禁愕然。堂法布里契奥极力克制自己，以掩饰自己的惊讶。唐克雷迪真可谓时来运转，结果比预想的不知要好多少倍。不过，法布里契奥感到一阵恶心，幸亏，安琪莉卡的花容月貌和新郎的风流潇

---

① 由于卡洛杰罗的无知，把"马尔乌利亚"说成"马鲁加"，把"塞雷纳利奥"说成"索尔齐奥纳利奥"。

洒像诗一般地遮掩了婚约的俗不可耐。彼罗内神父先是咂着嘴，随后，又为流露出了惊讶之情而懊悔，因而竭力想弄出一种声音，能和刚才的咂嘴声相仿，于是他用劲使椅子和鞋子发出咯吱声，用力翻着《日课经》，然而这一切都无济于事，人的感受是抹不掉的。

幸好，在整个谈话中，堂卡洛杰罗此时才表现出他的厚颜无耻，这才使大家都摆脱了尴尬的处境。"亲王，"他说，"我知道我要讲的事情对您——蒂托内皇帝和贝莱尼切皇后爱情结合而遗留下的子孙——没什么了不起；然而，塞达拉家的先辈也是贵族；但在我之前，他们都不走运，在外省湮没无闻。我抽屉里有合乎手续的证明，总有一天，您会明白您的外甥娶的是塞达拉·戴尔·比斯科托男爵小姐，这是斐迪南四世陛下授予的，她有权领取马扎拉港五分之一的税收，我得为此办理手续，只是中间还缺少一个环节而已。"

这种没有着手去办的手续，这种缺少一个环节的情况，一百年前，在许多西西里人生活中曾是重要的部分；它使成千上万的人，不论他们有本事或没本事，有时受赞扬，有时受压抑；这个内容太重要了，不应随便提出来。这里，我们只说堂卡洛杰罗带着族徽出现，却给亲王带来了无比的艺术上的欣喜；他看到了一个在各个细节上都实现了自己愿望的家伙。勉强忍住的微笑使他感到嘴巴甜滋滋的,甚至要呕吐起来。

最后,谈话变成东拉西扯的闲聊;堂法布里契奥想起关在黑暗的枪械室里的图梅奥,他一生中再一次讨厌起当地人来访占时间太久,最后就死活不言语了。堂卡洛杰罗立刻会意,表示明天早晨再来,而且定将带来安琪莉卡毋庸置疑的同意婚事的佳音,然后就告辞离去。堂卡洛杰罗在亲王陪同下,穿过两间客厅,再次受到亲王的拥抱,下楼而去。亲王高高地站在楼上,眼看着那个穿着不合体的衣服、机灵、有钱但无知的家伙渐渐远去,可是这个人很快就要成为他家的亲戚了。

亲王手持蜡烛去放图梅奥出来。后者正无可奈何地在黑暗中吸他的烟斗。"很抱歉,堂齐齐奥,但是您会理解,我不得不这么做。""我懂,殿下,我懂。一切顺利,起码是这样吧?""太好了,不能比这再好了。"图梅奥咕噜了几句祝贺的话,用绳子套住泰蕾西娜的脖子。泰蕾西娜打猎后精疲力竭地睡着了。图梅奥捡起猎袋。"把我打的山鹬也拿走吧,反正对我们来说也太少了。再见,堂齐齐奥,希望很快能见到您,一切请多多包涵。"亲王把一只大手有力地放在图梅奥肩上,表示和解,同时又显示了威力。于是,萨利纳家最后的效忠者便向自己那贫穷的屋舍走去。

当亲王再回到书房时，发现彼罗内神父已经溜了，这样可以避免亲王同他议论。他向妻子的房间走去，好把事情经过向她叙述一番。人们从十米远的地方听见他那矫健有力而急促的脚步声，就知道他来了。他经过女儿们的起居室；卡罗莉娜和卡特莉娜正在缠毛线；亲王走过时，她们笑盈盈地欠身站起；顿布洛依小姐慌忙摘下眼镜，恭敬地向亲王还礼；贡切达正背对着亲王，用绷子绣花。她没听见父亲的脚步声，所以也就没转过身来。

第四章
多纳富伽塔之恋

1860 年 11 月

堂法布里契奥和塞达拉两家自从联姻以后，来往就越来越频繁了。在交往过程中，亲王惊奇地发现，对方身上有不少令人赞赏的长处。渐渐地，他也习惯塞达拉的那一套了，比如他那刮得不干净的面颊、平民的说话腔调、古怪的服装，以及身上始终散发着的那股汗沤的酸味。也就是在这时，亲王才开始发现塞达拉的非凡才智。许多在亲王眼里看来是棘手的问题，一到了塞达拉的手里就迎刃而解了。塞达拉是一个思想解放的人，不受任何道德观念的约束，也不重视许多被别人奉为道德楷模的品行，诸如诚实、体面乃至良好的教养。他在生活的道路上总是满怀信心，如同行走在森林里的一只大象那样横冲直撞；将树连根拔起，脚踩着洞穴，径直朝前走去，对荆棘刚破皮肤和被践踏的动物的号叫更是漠然置之。而亲王是在无忧无虑的山谷里长大的，从小受的是和风细雨的滋润，耳边听惯了"劳驾""我很感激你""请帮忙""你太好了"，以及诸如此类的客套话。现在，当他跟堂卡洛杰罗在一起闲聊时，发现自己就好像置身于一片荒野，忍受着劲风的吹打。尽管亲王内心还深深留恋着他那个讲话婉转的天地——犹如山间的崎岖小道，但他还是情不自禁地欣赏卡洛杰罗那种充满激情的语言。因为，这些热情洋溢的话语就像多纳富伽塔的橡树或松树林中发出的悦耳动听的琴声一般，使他耳目一新。

慢慢地，亲王几乎是不自觉地向堂卡洛杰罗讲起自己家里的经济事务来，那一堆他自己也搞不清楚的琐碎事。他之所以搞不清，倒不是因为他缺乏敏锐的洞察力，而是因为他对这类他称之为鸡毛蒜皮的区区小事采取了一种轻蔑而又冷漠的态度。而这一切，归根结底又是由于他的惰性和轻率所造成。他一遇到这种麻烦事，便草草解决，例如从几千公顷的家业中卖掉几百公顷的地。而他自己却认为，这是他摆脱困境的灵丹妙药。

堂卡洛杰罗从亲王的叙述中理出了头绪，然后提出自己的看法。他的意见确实是恰到好处，一经采纳便可以取得立竿见影的效果。可是最终实行的结果又怎么样呢？亲王为人宽厚，在执行卡洛杰罗制定的那套严厉而有效的措施的时候，心情是胆怯的，态度是软弱的。结果，时间长了，亲王不但丝毫未能扭转家道日益衰落的趋势，反而使萨利纳家得到了苛待属民的恶名声。当然，这名声和萨利纳家的过去是完全不相符的。但是即使如此，它也多少损害了堂法布里契奥在多纳富伽塔和盖尔切达这两个地方的声望。

如果不指出，跟堂法布里契奥的频频接触对塞达拉也产生了一定的影响的话，那也是不公平的。在这之前，他只是在业务洽谈（也就是谈买卖的）会上或在贵族的节日宴会上和贵族有过接触。一般说，贵族们是不邀请他的，只是在经过深思熟虑后，才偶尔破例向他发出邀请。卡洛杰罗认为，在这两种场合，这个极为特殊的社会阶级都没有暴露出自己的真实面目。这些接触使他形成了一个概念：贵族阶级只是作为"人——绵羊"而存在；它生存的目的就是为了给他——塞达拉的剪刀留下羊毛和给自己的女儿留下名门望族的称号——一种闪耀着光辉而又具有神秘声望的称号。但是，当他结识了那个后期加入加里波第军队的唐克雷迪时，他却意外地发现，唐克雷迪是青年贵族的典范。他觉得这青年的性格有点像自己：刻薄；但唐克雷迪善于利用自己的身份，以微笑来换取别人的财富和女人的垂青。不过，唐克雷迪在干这种塞达拉式的活动时，表现得那么潇洒自如，天真可爱，这一点正是塞达拉所望尘莫及的。于是，他不自觉地被年轻人的这种魅力所吸引，却始终弄不清楚这种魅力的来源。然而，当他比较深入地了解堂法布里契奥时，他一方面发现：优柔寡断，无力自卫正是他想象中的"贵族——绵羊"这一阶级的特点。另一方面，他又感到，堂法布里契奥身上也具有跟年轻的法尔科内里相似的诱惑力，虽然在情调上有所差异，但对人影响的强烈程度是同样的。此外，塞达拉还发现，亲王在一定程度上喜欢沉思和幻想；他喜欢自己那套独特的生活方式，从不受他人的影响。亲王所具有的丰富想象力，在塞达拉心中留下了深刻的印象，虽说他看见的只是表面现象，无法用语言表达清楚。这也正如我们在这里试图作出的努力一样。他发现，亲王的诱惑力主要来自文明的、有礼貌的举止。于是，他明白了，一个有教养的人是多么讨人喜欢。因为说到底，一个有教养的人就应该去消除人类社会中一切不文明的行为，一个有教养的人就要发挥一种有利的利人主义（在这种说法中，形容词的作用使他容忍了名词的无用）。渐渐地，卡洛杰罗明白了：聚餐的时候不一定非得把牙齿咬得咯咯作响，把衣服上弄得油渍斑斑；谈话的时候也大可不必吵得像狗打架似的；为女人让路，这是男子汉大丈夫的有力表示，并不是像他以前认为的那样是软弱无能；如果你跟对方说"我没有说清楚"而不是"懂个屁"，那么，你就会从对方获得更多的好处。总之，当你采取这种婉转的措辞跟人打交道时，话题、对话者、宴请和女人，自然而然就应有尽有了。

如果说堂卡洛杰罗立刻用上了他所学到的东西，那也未免夸大其词。不过，从那以后，他注意把面容修得稍好一些；看见洗衣服多用了肥皂也不再那么大惊小怪，只不过如此而已。但正是从此时起，对他和他家里的人来说，一个由三代人连续不断地使自己的阶级文雅化的进程便开始了，这个进程把一窍不通的乡巴佬变成了无法自卫的绅士。

安琪莉卡以未婚妻的身份对萨利纳家的首次拜访，可以说是经过精心安排的，是无懈可击的。姑娘的言谈举止极为优雅得体，让人觉得，这一切，包括细微的小节在内，似乎都是经过了唐克雷迪的一一指点。但当时通讯联络是缓慢的，唐克雷迪来不及这样做，因此，这种可能性便被排除了。于是，人们又进行了另一种猜测：他在正式订婚以前便教会了她。对于年轻的王爵的远见卓识作这种推测，未免冒昧，但也不是完全没有道理的。安琪莉卡在下午六点钟来到亲王家。她穿着粉红与白色相间的衣裙；一顶夏季大草帽盖住了两条蓬松而乌黑的辫子。草帽上别着一串葡萄和金色穗子的装饰，这些饰物恰如其分地象征着基比尔多尔切的葡萄园和塞泰索利的麦田。她把父亲甩在门厅里之后，便摆动着宽大的裙子，以轻盈的步伐登上了长长的室内楼梯。她投入堂法布里契奥的怀抱，热烈地亲吻了他的两边颊髯；亲王也以真挚和友爱的感情回吻了她。那少女美丽的两腮发出的一股清新馥郁的栀子花芳香，使亲王陶醉了，因此亲吻她的时间长了一些。安琪莉卡羞得满脸绯红，后退半步说："我是多么多么幸福啊……"说完，她又走上前去，踮起脚，在他耳边轻声说道："好舅舅！"这绝妙的发明和富于戏剧性的效果，简直可以和爱因斯坦与儿童车的故事相媲美。这种既明确又悄声的表示，使得单纯的亲王乐得心花怒放，同时，毫无疑问，他完全接受这位美丽小姑娘的牵制了。堂卡洛杰罗一面上楼一面说，他妻子感到非常遗憾，不能陪同前来，因为头天晚上，她在家里绊了一跤，扭伤了左脚，痛得相当厉害。"亲王，她的脚脖子肿得像个茄子。"堂法布里契奥一方面被刚才的亲吻和亲切的称呼提起了精神，另一方面，从图梅奥那里得知，他的礼貌举止不会引起什么麻烦的事，于是便大胆提出，他自己立即去看望塞达拉太太。这一建议把堂卡洛杰罗吓得目瞪口呆。为了阻止亲王前往,他不得不为自己的太太编造出第二个病来:偏头痛。因为得了这种头痛病,那可怜的女人只能待在黑暗的房间里。

这时,亲王把胳膊递给了安琪莉卡,让她挽着自己。他们在昏暗中穿过许多客厅。所经之处,只有一盏盏小油灯照明,微弱的光线刚刚使人看得见路。客厅的尽头却是灯火辉煌的"莱奥波尔多"大厅,在那里聚集着家庭的其他成员。在黑暗中穿过空荡荡的房间,向明亮的、有着家庭气氛的大客厅缓步走去,好像是在举行加入同济会的仪式。

全家人都挤在门口。上次,丈夫的怒火发作使王妃收回了自己的保留态度。如果说,做丈夫的不同意她的保留态度,那语气就太轻了,可以说他简直是以雷霆万钧之势把它消灭得无影无踪。她不断地亲吻着漂亮的准外甥媳妇,紧紧地拥抱她。她那么用力,以至于她戴的那串人人皆知的萨利纳家引以为自豪的红宝石项链在年轻姑娘的皮肤上留下了一圈印记。虽然是在大白天,马利亚·丝苔拉也戴着它,以显示场面的隆重。亲王的十六岁的儿子弗朗切斯科·保罗很高兴有这么一个特殊的机会吻一下安琪莉卡。做父亲的,无可奈何地在一旁以嫉妒的眼光注视着他。贡切达表现得特别亲热,高兴得热泪盈眶。其他几个姐妹也高兴地围着安琪莉卡,叽叽喳喳地欢叫着,那正是因为她们没有动感情。至于彼罗内神父,这个圣洁的人对女性的诱惑力也不是无动于衷的,他喜欢把女性美看成是无与伦比的上帝恩宠的证明。他感到,在温柔的女性美前面,他的不满之意便冰消雪融了。于是,他悄悄地对她说:"来吧,黎巴嫩的新娘。"(他不得不多少克制住自己,压下脑海中涌出的另外一些感情更为热烈的诗句。)顿布洛依小姐则像所有的家庭女教师惯常表现的那样,激动得哭了起来。她用自己那双老处女的手抓住姑娘丰润的肩膀,对她说:"安琪莉卡,安琪莉卡,想想唐克雷迪的快乐吧。"[①]可是,只有本迪科例外,它一反常态,显得冷漠而孤独。它躲在一个托架下,喉咙里不断发出低沉的叫声。弗朗切斯科·保罗气得嘴唇发抖,狠狠地收拾了它一顿,才制止了它的声音。

大吊灯的四十八个蜡烛插上,有二十四个点着蜡烛,每支蜡洁白无瑕而又光亮闪闪,好像是一个贞洁的少女在忍受爱情的折磨。双色的莫拉诺花的光色闪烁迷离,从弯曲的玻璃底座上微笑地向下俯视,欣赏着那位走进来的女人。大壁炉里点着火,但并不是为了取暖,因为天气还不冷,只是为了渲染欢乐的气氛而已。烛光不断地在地板上

---

① 原文系法语:Angelicà, Angelicà, pensons à la joie de Tancrède。

跳跃闪烁，同古老的镀金家具交相辉映。炉火散发出浓郁的家庭气息，成了家庭的象征。那燃烧着的木柴暗示炽烈的情焰；而火炭则隐喻持久的爱情。

王妃善于把极为兴奋的场面缩小到最低限度。她津津乐道地讲起了唐克雷迪孩提时期的有趣故事。看她那讲起来就没完没了的劲头，使人觉得安琪莉卡应该自己觉得能跟这么个人结婚真是交上了好运。王妃说，唐克雷迪在六岁时就很懂事，有一次，叫他灌肠，他就没让人怎么费劲。十二岁时，胆子大得竟去偷了一把樱桃。当讲到唐克雷迪这一胆大妄为的行动时，贡切达笑了起来，说："唐克雷迪的这个毛病到现在还没有改呢。"接着又说，"爸爸，还记得吗，两个月以前，他把您那些桃子摘走时，您还很心疼呢！"说完，她的脸上立刻掠过了一层阴影，好像她是遭到损失的园艺公司经理似的。

亲王的声音很快打断了这些婆婆妈妈的闲谈。他讲起了唐克雷迪现在的情况，说他是一个机灵活泼的小伙子，讲话幽默风趣，随时都能说出一句俏皮话来把喜欢他的人逗乐，让别人听了便觉得恼火。他讲起有一次在那波利逗留的时候，他把唐克雷迪介绍给一位叫圣什么的公爵夫人。公爵夫人非常喜欢他，每天早上、下午和晚上都要见他，不管她是在客厅还是在床上，因为她说，没有任何人能够像他那样讲可笑的小事①。尽管堂法布里契奥赶紧解释说，那时唐克雷迪尚未满十六岁，而公爵夫人已经五十出头，但是安琪莉卡的两眼发出炯炯的光芒，因为，对巴勒莫小伙子们的行为她是知道得一清二楚的；对那波利公爵夫人们的品行，她也同样心中有数。

如果从安琪莉卡的这种态度中便得出结论说她爱上了唐克雷迪，那就错了，因为她是一个高傲之极而又野心勃勃的人，哪怕是暂时忘掉自己的尊严也办不到。而如果她做不到这点，那也就无爱情可言。另外，由于她太年轻，缺乏经验，所以她还不能真正赏识唐克雷迪实际具有的细致多变、丰富多彩的品质。虽说她不爱他，那时她却是被他迷惑住了，可这和爱情相比是两码事。他那双湛蓝色的眼睛、亲切而又诙谐的语言，都对她产生了一种诱惑力。他讲话时，有时声音会突然变得深沉；她还记得，这曾引起过她的局促不安。那些天里，她心中只有一个愿望：被他紧紧搂在怀里，虽然过后她会忘却这双手，并由别人的手来代替——就像曾经发生过的那样——但在现在这个时刻，她多么渴望他那双手把自己搂在怀里呀。因此，当她听说唐克雷迪同那位公爵夫人之间可能有一种暧昧关系（事实上是不存在的）时，她

---

① 原文系法语：les petits riens。

像是当头挨了一棒,陷入了最可悲的不幸之中:对往事的嫉妒。然而,在冷静地考虑了她同唐克雷迪的结合——爱情的也好,非爱情的也好——所带来的好处之后,她的这种慌乱不安的心情便平静了下来。

堂法布里契奥满怀深情地滔滔不绝夸奖唐克雷迪,讲起他来就好像讲起米拉波①一样。"他很早就走上了人生的政治道路,开始得很顺利,"亲王说,"他前程无限。"安琪莉卡以她那平整的前额点了点头表示赞同。实际上,她对唐克雷迪的政治前途并不关心;就像很多姑娘所考虑的那样,她认为历史事件是在另一个天地里发生的。她简直想象不出随着时间的推移,加富尔②的讲演,通过千百个齿轮,会影响和改变她的生活。她用西西里方言思考着:"我们有的是麦子,这就足够了,管它什么前程不前程!"这是年轻人天真的想法,当她后来成为众议院和咨询会议的饶舌的爱捷丽③之一以后,她便把这些话忘得一干二净了。

"还有,安琪莉卡,您不知道唐克雷迪是一个多么有趣的人!他无所不晓,而且他首先发现的那些事情往往是人们

---

① 米拉波,18世纪法国资产阶级革命时期立宪派领袖之一,贵族出身。革命初期反对封建专制制度,但后来被王室收买,鼓吹君主立宪制。
② 加富尔(1810—1861),撒丁王国首相、意大利王国首相。主张在撒丁王国统率下,通过军事和外交活动,自上而下统一意大利。
③ 罗马神话中的人物,启示过罗马王努马的仙女。这里指的是女顾问。

想也想不到的。当大家跟他在一起的时候,要是他情绪愉快的话,他会把什么事情都说得那么滑稽可笑,可有时候,他又把事情说得那么严重。"是啊,唐克雷迪说话妙趣横生,这一点,安琪莉卡是知道的;唐克雷迪善于发现新的天地,这不仅是她所期望于他的,而且早在9月25日那天,她就猜到了这一点。9月25日是他们重要的日子,那天,他们在并不严密的桂树篱笆的遮掩下亲热地接了吻。这是被人们看见的第一次接吻,当然也不是最后一次。这是一次感情细腻而又甜蜜的吻,完全不同于一年前她在卡亚诺时同园丁波焦的儿子的接吻。但是安琪莉卡对于未婚夫的风趣,甚至智慧,并不怎么在意,远不像那位可亲的堂法布里契奥,他把这一切都看得那么重要。堂法布里契奥真正是一位可亲的人,而且又那么富有"知识分子"味儿。她期望唐克雷迪的,是能够在西西里的上流社会里占重要地位。她想象中的上流社会,充满了美妙的事物,是和现实的上流社会截然不同的。另外,她还期望,唐克雷迪是她生活中一个充满激情并给她带来欢乐的伴侣。如果他聪敏过人,那当然更好;但对她而言,她是无所谓的。她认为,聪敏不聪敏,人总是可以消遣娱乐的。再说,这些都是将来的事,在目前,管他是机灵鬼还是傻瓜,只要他在她跟前就好,至少他可以像有一次那样,把手伸到她辫子底下,抚摸她的颈背。

"上帝呀，上帝，我多么希望他现在就在我们这儿呀！"

这一声发自内心的感叹，使大家的心情都激动起来了，大家自然无从知晓引起她这一感叹的缘由。说过这句话，安琪莉卡就结束了她的成功的首次拜访。过了一会儿，她便和她的父亲向众人告辞。一个仆人在前面举着一盏灯引路；摇曳的金黄色灯光照亮了掉在路上的变成红色的梧桐叶。父女二人回到了他们自己的家；这个家是不准被子弹打穿了腰的"大粪"佩佩进去的。

晚上，堂法布里契奥的心情平静下来了，他读起书来：这是他长久以来养成了的习惯。因为，在秋天的日子里，念完《玫瑰经》以后，天色已黑，不宜出门。于是，全家便围在壁炉旁，等着开晚饭。这时，亲王便站在那里，为大家朗读一本现代小说，一次读一段。这时，他的神态是那么庄重、那么和蔼可亲，像是使出了浑身的解数。

正是在那些年代里，人们通过阅读小说形成了对文学的崇拜，就是在今天，欧洲人也还是把文学看作精神食粮的。然而在西西里却不同，由于那里有着墨守成规的传统，又因为一般的人都不懂外语，再加上波旁王朝利用海关实行严格的审查制度，所以西西里人对狄更斯、艾略特、乔治·桑、福楼拜甚至大仲马是全然无知的。不错，人们通过非法途径搞到了几本巴尔扎克的书,落到了堂法布里契奥的手里。他读了这几本书,因为他自封为家里的检查员。他不喜欢这些书,便把它们借给一个他不喜欢的朋友,说毫无疑问这些书是天才的杰作,但内容极为荒诞,而且充满了"定见"(用今天的话来说,就是偏执)。显然,这种判断是草率作出的,但在一定程度上是敏锐的。他们的阅读欣赏水平很低。他们的阅读标准是根据以下几方面来衡量的:对姑娘们的贞洁是否尊重、对王妃的宗教信仰是否尊重,以及与亲王的尊严是否相称等等。所以说,亲王是坚决拒绝把家里人召集在一起来听"下流话"的。

11月10日已近,在多纳富伽塔逗留的时间就要结束。大雨如注,潮湿的西北风在呼啸,雨点狂怒地噼噼啪啪敲打着窗户,远处雷声隆隆。有时,雨点掉进简朴的西西里壁炉,落到火上,一时发出咝咝的响声,把熊熊燃烧的橄榄枝变成了黑色。那天晚上,亲王正在朗读《安焦拉·马利亚》的最后几页。写的是有关年轻姑娘在寒冬腊月穿越伦巴第的艰苦旅行。虽然西西里的姑娘们是坐在她们温暖的扶手椅里,但是听到了伦巴第那冰天雪地的情景,不禁打起了寒战。突然,隔壁房间里传来了纷乱的声音,仆人米米走进来,气喘吁吁地喊:"殿下,"完全忘了平日训练有素的举止,"殿下,唐克雷迪少爷回来了!他在院子里叫人从车上往下搬行李。我的天呀,我的圣母呀,赶上这种鬼天气!"说完便跑了出去。

贡切达惊喜万分,情不自禁地而且不合时宜地喊了声"亲爱的"。但立刻,她自己的声音提醒了她,使她回到不幸的现实之中。不难看出,跌宕起伏的感情在折磨着她:从隐秘而热烈的感情猝然变为表面冷淡的感情。幸好,谁也没有听到她的呼喊,因为她的声音被淹没在众人的喧闹声中了。

堂法布里契奥迈着大步走在前面,大家跟随在后,匆匆奔向楼梯。他们快步穿过昏暗的客厅,下了楼。大门朝宽阔的台阶和下面的庭院敞开着。寒风迎面扑来,夹着一股潮湿的土腥味。挂在墙上的肖像画被风吹动。远处,天空中电光闪闪,花园里的树枝在寒风中挣扎,树叶飒飒作响,如同被撕裂的丝绸。正当堂法布里契奥跨过门槛的时候,一个笨重的、不像样的大个子登上了最后的一级台阶,那正是唐克雷迪。他身上裹着一件蓝色的皮埃蒙特骑兵大斗篷,像是从水里捞出来似的,足有一百公斤重,而且看上去好像成了黑色。"当心,好舅舅,别碰我,我成了一块海绵啦!"他的脸在客厅的灯光映照下显得模糊不清。他走进屋里,解下系在脖颈上的斗篷带子,湿漉漉的斗篷哗的一声顺势滑落在地。三天来,他连靴子都没有脱过,浑身散发出一股潮腥味。尽管如此,他仍然是唐克雷迪。堂法布里契奥拥抱了他。亲王爱这个孩子远超过爱自己的任何一个子女,而马利亚·丝苔拉也爱她这个被人恶意中伤的外甥。在彼罗内神父看来,唐克雷迪是一个经常迷途而又经常知返的羔羊。对于贡切达来说,他仿佛是她心中的幽灵,她那失去的爱人。就连顿布洛依小姐也用她那不惯于接触爱抚的嘴唇吻了他一下,喊了起来:"唐克雷迪,唐克雷迪,想想安琪莉卡的高兴吧。"① 这个可怜的人儿,她的心之琴弦很少被人拨动过,所以她经常是在扮演一个尽为别人欢乐着想的角色。虽说本迪科又看见了它亲爱的玩耍同伴,但出于狗的本性,只是狂喜地在客厅里转着圈儿跑以表达它的欢乐,却毫不理会它所喜爱的人。没有任何人能像它所喜爱的人那样,通过攥起的拳头,朝它脸上吹气,吹得它痒滋滋的。

这是令人激动的时刻,全家人都围在这个刚回家的年轻人周围。由于他并非这个家族的真正成员,所以他就更受人宠爱;因为他这次回来不仅得到了爱情,而且还得到了物质的保障,所以他显得格外愉快。这一激动人心的时刻持续了好一阵子。等到最初的激情平复以后,堂法布里

---

① 原文系法语:Tancrède, Tancrède, pensons à la joie d'Angelicà。

契奥这才发现，门口还有两个人，淋得像落汤鸡似的。他们笑容可掬地站在那里。唐克雷迪想起来了，便笑了起来。"请大家原谅，我太激动了，竟糊涂得忘了向你们介绍一下。舅妈，"他转向王妃说，"我冒昧地带来了我的一位好友卡洛·卡夫里亚基伯爵，其实，你们也认识，他在将军身边工作时，曾到府上来过多次。另一位是枪骑兵莫罗尼，我的勤务兵。"那个士兵立正站着，善良而憨厚的面孔露出了微笑，顺着他那厚厚的大衣，水一滴一滴地掉在地上。但是小伯爵没有立正，把湿漉漉的、变了形的军帽摘下来，亲吻王妃的手。他笑容可掬，金黄色的小胡子和难以克服的用小舌发卷舌音 R 时的温柔声调使姑娘们为之倾倒。"想想看，人家跟我说你们这儿是从来不下雨的！我的天呀，这两天，我们简直就像是泡在海水里似的！"说完，他的神态忽然变得严肃起来，"我说，法尔科内里，安琪莉卡小姐在哪儿？你把我从那波利拖到这儿来就是为了让我看看她的呀。我看这里有好几位漂亮的姑娘，却没有她。"他转向堂法布里契奥："亲王，知道吗，听他的口气，安琪莉卡小姐简直就是示巴女王①！咱们现在就去朝拜你那位

---

① 《圣经》人物，她仰慕所罗门的名望，觐见所罗门，并送给他大量金子和宝石。

绝代佳人①吧。快走呀，你这固执的家伙！"

说着说着，小伯爵就把军官们吃饭时使用的语言搬到这庄严的大厅里来了。大厅的两侧挂满了萨利纳家族祖先穿盔甲、戴羽饰的画像。他的话把在场的人都逗乐了。但是，堂法布里契奥和唐克雷迪想得周到，他们对堂卡洛杰罗可是了解得一清二楚的，也了解他的妻子，那个美丽的动物；他们更知道，这个新贵的家里是多么乱七八糟；对于这一切，天真的伦巴第人是无从知晓的。

堂法布里契奥插嘴说："伯爵，听我说几句：您以为西西里从来不会下雨，但您瞧见了吧，这里一下就是倾盆大雨。您也不要以为，西西里人不会得肺炎，如果掉以轻心的话，您就会发四十度的高烧而卧床不起。米米，"他对自己贴身仆人说，"去把唐克雷迪少爷房里的壁炉和那间绿色客房的壁炉点着，再把隔壁那间小屋收拾一下，给这位勤务兵住。而您，伯爵，去把身子擦洗干净，换上一身干净的衣服。我让人给您送一些饼干和一杯潘趣酒去。两小时后，也就是八点钟开晚饭。"长期以来，卡夫里亚基已习惯了军队生活，所以，他听到亲王那权威的声调立即就服从了。他向亲王致意后，便不声不响地随着仆人走了出去。

---

① 原文系拉丁语：formosissima et nigerrima。

莫罗尼拖着军用旅行箱和套在绿色法兰绒套里的军刀。

这时,唐克雷迪给安琪莉卡写了封信:"最亲爱的安琪莉卡,我来了,我是为你而来的。我沉醉在最热烈的爱情之中,像只猫;我浑身上下都是水,像只青蛙;我龌龊不堪,像条丧家之犬;我饥肠辘辘,饿得像头狼。两小时后,等我洗刷干净,打扮得能在美人面前出现时,我就立刻飞到你的身边。向你亲爱的父母致意,至于对你……我暂且什么也不说。"信的内容是经过亲王同意的。亲王一向就欣赏唐克雷迪善于撰写书信的文笔,现在,他看过信后,便莞尔一笑,表示完全赞同。亲王立刻打发人将信送走。与此同时,堂娜巴斯蒂亚娜该有足够的时间为自己编造出一种新的病来了。

两位年轻人是那么的兴奋和激动,以致一刻钟以后,便洗得干干净净,换了一身军服来到莱奥波尔多大厅,同萨利纳一家人围坐在壁炉前。在大家爱慕的眼光注视下,他们品着茶,饮着白兰地。的确,在那个时期,一个西西里贵族府邸是很少有军人涉足的。在巴勒莫上流社会的客厅里,大家永远也不会看见一位波旁王朝的军官;后来,即使有个别加里波第的军官,那也只不过是衣着鲜艳的稻草人而已,谁也不会认真地把他们当成军人看待。因此,现在这两位年轻的军官是萨利纳家的姑娘们第一次近在眼前见到的军人。他们都穿着双排扣军服：唐克雷迪穿的是枪骑兵军服，两排银色的纽扣，黑丝绒的高领镶着橘黄边；卡夫里亚基穿的是狙击兵军服，两排金色的纽扣，黑丝绒的高领镶着红边。他们把穿着蓝裤和黑裤的腿伸到炉边烤火。他们的袖子上有金线银线绣的花纹，有的隆起，有的凹进，弯弯曲曲，交织成一幅美丽无比、光彩夺目的图案，使姑娘们大开眼界，看得入了迷。因为在这以前，她们所看到的尽是正正经经的礼服以及像是丧服的燕尾服。那本有教益的小说，此时却躺在一把椅子后面的地上了。

堂法布里契奥简直被弄糊涂了；他明明记得以前他们两人都是不修边幅的，而且穿的是红色衬衫，像大虾似的。"我说，你们这些加里波第党人，你们不再穿红衬衫啦！"

两个青年猝然回过头来，像是被毒蛇咬了似的："好舅舅，怎么还是加里波第党人，加里波第党人！那是过去的事了，我们现在不是加里波第党人了。卡夫里亚基和我，感谢上帝，我们已经是撒丁国王陛下正规军的军官。要不了多久，再过几个月，我们就是意大利国王的军官了。加里波第的军队解散的时候，人们可以自由选择出路，回老家或留在国王的军队里。我和他，像其他许多人一样，加入了国王的军队，这可是一支真正的军队。跟原来那些人没法混下去了，你说对不，卡夫里亚基？"

"天哪，那些乌合之众，只会砰砰开枪，要不就搞一下突然袭击，别的就什么也不行！现在我们可是跟一些正派人在一起；总之，我们现在是像样的军官。"说着，他翘起了小胡子，像个淘气的孩子，做了个鬼脸。

"知道吗？好舅舅，我们被降了一级，因为他们不相信我们是称职的军官。比如说我吧，我从上尉变成了中尉，你瞧，"说着，他指着自己肩章上的两颗小星，"而他呢，他从中尉变成了少尉啦。尽管如此，我们还是像被晋升一样感到高兴，因为，现在凭我们这身军服就特别受人尊敬。"

卡夫里亚基接过话题说："我敢说，现在人们再也不用担心我们会去偷他们的母鸡了。"

"你想想看，从巴勒莫到这儿，沿途路过驿站换马时，只要说声'国王陛下的紧急命令'，马就会神奇地出现在你面前。其实我们出示给他们的所谓紧急命令，只不过是卷好了并贴上封条的那波利旅馆的账单而已。"

谈完了军事生涯上的变化，大家便愉快地谈起别的事情来。贡切达和卡夫里亚基两人坐在离别人稍远的地方；小伯爵把他从那波利带来的礼品给贡切达看：那是一本装订精美的阿莱阿尔多·阿莱阿尔迪的诗集。在深蓝色的封面上，深深地印着一个公主的冠冕，下面印着她的缩写姓名C.C.S.①；最下面是几个有点像哥特字体的大字："永远听不见的"。

贡切达觉得怪有意思的，笑了起来："伯爵，为什么说'听不见'呢？C.C.S.的耳朵挺好用。"

小伯爵的脸庞闪烁着年轻人所富有的那种激情的光芒："是听不见，您是听不见的，小姐，您对我的叹息和痛苦的呻吟充耳不闻；您不但听不见，而且也看不见，您对我那充满哀求的目光视而不见。您知道吗？当你们动身离开巴勒莫到这里来时，我望着马车渐渐消失在林荫大道上，可您连句告别的话都没有，连个手势也没有，我心里是多么难受啊！您说，您难道不是听不见吗？我本来还想叫人再在下面加印'冷酷无情的'几个字呢。"

但是，小伯爵像是被迎头浇了一瓢冷水，因为姑娘对他的肺腑之言和冲动的感情显得很冷漠，只是说："长途旅行，您太疲劳了，太激动了，冷静点，最好是给我读几首好诗听听。"

于是，这位狙击兵便朗诵起那描绘温柔情意的诗句，声音里却充满了忧伤，有时，不得不懊丧地停下来。而这时，唐克雷迪却在壁炉前，从自己口袋里掏出一只天蓝色

---

① "亲爱的贡切达·萨利纳"的缩写。

缎面小盒。"好舅舅，这就是我带来的戒指；我要把它送给安琪莉卡，或不如说，这是您通过我送给她的戒指。"他接着打开小盒，露出一只戒指，平面八角形的深蓝宝石，周围密密地镶嵌了许多晶莹的小钻石。这小饰物的格调有那么点凄凉的味道，但和当时阴森森的时代气息是极为吻合的。唐克雷迪明着说用堂法布里契奥的两百个金币买了它，但实际上，它的价格要便宜得多，因为，在那动荡的岁月，打家劫舍之徒趁兵荒马乱大捞了一把，所以，在那波利很容易买到物美价廉的首饰。正因为如此，他用那两百个金币，除了买一只戒指外，还买了一只别针，送给斯瓦尔兹瓦尔德作纪念品了。人们招呼贡切达和卡夫里亚基过来欣赏戒指，但这两人动也不动：小伯爵已经看过了，而贡切达宁愿过会儿再做这件乐事。戒指在人们的手中传来传去，发出一片赞扬声，连连夸奖唐克雷迪高雅的鉴赏力，这是在人们意料之中的。堂法布里契奥问："可是戒指的大小怎么办呢？得把戒指送到吉尔简蒂去调整一下吧。"唐克雷迪的那对眼睛闪烁着狡黠的光芒："不必了，舅舅，大小正合适，我事先就量好了。"堂法布里契奥沉默不语了：唐克雷迪比他高明，他自愧不如。

小盒子在壁炉周围转了一圈以后，又回到了唐克雷迪的手中。这时，只听门后有人轻声地说："可以进来吗？"

那是安琪莉卡；她太激动了，以致在匆忙中只披了一件农民穿的那种用粗呢做的大斗篷，顶着瓢泼大雨跑来了。她那苗条的身材裹在深蓝色的打褶斗篷里，显得越发袅娜可爱。在潮湿的风帽下面，她那对绿色眼睛流露出一种炽烈的渴望，同时又带有几分迷惘的神情，明显地表达了她内心的极度喜悦。

唐克雷迪看见这幅情景，看见他的美人儿穿着极不相称的粗糙的乡间服装，像是猛然受到了一鞭。他倏地站起来，跑到她跟前，一句话没说便热烈地吻起她的嘴唇来。他右手拿着的小盒子轻轻地挠着她那微微倾斜的颈背。他按动扣子，取出戒指，戴在她的无名指上，小盒子便掉落在地。"你收下吧，我的美人，这是你的唐克雷迪送给你的。"忽然，他以幽默的口吻补充说，"你也得感谢我们的好舅舅。"说完又把她紧紧抱在怀里。对情欲的强烈渴望，使他们全身都感到一阵冲动；这时，他们仿佛置身于客厅之外，处在一个远离人们的地方。唐克雷迪在这热烈的亲吻和拥抱中，似乎真的感到他又重新获得了西西里，那美丽富饶的西西里，那曾经一度背叛过他的西西里；那土地原是法尔科内里家族世代相传的。现在，暴动失败了，这块人间乐园，这块生产金色谷穗的土地重新回到了他的手里，就像以前一向归属于他的祖先一样。

由于嘉宾的到来，回巴勒莫的归期推迟了半个月；这是美妙非凡的半个月。伴随两位军官旅行的那场暴雨是这个季节的最后一场雨。雨后出现了明媚的小阳春天气，这才是西西里真正的享乐季节：天空晴朗，万里无云，宛如严酷季节中出现的一块温暖的绿洲。小阳春天气以疏懒说服、驱走了情欲，却以温暖诱使人们秘密地裸露自己。在多纳富伽塔府邸谈不上色情的裸露，但是，春光四溢，情欲狂热。情欲愈是强烈，就愈要克制。八十年前，萨利纳府邸是垂危的十八世纪秘密幽会和寻欢作乐的称心如意的场所；然而，卡罗莉娜王妃严明的摄政，王朝复辟时期的新宗教狂热，以及当前堂法布里契奥善良而欢乐的性格，使人忘记了它那光怪陆离的过去。涂脂抹粉的魔鬼已经逃散，当然还有残渣余孽，但处于虚幻状态，冬眠在庞大建筑的阁楼的积尘之下了。美丽的安琪莉卡进入府邸，使那些幽灵蠢蠢欲动，这一点人们可能还记得；而多情的年轻男子的到来，才真正唤醒了隐藏在府邸里的爱情本能。它们比比皆是，就像被阳光唤醒的蚂蚁，消失了毒液，变得异常活跃。洛可可式的建筑和装饰凹凸起伏，好似人睡卧的姿态和高耸的胸脯。每打开一扇门，就窸窣作响，犹如掀开夫妻居室的帷幔一样。

卡夫里亚基爱上了贡切达；这个翩翩少年，不仅外貌，而且内心,都和唐克雷迪有相似之处。他把对贡切达的爱慕之情倾注在普拉蒂①和阿莱阿尔迪流畅的诗歌节律之中,梦想在皎洁的月光下抢走佳人,而又不敢想象它的后果。而贡切达对他的钟情却置若罔闻,把他的幻想扼杀在摇篮之中。当一个人关在绿色房间里的时候,他是否沉浸在更加具体的向往之中,那就不得而知了。可以肯定地说,在多纳富伽塔之秋的风流艳事的背景里,卡夫里亚基只是一片云烟和渐趋消失的地平线的草拟者,而不是牢固建筑物的设计师。卡罗莉娜和卡特莉娜在十一月荡漾在整个府邸的各种欲望的交响曲中,表演得很出色。交响曲中夹杂着泉水的淙淙;在这乐曲声中,发情的马在马厩里尥蹶子,蛀虫在古老的家具中坚持不懈地挖掘新婚洞房。这两位姑娘年轻漂亮,虽然没有合意的心上人,却置身于别人发出来的那股爱情冲动的气息之中。卡夫里亚基要吻贡切达,却遭到贡切达的拒绝,唐克雷迪不知满足地拥抱安琪莉卡,这一切在她们身上都引起了反应,似乎轻轻触到了她们纯洁的身子。人们为她们幻想,她们自己也幻想汗水湿润的发辫和短促的呻吟。更有甚者,就连处处起到避雷针作用的不幸的顿布洛依小姐,也被卷到这混浊而又欢快的旋风

---

① 乔瓦尼·普拉蒂(1814—1884),意大利爱国诗人。

中来了，仿佛精神病医生抵挡不住病人的疯狂而受到了传染。每天，在作为说教者的追踪、窥探完毕之后，她形影相吊地躺在床上，抚摸着自己干瘪的乳房，喃喃地一个个叫着唐克雷迪、卡尔洛、法布里契奥等的名字。

情欲狂热的中心和动力，自然是唐克雷迪和安琪莉卡这一对情人。确定无疑的婚礼固然为期还远，但是在他们相互渴望的灼热土地上提前投下了令人无忧无虑的影子。门第的差异使堂卡洛杰罗以为贵族家里情人们长时间的卿卿我我是正常的现象，同样的道理也使马利亚·丝苔拉认为对塞达拉家而言，安琪莉卡的频繁来访和一定程度的行动自由是司空见惯的；但是如果她的女儿们这样做，她一定会觉得不合体统。所以这样一来，安琪莉卡到府邸来的次数日益频繁，以致到了无以复加的地步。后来，她只是在形式上由父亲陪同，之后，她父亲就急匆匆赶到办公室，忙着策划或识破阴谋诡计去了。有时是由女仆陪来，然后女仆就溜到食品贮藏室去喝咖啡，把那些没交好运的仆从们弄得个个郁郁不乐。

唐克雷迪希望安琪莉卡熟悉整个府邸，包括宴会厅、贵宾室、膳房、小教堂、剧场、画廊、皮革库、马厩、闷热的花房、走廊、楼梯、平台、柱廊，等等，特别是一系列几十年来无人居住和无人过问的套房，它们构成了一座错综复杂、神秘莫测的迷宫。唐克雷迪没有意识到（或者很清楚地意识到），他是把安琪莉卡拖到了情欲旋涡中最隐蔽的中心；而安琪莉卡此时此刻只是一心一意地服从唐克雷迪的意志。在几乎无边无际的府邸中的远足，是没有止境的。他们启程，好似走向不为人所知的地方。说"不为人所知"是千真万确的，因为其中的许多套间和角落，甚至连堂法布里契奥也没有涉足过。这对堂法布里契奥倒是一件乐事，因为依他看来，一座府邸，如果它的房间都为人熟知的话，那就不值得住了。

这一对情侣坐上船到奇特拉①去，这船是由阴暗的房间、阳光充足的房间、奢华的房间、简陋的房间所构成，其中有的房间杂乱地摆满陈旧的家具，有的空荡荡一无陈设。他们出发的时候，有卡夫里亚基或顿布洛依小姐陪伴（彼罗内神父由于他那个教会所赋予的明智，向来拒绝奉陪），有时则由卡夫里亚基和顿布洛依小姐两人一起陪着，总之，形式上的体面算说得过去。然而，在多纳富伽塔府邸里，要想甩掉跟踪者不是一件难事；只需穿过一条走廊（走廊狭长而又曲折，窗上还有铁栅，以致人们经过时，不得不感到恐慌，因而匆匆走过），在过道里转个弯，登上一

---

① 希腊的一个岛屿，此处仅为比喻。

座似是有合谋似的楼梯,这一对情人便走远了,消失了。他们两人独自在一起,好似在一座荒岛上一样。只有一幅出自一位拙劣画家粗率之手而且褪了颜色的彩画肖像,以及模糊的天花板画上残留的一位同情他们的牧羊女,是他们的见证人。

卡夫里亚基很快就感觉疲倦,只要在所经之处遇到熟悉的地方,或者看见一条通往花园的楼梯,他就马上溜之乎也,好让唐克雷迪心里高兴,同时也为了看看贡切达那冰凉的小手,守在她身旁长吁短叹。家庭女教师坚持的时间较长,但也不能奉陪到底。她喊着:"唐克雷迪,安琪莉卡,你们在哪里?"①声音越来越远,而且永远得不到回应。之后,一切恢复了原来的寂静,只有老鼠在天花板上面疾跑,发出声响,散失在地板上的百年前的一封信被风吹得簌簌作响;这一切又成了期待的恐惧和把身体靠拢以求安全的借口。厄洛斯②十分调皮,坚持不懈地永远和他们在一起;他一直拖住这对订婚男女不放的大胆恶作剧,充满了魔法。唐克雷迪和安琪莉卡仿佛回到了孩提时代,互相追逐嬉戏,时而失散,时而重逢,其乐无穷。当他们重聚在一起时,强烈的情欲占了统治地位,他的五根手指交插

---

① 原文系法语:Tancrède, Angelicà, où êtres vous?
② 即丘比特,希腊神话中的爱神。

在她的五根手指之中，做出一种犹疑不决的渴望姿态。他的手指轻柔地抚摸着她那苍白手背上的静脉，这种接触使他们心神不定，继之而来的是更加温柔的爱抚。

一次，安琪莉卡躲在一幅立在地上的巨画后面；一时，《阿尔图罗·科尔贝拉围困安蒂奥吉阿》挡住了满怀希望、焦急等待的女郎。当她被唐克雷迪找到时，微笑的嘴上挂着蜘蛛网，双手沾满了灰尘，唐克雷迪抓住她，把她紧紧抱在怀里。安琪莉卡不住地说："不，唐克雷迪，别这样。"明着是拒绝，暗中却是诱惑，因为他只是用自己的蓝眼睛不停地望着她那双绿色眸子。又一次，那是一个明朗而又较冷的早上，她仍然穿着夏衣，身上瑟缩发抖。他们坐在破绸覆盖的长沙发上，唐克雷迪搂着她，使她得到温暖。她那芬芳的气息吹动着他额上的头发。那是在凝视出神，也是痛苦的时刻，因为渴望变成了折磨，而克制又变成了乐趣。

在无人问津的套间里，各个房间既没有名称，也没有特殊的面貌。唐克雷迪和安琪莉卡犹如新世界的探索者，给所经之处起了名字，以纪念各自的发现。有一间宽敞的卧室，在其凹处有一张华盖上饰有鸵鸟羽骨的幽灵似的床，他们称这间屋子为"苦室"；一座梯级用平滑而有裂缝的石板铺的楼梯，被唐克雷迪称为"顺滑梯"。有好几次他们不知身在何处；由于不停地转来转去，互相追逐，以及长时间情意缠绵的休息，他们迷失了方向，只好从一扇没有玻璃的窗子探头望去，然后从院子里的情况或从花园的远景，弄明白自己到底是在大楼的哪一方。不过，有时他们也搞不清楚，因为窗子不是开向某个院子，而从窗子里看到的却是楼内没有听说过的内院。只看得见一只死猫，或一堆番茄汁拌面，不知是人呕吐的，还是扔在那里的；幸好，一个退休的女用人从另一个窗子里望见了他们。一个下午，他们在一只衣柜里找到了四只八音盒[①]，那是十八世纪矫饰天真的人们喜爱的音乐匣子。其中的三只表面积土甚厚，蛛丝层层，已经不会响；但最后的一只，年代较近，深色木盖盖得很严实，带刺的黄铜圆柱转动起来，钢舌一上一下，发出一种尖细的银铃似的音乐——著名的《威尼斯狂欢节》。他们和着没有幻想的、欢快的音乐节奏亲吻着；当他们紧紧的拥抱松弛下来时，才惊讶地发现音乐早已停了多时，他们只不过是随着记忆中的幽灵似的乐声尽情表达自己的爱情罢了。

还有一次，他们出乎意料地发掘到了一个秘密。在一间旧客房里，他们发现衣柜后面有一个暗门；唐克雷迪用

[①] 原文系法语：carillons。

手指扭转了几下，百年历史的锁就打开了。门后是一部盘旋而上的狭长楼梯。楼梯上面有一扇敞开的门，门上有厚厚的、破烂不堪的垫布。进门一看，原来是一套小巧玲珑而别具一格的居所；一间不大不小的客厅，周围环有六间小室。客厅和房间的地面都是用洁白的大理石铺成，地面略斜，倾向一条边沟。低矮的天花板上有奇形怪状的彩色粉饰，幸而潮湿使画面已经模糊不清。墙上挂着几面笨拙的大镜子，挂得非常低，其中的一面正中被击碎了。十八世纪的烛台环布在各面镜子的四周。窗子开向一个与世隔绝的院子，它像一口不透光的沉闷的井，只有一丝微光照射进来，没有任何其他出口。在客厅和各小室内都摆有巨大的长沙发。沙发上的钉子头处还留有撕掉了的丝绸的痕迹，扶手处斑点累累。壁炉上有精致而复杂的大理石石雕，陈设着富于情感的裸体雕像，但是，不知是谁在盛怒之下，用锤子把雕像都砸得缺肢断臂、残缺不全了。潮湿使墙壁上部斑斑驳驳，墙壁下部可能也受了潮。在齐人高处，潮湿的斑点奇形怪状，厚度也不一致，颜色更深。唐克雷迪心中有些不安，他不让安琪莉卡碰客厅的壁橱，自己把它打开了。壁橱很深，空空如也，只有一卷脏布竖立在一个角落里。布卷里包着一束小鞭子，那是用牛筋做的马鞭，有的鞭柄是银制的，有的鞭柄一半是用古老的、非常别致的白底蓝条丝绸裹着，上面还有三行黑点。此外，还有一些不知何用的铁器。唐克雷迪害怕了，对自己也害怕起来："走吧，亲爱的，这里没有什么意思。"他们把门重新关好，悄悄走下楼来，然后把衣柜放回原处。整整一天，唐克雷迪的吻是轻柔的，那是梦中之吻，赎罪之吻。

说真的，除了豹盾以外，鞭子也是多纳富伽塔常见之物，在发现谜一般的套房的第二天，这对恋人又看见了另一根小鞭子。那不是在一般不为人所知的套房里找到的，而是在受人尊敬的圣徒公爵的套房里看见的。十七世纪中叶，萨利纳家的这个成员用它作私人修道院，在这里过着隐居生活。他进行苦修，为自己事先安排了升天的路线。套房的各房间都很狭小，天花板低矮，卑污的土面，白灰墙，跟最穷苦的农民的房屋一样。最后的一间屋子有一个阳台，从那里可以凭高远眺，由一块块沐浴着忧郁之光的领地紧密相连而形成的一片辽阔黄色平原，尽收眼底。在一面墙壁上挂着一个比实物还要大的十字架，殉难的基督头顶天花板，鲜血淋淋的脚快要触到地面。肋骨处的一道伤痕好像一张嘴，但是残暴的行动禁止它发出最后求救的呼声。在神圣的尸体旁边的钉子上，挂着一根短柄的鞭子，短柄下伸出六根发硬的皮条，每根皮条头上都有一个核桃大小的小铅球。这就是圣徒公爵的"苦鞭"。就在这间房子里，萨利纳公爵朱塞佩·科尔贝拉，面对着自己的上帝和自己的领地，进行自我鞭笞。他似乎觉得自己滴下来的血洒落在土地上，这样就可以赎买这些土地；在他虔诚的狂热中，他觉得似乎只有通过这种赎罪的洗礼，土地才真正归他所有，成为他自己的血肉，像人们说的那样。谁想得到，土地渐渐地失去了，从阳台望下去的土地，其中有很多属于他人，也属于堂卡洛杰罗：属于卡洛杰罗，也就是属于安琪莉卡，所以也就是属于她未来的儿子。与通过流血进行赎买一样，通过美貌进行赎买的明显性使唐克雷迪头晕眼花。安琪莉卡双膝下跪，亲吻基督被钉的双脚。"瞧，你跟这个器具一样，有同样的用途。"唐克雷迪给她看苦鞭。安琪莉卡不解其意，抬起头来，嫣然一笑。她妩媚，但有些茫然。唐克雷迪俯下身子，把跪着的安琪莉卡狠狠地吻了一下；她痛得叫了起来；这一吻咬破了她的嘴唇和上腭。

两个恋人在梦幻似的游荡中打发日子。他们发现了地狱，而爱情做了弥补；他们找到了被人忽略的天堂，而爱情又亵渎了它。这使他们日益感到，停止赌博，收起赌注的日子已迫在眉睫。到了最后，他们不再找寻什么了，只是一心一意地到最远的房间去，那里任何叫喊都无人听见；其实，叫喊是从来没有的，只有祈求和低声的抽泣。唐克雷迪和安琪莉卡紧贴着坐在一起,心无邪念,彼此爱怜。对他们来说,最危险的还是旧客房的房间;它们位置僻远,比较整洁,每间都各有一张漂亮的床,床垫卷起,只需用手一推,就铺开了……一天,不是唐克雷迪的头脑——在这方面,那是没说的——而是他全身的血液决定要了却他们的心愿。那天早上,那个漂亮的无所顾忌的安琪莉卡对他说:"我是你的见习修女。"这句话显然是一种引诱,唐克雷迪脑子里回忆起他们之间互相渴望的初次相会。此时,安琪莉卡已是头发蓬松凌乱,一心愿意以身相许,而男性也正有战胜人的意志。恰恰在这当口,教堂隆隆的钟声正好在他们躺着的身躯上空响起,使他们不禁跟着钟声的振动而战栗。两张亲吻的嘴分开了,变成了微笑,接着又吻起来。第二天,唐克雷迪就得动身。

那是唐克雷迪和安琪莉卡生活中最美好的日子,以后的生活道路是不平坦的,在不可避免的痛苦背景下罪孽深重。然而,他们此时却并不知道,只是一味追求一种他们认为更具体的未来,虽然最后的结果只是烟消云散,随风而逝罢了。当他们上了年纪,变得徒劳无益地明智一些时,他们将会异常惋惜地怀念这些日子;那是渴望永存的日子,因为渴望永远会被战胜;那些日子里,他们看见了很多床,但都被他们加以拒绝；那是性欲冲动的日子，但性欲冲动被克制了，一时变成了舍弃，即变成了真正的爱情。那些日子是他们结婚的前奏，从情欲上讲，它是失败的；但是它是甜蜜的、短暂的、独立的一部分，就像被人遗忘的歌剧中尚存的序曲，以笼罩着廉耻薄纱的活跃生命力，埋下了需要在歌剧中进一步发挥的咏叹调的伏笔，但是它们发挥得很不高明，于是歌剧以失败而告终。

唐克雷迪和安琪莉卡离开了那个使他们流连忘返、恶习泯灭、美德尽逝和渴望永存的宇宙，重又回到了生机勃勃的人的世界，他们受到的是人们善意的嘲笑。堂法布里契奥笑着说："孩子们，你们真是太痴了，到那儿去弄得浑身是土。唐克雷迪，瞧瞧你都变成什么样子了。"唐克雷迪叫人刷去身上的尘土。卡夫里亚基跨坐在椅子上，不悦地吸着弗吉尼亚香烟，瞅着唐克雷迪洗脸、洗脖子。看见洗脸水成了黑煤汤，唐克雷迪气得嘟哝起来。卡夫里亚基说："法尔科内里，你们这样做，我不反对，安琪莉卡小姐是我见过的最漂亮的姑娘，但是这也不能成其为理由呀。神圣的上帝，要有点节制；你们两个今天单独在一起竟达三小时之久；如果你们热恋到这种程度，那就干脆马上结婚，免得叫人笑话。你真该瞧瞧她父亲的那副脸色；当他今天从办公处出来,看见你们还漫游在那没完没了的厅室之中时,那副脸色别提多难看啦!克制,亲爱的朋友,需要克制,你们西西里人太缺少这种能力了。"

卡夫里亚基一本正经,深晓事理地批评着比他年长的同伴,那个"听不见"的贡切达的表哥,心里很得意。唐克雷迪这时正擦拭着头发,听了这番话很生气;他竟被指责为没有克制能力,其实,他啊,克制能力有的是,简直可以刹住一列火车!话说回来,好心的狙击兵的话也没有全错;顾全点体面也是要考虑到的;不过,卡夫里亚基是眼见追求贡切达无望,由于忌妒才变成道德说教者的。再说那个安琪莉卡,当他们接吻时他咬破了她的嘴唇,她的血的味道是多么的甜啊!当他拥抱她时,她那微微倾斜的身躯又是多么的柔软啊!但是,确实,这一切全无意义。"明天,在彼罗内神父和顿布洛依小姐的护送下,我们去参观教堂。"

与此同时,安琪莉卡到姑娘的房间里去换衣服。"可是,安琪莉卡,上帝允许你变成这个样子吗?[①]"顿布洛依小姐气恼地问,而穿着紧身胸衣和衬裙的美人却一心一意地洗着胳膊和脖颈。凉水使她那沸腾的激情冷却下来,她心里

---

① 原文系法语:Mais Angelicà, est-il Dieu possible de se mettre dans un tel état?

不禁也同意家庭女教师的话有理；这样疲惫不堪，满身尘土，叫人耻笑，值得吗？这又为了什么呢？只是为了叫他望着自己？听凭那纤细的手指爱抚自己？差一点……她的嘴唇现在还痛着呢。"到此为止吧，我们明天和大家待在客厅里。"可是，说不定第二天，还是那双眼睛，那纤细的手指又会重获魔力，两个人又会发疯似的开始捉起迷藏，互相追逐，尽情嬉戏。

两人不谋而合的想法，获得了奇特的效果。晚饭时，这一对热恋的情人是最悠然自得的人，他们寄希望于对明日虚幻而良好的愿望；对别人爱情的表示，哪怕是最细微的表示，他们都加以冷嘲热讽，并为此感到开心。贡切达曾经使唐克雷迪失望过。他在那波利也曾经对她感到内疚，因此才把卡夫里亚基拖来，希望他能在贡切达的心目中取代自己的位置；这种高瞻远瞩中也有怜悯的成分。唐克雷迪为人聪明机智，他一到多纳富伽塔，便为自己另有他求而巧妙友好地向贡切达露出抱歉之意，同时把自己的朋友卡夫里亚基推上阵来。但徒劳无益；谈话时贡切达以寄宿女生的口吻和伯爵敷衍，用冷若冰霜的目光望着多情的小伯爵，甚至带有一丝蔑视的神情。贡切达是个傻姑娘，这样做不会有什么好处。她究竟要求什么呢？卡夫里亚基是个好青年，性情温和，出自名门望族，在布里安扎①有肥沃的庄园。用冷静的话说，真可谓一门"好亲事"。诚然，贡切达爱唐克雷迪，难道不是这样吗？唐克雷迪过去也爱过贡切达；她虽不如安琪莉卡那么漂亮、那么有钱，但是在她身上有那个多纳富伽塔女人永远不会有的东西。生活是件严肃的事情，那有什么办法呀！贡切达本应该懂得这点。再说为什么开始对他那么不好呢？圣灵修道院的那场风波，还有后来的几次。那是"豹"在作怪，是的，是"豹"在作怪；但是那个高傲的动物也该有些节制。"需要节制，亲爱的表妹，节制啊！可你们西西里人很少有节制。"

然而安琪莉卡心里却认为贡切达做得对；卡夫里亚基不够风趣。爱过唐克雷迪以后，如果再和卡夫里亚基结婚，那就跟品尝过她面前的马尔萨拉酒以后再喝白水一样。是的，她理解贡切达，因为她自己有亲身体会。至于另外那两个傻姑娘——卡罗莉娜和卡特莉娜，她们死死地盯着卡夫里亚基，每当他走近她们，那两个姑娘就坐立不安，故作多情起来。那很好啊！很少顾忌家庭亲属之间关系的安琪莉卡，不明白她们中的一个为什么不为自己的利益考虑，设法把卡夫里亚基从贡切达身边夺过来。"小伙子们到了这

---

① 伦巴第的一个地方。

个年纪就跟狗一样；只要向它们一吹口哨，它们就乖乖地跑过来。姑娘们真傻！总是谨慎呀，禁令呀，高傲呀，到头来谁知道会有什么结果。"

晚餐后，男人们转到小客厅去吸烟。实际上，吸烟的人只有两个：唐克雷迪和卡夫里亚基。当只有他们两人在一起时，谈话的风格就与众不同了。最后小伯爵终于把爱情的破灭告诉了同伴："对我来说，贡切达是太漂亮，太纯洁了。她不爱我，我却希望她爱我，我也太胆大妄为了。我将心如刀绞般离开这里。我都不敢向她正式求婚，因为我觉得在她眼里我就像地上的一条虫。这倒也有道理，我应该找一条门当户对的母虫做配偶。"十九岁就遭此不幸，不禁使他嘲笑起自己来。

唐克雷迪由于自己的幸福确保无疑而飘飘然，力图安慰卡夫里亚基："你知道，自从贡切达一生下来，我就了解她。她是世界上最可爱的人，称得上是一切美德的一面明镜。但是她比较含蓄，慎重，过于看重自己。而且她可以说得上是彻头彻尾的西西里人，从来没离开过西西里岛，谁知道她在米兰待得惯不，在那个鬼地方，要吃一盘通心粉，在一个星期以前就得想着这件事！"

唐克雷迪的风趣话是民族统一的一种表现，把卡夫里亚基又逗笑了，痛苦和悲伤在他身上是站不住脚跟的。"我给她准备好几箱你们的通心粉还不行！总之，过去的就让它过去吧。你的舅父和舅妈对我很亲切，我只希望他们不要因为我不是无所求地来到你们中间而怨恨我。"唐克雷迪语气恳切地安慰他。除了贡切达以外，大家都喜欢卡夫里亚基（也许贡切达也喜欢），因为好闹的愉快情绪和温柔多情在他身上融为一体。后来，唐克雷迪和卡夫里亚基把话题转到别的地方，即转到安琪莉卡身上。

"瞧，法尔科内里，你真艳福不浅啊！在这臭猪圈一样的脏地方（对不起，亲爱的）挖掘到了像安琪莉卡小姐这样的珍宝。她多么漂亮，上帝，多么漂亮啊！你这个坏家伙，带着她在我们大教堂一般大的宅第里那些最无人涉足的角落里闲荡，而时间竟达数小时之久！她不但漂亮，而且还聪明，有文化；她心肠好，从她的眼睛就可以看出她的善良，她那可爱的、无瑕的纯真。"

卡夫里亚基一个劲地称赞安琪莉卡的善良，使唐克雷迪的眼睛露出开心的神色："卡夫里亚基，其实你的心肠最好。"这句话令人毫无察觉地避开了米兰人的乐观主义。"听着，"小伯爵说，"过几天，我们就要离开这里了，你不认为该领我去拜见男爵小姐的母亲吗？"

唐克雷迪第一次听到一个伦巴第人用贵族头衔称呼他的美人。起初，他竟一时不明白卡夫里亚基指的是谁。稍后,他身上的王爵气质使他反对这个称呼:"卡夫里亚基,什么男爵小姐!她只是一位美丽而可爱的姑娘,我爱她,仅此而已。"

说安琪莉卡只是"仅此而已",恐怕不够真实;不过,唐克雷迪说的倒是实话,因为法尔科内里家族祖祖辈辈拥有大量财产,因此他似乎觉得基比尔多尔切、塞泰索利这两处土地和装陪嫁金的帆布袋,从查理·迪·昂儒时代起直到现在,本来一直就是他的财产。

"很遗憾,我想你不大可能见到安琪莉卡的母亲了,因为她明天动身到夏卡去接受温泉疗法。她病得很厉害,真可怜。"

唐克雷迪把弗吉尼亚香烟的烟蒂在烟灰缸里掐灭,然后说:"到大厅去吧,咱们离开大家的时间够长啦。"

一天,堂法布里契奥收到吉尔简蒂行政长官的一封措词彬彬有礼的书信。来信告知堂法布里契奥,行政长官公署秘书阿伊莫内·谢瓦莱·迪·蒙泰尔祖洛骑士将抵达多纳富伽塔,和他商谈一个政府非常关心的问题。堂法布里契奥见信后感到很意外,翌日,立刻打发儿子弗朗切斯科·保罗到驿站去迎接这位上帝的使者[①],并邀请他到自己

---

① 原文系拉丁语:missus dominicus。

的府邸下榻。这种做法不仅出自殷勤好客,而且也出自真切的怜悯之心,以免把皮埃蒙特骑士的贵体丢给梅尼哥老头开的破客店,叫人家去受数以千计的小虫子的折磨。

有武装警卫保护的马车,在夜幕降临时分来到;车上人倒不多,但个个脸色阴沉。谢瓦莱·迪·蒙泰尔祖洛走下车,神色惶恐,但还强作微笑,叫人一眼就认出来了。他在西西里已经有一个月了,而且是在岛上最富于当地粗犷色彩的地方。他是直接从他的蒙菲拉托庄园被派到这里来的。谢瓦莱胆小怕事,生就的官僚习气,待在这里很不自在。他脑袋里满是人们讲述的强盗故事,而西西里人特别爱讲这类故事,以试验新来的人的神经抵抗能力。一个月以来,他把办公室的每一个传达员都看成是刺客,把自己写字台上的木制裁纸刀看成是匕首。此外,一个月以来油腻的饭菜使他倒胃口。

此刻,在苍茫的暮色之中,他站在那里,手提着灰色帆布箱,呆呆地望着下车后他所置身的这条不讨人喜欢的街道。他面前有一所坍塌残破的房子,上面有一块白底蓝字路牌:维托里奥·埃马努埃莱大街。这块路牌并不足以使他相信自己当前所处的这个地方竟属于他的同一民族;几个农夫背靠墙站在那里,像一根根胸像立柱一样。谢瓦莱不敢上前向他们中间的任何一个人打听,断定他们不懂他的话，也怕肚子上免费挨一刀，虽说其中的肠胃已经不在其位，但他还是不忍割爱。

当弗朗切斯科走近他，向他自我介绍时，他翻着白眼，以为自己算完了。然而金发少年的体面和斯文的外表，使他略为放下心，等后来弄明白自己是被邀请到萨利纳家去住宿时，不禁喜出望外，这才把心放了下来。他们在黑夜中向府邸走去，一路上皮埃蒙特人和西西里人（意大利这两个地方的人最爱小题大做）互相争着要拿手提箱，结果只好由两个骑士式的竞争者合着拿，其实说起来，箱子非常之轻。

到了亲王府邸，谢瓦莱看见守在第一道院子里的武装侍卫满脸胡子，心中感到不大自在。但是，亲王宽厚而若即若离的欢迎和款待，以及隐约见到的周围环境的富丽堂皇，又使他产生了与不安相反的感觉。他是皮埃蒙特小贵族家庭的后裔，在自己的土地上过着体面而拘谨的日子。他这会儿是第一次在这么阔绰的大户人家当座上客，因此，这使他更加拘谨不安。在吉尔简蒂听说过的鲜血淋淋的强盗故事，他所在地方的那副野蛮的面貌，以及守在院子里的"打手"（他这样认为），使他胆战心惊，所以他下楼吃饭时，心里七上八下，就像一个人忽然置身于高于自己生活习惯的境遇那样忐忑不安，又像一个无辜落入强盗设的陷阱里的人那样惶恐万分。

这顿晚餐是他自从踏上西西里海岸以来吃得最好的一次。姑娘们秀丽、端庄,彼罗内神父令人肃然起敬,堂法布里契奥举止高雅,这一切都使他相信多纳富伽塔的这座大楼不是强盗卡波拉罗的巢穴,他可以从这里活着出去。使他更感到慰藉的是在座的还有卡夫里亚基。他听说卡夫里亚基在这里住了十天,看样子他过得还挺不错,况且还是那个法尔科内里小伙子的好朋友。谢瓦莱认为一个西西里人和一个伦巴第人之间还有友谊之情,简直是奇迹。晚饭后,他走到堂法布里契奥跟前,要求跟亲王作一次个别谈话,因为他打算次日清晨动身回去。但是,亲王用大手拍了一下他的肩膀,带着豹一样威严的微笑说:"不行,亲爱的骑士;您现在是在我的家里,您就是我的人质,我高兴放您就放您。明天您不能走,为了做到这一点,我在明天下午以前不想和您单独谈话。"这句话如果在三小时以前讲,可能会把优秀的秘书吓得魂不附体,而现在却使他感到愉快。那天晚上,安琪莉卡没来,所以大家玩起惠斯特牌①。他和堂法布里契奥、唐克雷迪和彼罗内神父同桌玩牌,胜了两局,赢了三个里拉零三十五生丁;玩完牌,他

---

① 类似桥牌的一种牌戏。

回到自己的房间，赞叹着被单的清新干净，安然无忧地入睡了。

翌日清晨，唐克雷迪和卡夫里亚基带谢瓦莱·迪·蒙泰尔祖洛到花园散步，欣赏画廊和收藏的壁毯。两个年轻人还带他到街上转了转。在十一月蜜黄色的阳光照耀下，这个地方显得不像昨晚那样阴森可怕，一路上甚至还可以看到几张笑脸。于是，他也开始对粗野的西西里有点放心了。这个心理变化马上被唐克雷迪觉察到了。岛上居民一种爱向外地人讲述可怕的、然而遗憾的是真实的故事的特殊嗜好，在他心中发痒。他们走过一所正面有拙劣凸雕花饰的饶有风趣的楼房。

"亲爱的谢瓦莱，这是穆托洛男爵的家。眼下，这所房子空着，关闭着，因为自从男爵的儿子十年前被强盗绑架了以后，全家就搬到吉尔简蒂去住了。"

皮埃蒙特人开始战栗起来："真可怜，谁晓得他们得花多少钱才能把儿子赎回来。"

"不，他们一个子儿也没花，他们跟这里所有的人一样，经济也很困难，没有现金。但是，儿子仍然给送回来了。不过，是分期送回来的。"

"什么，王爵，你说什么？"

"分期,我说得没错,分期送回来的,一块一块地。先是送来右手和大拇指,一星期以后,送来左脚,最后用一只精致的篮子把脑袋送来了,上面还盖着一层无花果(当时正值八月时分),眼睛睁得大大的,嘴角上凝结着血迹。我那时还小,没亲眼看见那个情景,但是听说惨不忍睹。篮子就放在那个台阶上,就是门前的第二级台阶上,是一个头上裹着黑头巾的老妇人放在那儿的,谁也认不出她是何许人。"

谢瓦莱的眼睛吓得直勾勾地呆滞不动。他以前听人说过这件事,但是现在,在灿烂的阳光下看到曾经放过那个离奇的礼品的台阶又是另外一码事。官员的身份帮助他克服了恐惧心理:"那些波旁分子的警察,也是笨蛋。要不了多久,我们的宪兵就会来的,那时这一切都不会再有了。"

"当然,谢瓦莱,当然是这样。"

后来,他们来到市民俱乐部前。广场的梧桐树荫下,摆着一些铁椅,上面坐着几个穿黑衣服的男人。他们向唐克雷迪一行微笑致敬。"谢瓦莱,仔细看看这些人,牢牢记住这个情景。这些先生中准会有一位死死地待在椅子上不能动,因为有人在苍茫夜色中给了他一枪,谁也搞不清是什么人所为。这类事件,每年要发生两起。"谢瓦莱感到有必要依靠在卡夫里亚基的肩膀上,以便更加接近北方人的血液。

过了一会儿,在一条陡直的街道的高处,通过晾晒的五颜六色的裤衩,他们隐约望见一座地地道道巴洛克式的小教堂。"那是圣尼法教堂。五年前,本堂神甫做弥撒的时候,被人杀死了。"

"在教堂里开枪!可怕啊!"

"开什么枪,谢瓦莱!我们这些天主教徒太好啦,做不出这种渎神的行为。他们在圣酒中放了毒药,这就行了。这样不是更隐蔽,我的意思是说更有宗教仪式的色彩吗?谁也不知道是哪一个干的。本堂神甫是个老好人,没和人结过仇。"

像一个半夜醒来的人,看见床头有一个幽灵坐在自己的袜子上,于是只好极力想象那是爱开玩笑的朋友在寻开心,以克服恐怖心理,谢瓦莱也是这样,极力想象是唐克雷迪在开玩笑。"很有意思,王爵,真有趣!您应该写小说,您可真会讲故事!"但是,他说话的声音在颤动。唐克雷迪对他起了怜悯之心。后来,在回家以前,他们还路过三四个地方,这些地方多少都有类似的经历。但是,唐克雷迪不再去讲这些事情了,只谈论贝里尼和威尔第这些可以愈合民族创伤的永恒人物。

午后四点，亲王派人告诉谢瓦莱，他在书房里等候他。那是一间小屋，墙壁上摆着几只红爪灰山鹑做装饰，因为是稀有禽类，还用玻璃罩子罩着，这是从前狩猎的战利品。有一边墙摆着一个高而窄的书架，上面放满了过期的数学杂志。有一把给客人准备的大扶手椅，椅子上方挂着一系列家庭成员的工笔小画：堂法布里契奥的父亲保罗亲王，皮肤深棕色，嘴唇富于肉感，像个撒拉逊人，身穿一套黑色礼服，斜佩着圣杰纳罗绶带；画像中的卡罗莉娜王妃已是孀妇，一头金发高高地绾成塔状，蔚蓝色的眼睛露出严肃的神色；法布里契奥亲王的姐姐朱丽叶，法尔科内里王妃，坐在花园长凳上，右边是一把打开着放在地上的深红色阳伞，左边是穿黄色衣服的三岁的唐克雷迪，正向她献上一束野花（清资人员查点法尔科内里府邸的家具时，堂法布里契奥偷偷地把这幅工笔小画揣在口袋里了）。再往下一点是身着合体白色皮裤的长子保罗，他正准备跨上一匹昂着脖子、眼睛闪闪发光的烈马；还有几个认不出来的叔伯和姑母姨母，有的浑身珠光宝气，有的痛苦地指着一个死去亲人的半身像。居于这一群工笔细画中央，像北极星一样突出地挂着的，是一幅较大的工笔画：那是二十岁刚出头的堂法布里契奥，身旁是非常年轻的妻子，她的头靠在他的肩上，完全沉浸在爱情的欢乐之中。她的皮肤是棕色的，而他则容光焕发，穿着国王侍卫天蓝色金镶边的军服，心满意足地微笑着，面颊上刚刚长出黄色的茸毛。

谢瓦莱一坐下来就说明了来意："西西里幸运地合并了，我意思是说幸运地统一于撒丁王国之后，都灵政府有意任命一些西西里的知名人士为王国参议员。省行政当局奉命推荐一些名人，拟出一个名单，送交中央政府审批，可能还要由国王任命。在吉尔简蒂这个地方，人们自然首先想到您，亲王：由于悠久的历史，个人的威望，科学的成就，又由于在最近发生的事件中您采取了尊严的自由党人的立场，您的名字已是人人皆知。"这番话是早就准备好了的，而且还用铅笔扼要地写在小本子上，就放在谢瓦莱的裤子后兜里。堂法布里契奥不动声色，垂着眼睑，令人只能隐约看到他的目光。他静静地坐在那里，长满黄色茸毛的手把摆在桌上用白石刻的圣彼得教堂的圆屋顶捂得严严实实。

当有人向饶舌的西西里人提出某些建议时，他们惯常不露真情；谢瓦莱对此已经习惯，所以他并不介意。"我的上司认为有责任在名单送往都灵之前告知您此事，并询问您是否同意这个建议。政府非常希望您接受，因此，征得您的同意就是我来此的目的。这个使命使我有幸和您以及您的亲人结识，亲临您华丽的府邸和风景如画的多纳富伽塔。"

奉承是亲王的个性所不能容忍的,就像睡莲的叶子不能承受水一样:有些人很骄傲,而且也习以为常,这就是他们的长处。"眼下,这个家伙以为是抬举我。"他心想,"抬举我,我还是我,西西里王国的重臣,这差不多相当于参议员。诚然,估计礼物的薄厚要看馈送人是谁,一个农民送给我一块羊奶酪,这个礼物比拉斯卡里亲王请我吃饭还要贵重。这很明显。糟糕的是羊奶酪使我倒胃口。其结果,内心的感激是看不见的,看得见的倒是厌恶的嗤鼻。"

堂法布里契奥脑子里关于参议院的概念很模糊,尽管他搜索枯肠,这种概念总是使他想起古罗马的元老院:巴比利奥元老用棍子打一个无礼的高卢人的脑袋,结果把棍子打断了;卡利古拉①任命一匹叫尹奇塔图斯的马为参议员;这种荣耀,恐怕连他的儿子保罗也会觉得过分。彼罗内神父有时说:"元老都是好人,元老院却是凶恶的畜生。"②这句话经常出现在他的脑海里,使他感到烦恼。后来,还有一个巴黎帝国元老院③,那只不过是由拿厚禄的牟利者所组成。巴

---

① 卡利古拉(12—41),古罗马第三个皇帝,实行君主制,反对元老院。
② 原文系拉丁语:Senatores boni viri, senatus autem mala bestia。
③ 法国历史上由资产阶级设立的具有立法、批案或修改宪法等权力的机构。

勒莫也曾有过一个元老院，那只是地方行政委员会，算得了什么地方行政长官！对于萨利纳来说，简直不屑一提。他想把情况了解清楚。"那么，骑士，请您给我解释一下，参议员到底是干什么的。前一个王朝的报纸对意大利境内其他国家的立宪制一点消息也不透露。两年前，我在都灵待过一个星期，来不及了解清楚。参议员是什么意思？只是个荣誉称呼？一种点缀？还是需要执行立法，决定职权？"

这个皮埃蒙特人，统一的意大利自由国家的代表，不高兴了："亲王，参议院是王国的上议院！参议院集中了由明智的君主挑选出来的意大利出类拔萃的政治家，由他们来审议、讨论，通过或否决政府为国家进步而提出的法律。它同时起到马刺和缰绳的作用，即激励做有益的事情而制止做过分的事情。如果您接受这个职位，您就跟当选的众议员一样，代表西西里岛，使人听到发自这块美丽土地的声音，她现在已经展现在现代世界的地平线上，有那么多的创伤需要医治，有那么多正确的要求需要得到满足。"

要不是本迪科从门外向它的"明智的君主"要求进入书房的话，谢瓦莱还会继续就这个问题长篇大论地讲下去。堂法布里契奥忙着想起身开门，但还未起来，皮埃蒙特人就打开了门，把本迪科放了进来。本迪科仔细地闻了好半天谢瓦莱的裤子，然后，确信谢瓦莱是个好朋友，就伏在窗下睡着了。

"听我说，谢瓦莱，如果这是个荣耀的象征，可以印在名片上的头衔，没有别的意思，我会乐于接受的。因为我认为在这个决定性时刻，为了意大利国家的未来，每个人都有责任表示自己的赞许，不要给外国以分歧的印象。这些国家正注视着我们，有的害怕，有的希望看到我们有不公平的现象，而目前，不公平的现象是存在的。"

"既然如此，亲王，那您为什么不接受呢？"

"别着急，谢瓦莱，我马上就说给您听。我们西西里人长期被不信我们的宗教、不讲我们语言的人统治，养成了钻牛角尖的习惯。不这样就不能摆脱拜占庭的征税者、培培尔的酋长以及西班牙的总督。现在，习惯已经养成了，我们只好如此。我刚才说的是'赞许'，我并没有说'参与'。近半年来，自从你们的加里波第在马尔萨拉登陆以来，很多事情是没同我们商量就做了的，所以现在只好请旧的领导阶级的一员来继续完成这个事业。我现在不想去议论过去做的事是好是坏，我认为很多事情没做好。我马上想对您说的是，如果您在我们中间待上一年，您自己就可以了解到一些事情。

"在西西里，事情做好做坏，都无所谓；我们西西里人永远不能饶恕的罪过是'行动'。我们老了，谢瓦莱，老掉牙了。起码二十五个世纪以来,我们肩上压着灿烂的文明,但这是个大杂烩,都是外来货,没有一点是我们自己的东西,没有一点是我们定的调子。我们是白种人,跟您谢瓦莱一样,跟英国女王一样,然而,两千五百年以来,我们这儿一直是殖民地。我说这些话不是发牢骚,是我们自己不好。不过,我们现在厌倦了,也很空虚。"

此时谢瓦莱可慌了神:"但不管怎么说,这一切现在都已经结束,西西里当前不再是被征服的土地,而是自由国家的一个自由的部分。"

"想法是不错的,谢瓦莱,但已经晚了。再说,我刚才对您说过,大部分是我们自己不好。您跟我提到,年轻的西西里出现在现代世界奇迹之中。而我只把她看作是一个百岁老妪,被人用马车拖到了伦敦国际展览会上去。她一无所知,对一切,不论是谢菲尔德钢铁厂或者是曼彻斯特纺纱厂,都不感兴趣,只是一味地昏昏欲睡,枕头上满是唾沫,床下放着尿盆。"

亲王讲话声音不高,捂着圣彼得教堂圆顶的手却攥得更紧;没多少工夫,圆顶上的小十字架就被弄断了。"睡觉,亲爱的谢瓦莱,西西里人就愿意睡觉,而且总是憎恨想要唤醒他们的人,尽管人家这样做是为了送给他们最好的礼物。在你我之间说起来,我非常怀疑新王国的箱子里是否有很多礼物送给我们。西西里人的一切表示，即使是最激烈的，也是梦一般的表示：我们的情欲是对忘却的渴望，我们开枪动刀，是对死亡的渴望；我们的懒惰，我们的葱汁或者桂皮饮料，都是对愉快的静止的渴望，也就是对死的渴望；我们沉思默想的外貌，只给人一种求索涅槃奥秘而不得其解的印象。因此，我们中间处于半醒悟状态的人就有了专制的权力；因此，西西里艺术和智能的发展推迟了一个世纪。新鲜事物只有当它们凋谢时，不再产生生命激流时，才对我们有吸引力。从这里又产生了一种奇特的现象：当前，事物越古老就越受尊敬，其实，这只不过是一种怀旧的不祥之兆，因为过去的已经死了，所以才吸引着我们。"

老实的谢瓦莱并没有完全听懂亲王每句话的意思，尤其是最后一句，他不解其意。他看见过饰有长羽的马匹拉的彩车，他听说过关于古代英雄故事的木偶戏，但他也认为那都是真正的古老的传统。他说："您不觉得您说得有点过分吗，亲王？我本人在都灵结识了一些移居到那里去的西西里人，譬如说克里斯皮①，我看他不像睡大觉的人。"

亲王不高兴了："我们西西里人太多了，当然有例外，

---

① 克里斯皮（1818—1901），西西里人，政治家。意大利统一后，为众议员，后来曾担任总理、部长等职。

而且我刚才已经提到处于半醒悟状态的人。至于那个年轻的克里斯皮，等他上了年纪时，他也会耽于声色，麻木不仁的。这点您或许能够看到，我肯定是看不到了。人人都会这样的。另外，我看我说得还不清楚：我刚才说西西里人，其实我还应该说包括西西里以及它的环境、气候、风景。这些力量汇在一起，比外国统治和伤风败俗更加厉害，从而铸成我们的心灵。西西里的景色不是风光旖旎，就是酷日炎炎，没有中间阶段，不像有理性的人所住的地方那么平庸、一般、缓和；西西里有朗达佐这样的苦地方，可是几里之隔就是塔奥尔米诺美丽的海湾；西西里的气候使我们在六个月里深受气温达四十摄氏度的酷热之苦。您算算，谢瓦莱，算算：五月、六月、七月、八月、九月、十月，六个三十天的烈日当空。我们的夏季特别长而且可怕，如同俄国的冬季，我们简直斗不过这样的夏天。您还不知道，在我们这里可以说是像《圣经》里的倒霉城市一样下火团。在这六个月的任何一个月里，如果一个西西里人认真地干活，那么他花的力气相当于三个人的力气。再加上这里没有水，或者需要到老远的地方去运水，一滴水要付出一滴汗的代价。然后还有雨，总是倾盆大雨，使干涸的河流承受不了而泛滥成灾，淹死人畜，而这些地方在两星期以前人畜却因干渴而倒毙。

"这种环境的暴戾、气候的严酷、从各个方面表现出来的持续的紧张,还有历史遗留下来的古迹,宏伟壮丽,但是使人难以理解,因为它们并非我们自己所建成,像美丽却无声的幽灵一样环绕在我们周围;所有那些不知从何处武装登陆的政府,很快便奴役了岛上的人,也很快遭到了反对,永远叫人难以理解。它们只是以不为我们理解的艺术品和具体的收税员来表示自己的存在,而征收的税款却都花在别的地方了。所有这些事物铸成了我们的性格,它除了受可怕的岛国心理的抑制以外,还一直受到外界注定的因素的支配。"

亲王在书房里提到的这个思想意识的地狱,使谢瓦莱感到比早晨听到的鲜血淋淋的情景更加可怕。他想说点什么,但是堂法布里契奥现在太激动了,根本不让他说话。

"我不否认,有些西西里人离开了西西里岛,可以摆脱这种魔法,不过,得叫他们年纪轻时就动身走开。二十岁已嫌太晚:生米已成熟饭,他们会认为自己的故乡跟别的地方一样受到恶意中伤;他们还会确信这儿是正常的、文明的,而西西里岛以外的地方则是稀奇古怪的。真对不起,谢瓦莱,我唠唠叨叨地说了这些,可能叫您生厌。您到这儿来不是听以西结①为以色列的厄运发牢骚的。回到咱们

---

① 以西结,《圣经·旧约》中的先知。

的正题上来吧。我非常感激政府有意把我推荐当参议员的盛情,请您转达我的衷心感谢,但是我不能接受。我代表旧的阶级,不可避免地和波旁王朝有牵连,由于情面的关系,而不是感情的关系,和它联系在一起了。我属于不幸的一代,它介于新老两个时代之间,因此,跟其中的哪一个时代都不适应。而且,我还缺少幻想,这一点您一定也发现了。参议院要我这么一个立法者有什么用?我一没有经验,二不会欺骗自己。而要领导别人,就要有这些必备的条件;我们这一代人应该退居一边,观看年轻人在豪华的灵柩台周围翻跟头,旋转蹦跳。你们现在正需要年轻人,精明强干的年轻人,他们想的更多是'怎么干',而不是'为什么',会巧妙地用空泛的公众理想掩盖——我的意思是说缓和自己确切的特殊利益。"亲王停顿了下来,手也不再摆弄圣彼得教堂了。他接着又说:"我可以冒昧地请您向您的上峰转达一个建议吗?"

"当然可以,亲王。您的建议一定受到重视。不过,我仍然希望您给我的是同意的回答,而不是建议。"

"我想为参议院推荐一个人,那就是卡洛杰罗·塞达拉。他比我更有资格进入参议院。听说,他出身于一个古老的家族,事实将一定是这样的;他不仅有您说的威望,还有权势;他虽然没有科学上的成就,但是他有卓越的实干业绩；在五月危机时期，他所持的立场不但无懈可击，而且卓有成效；尽管他的幻想能力不比我强，可是他为人机灵，当需要幻想时，他会创造出来的。他这个人对你们正合适。你们得抓紧点，因为我听说他要提出当众议院议员。"

在行政长官公署，大家对塞达拉有很多议论；他作为市长和个人的活动，是为众人所知的。谢瓦莱吓了一跳：他是一个正直的人，他的意图很单纯，对立法议会很尊敬。为此，他想还是不发表意见为妙。他这样做对自己有利，因为事实上，十年以后，卓越的堂卡洛杰罗是要穿上参议员的长袍的。谢瓦莱虽然老成，却不是笨蛋。是的，他缺乏西西里称之为聪明的思想敏锐性，但是看问题却有种缓慢的扎实感，而且不像南方人那样不懂得人家的苦楚。他理解堂法布里契奥的辛酸和气馁，一瞬间他似乎又看到了他一个月以来所目睹的贫苦、卑劣和极端冷漠的景象。在这以前，他还羡慕萨利纳家的奢华和高贵。现在，他满怀柔情地向往自己的葡萄园，自己在卡萨莱附近的蒙泰尔祖洛花园，它虽然粗陋而平庸，却是宁静而生机勃勃。他怜悯无望的亲王，就像怜悯赤脚的儿童、患疟疾的妇女以及并非无辜的受害者一样。他的办公室每天早上都要收到这些人的名单，实际上，他们都一样，都是被隔绝在同一口井里的难友。

谢瓦莱还要作最后的努力。他站起来，激动使他的声音哀婉动人:"亲王,难道您真的不想为减轻您的人民所处的盲目的精神贫困和补救他们的物质贫困而尽力吗?气候是可以战胜的,对拙劣政府的记忆是可以忘却的,西西里人愿意改革。如果正直的人退居一旁,那么,像塞达拉那样无所顾忌、毫无远见的人就会为所欲为,一切就会跟从前一样,再持续几个世纪。请听从您自己的良知吧,亲王,不要听从您刚才说的自豪的真理。合作吧。"

堂法布里契奥向谢瓦莱莞尔一笑,拉住他的手,叫他挨着自己坐在沙发上:"您是正义感很强的人,谢瓦莱,我认识您真是三生有幸。您说得完全有道理,然而只有一点错了,您说:'西西里人愿意改革。'我想跟您讲一件我亲身经历的事情。在加里波第进入巴勒莫的前两三天,几位英国海军军官来见我,他们当时正在轮船上服役,轮船停泊在港口以了解事态的发展。不知怎么搞的,他们听说我在海边有一所房子,房顶上有一座凉台,在那里可以环视城市周围的山峦。他们便要求参观那所房子,看看加里波第分子在山里活动的全貌,因为在他们的船上看不清楚。实际上,加里波第当时已经在吉比尔罗萨。英国军官到了我的家里,我陪他们到了凉台上。他们长着近乎红色的颊髯,但还是带有几分稚气的青年。他们被周围的风景和灿烂的阳光迷住了,不过,他们承认走过街道时见到的贫穷、陈旧和肮脏,使他们惊呆了。我对他们并没有像刚才对您一样解释说这是事出有因。后来,他们中的一个问我,意大利志愿军到西西里来到底要干什么。'他们来教我们良好的教养,但是他们办不到,因为我们是神。'

"我以为他们不懂,但是他们听完哈哈大笑,扬长而去。我也这样回答您,亲爱的谢瓦莱:西西里人从来不愿意有所改革,原因很简单,因为他们自以为尽善尽美。他们的虚荣心胜过他们的贫穷。外邦人的每次介入,或本地人由于摆脱了思想束缚而要进行干预的情况,都会打破他们自认为完美无缺的幻想,并且打扰了他们定将一无所获的欣喜的等待心情。西西里人虽然遭受过十个左右不同民族的铁蹄的践踏,但他们相信自己的过去是伟大的,因此有权举行一次奢华的葬礼。

"谢瓦莱,您难道以为您是第一个希望把西西里纳入世界历史洪流的人吗?谁知道有多少穆斯林伊玛目,多少鲁杰罗国王①的骑士,多少施瓦本②的誊写者,多少昂儒家族的男爵,多少西班牙国王的法学家,曾经有过和您一样美好的幻想;多少西班牙总督,多少查理三世的主张改革的官员们也有同样主张。谁知道还有多少其他的人呢?不

---

① 鲁杰罗(1095—1154),西西里国王,诺曼底人。
② 德国南部古地区居民。

管他们怎样呼吁，西西里还是愿意沉睡。如果她富有、明智、文明、正直，如果她受大家赏识和羡慕，一句话，如果她十全十美，那么何必要听这些人的话呢？

"现在，我们这里对蒲鲁东①和一个我记不起名字来的德国犹太人写的东西很为赞赏，说不管这里还是别处，事态不济都是封建主义所造成，不过，话是这么说，可能是这样的。但是，封建主义过去比比皆是，而外国侵略也是处处皆有。我不相信您的祖先，谢瓦莱，或英国的大地主、法国的老爷们比萨利纳管理得更好。但是效果不一样。差异的原因在于每个西西里人的眼睛闪烁着优越感的光芒，我们称它为自豪，而实际上是盲目自信。当前，或很长的一段时间里，一点办法都没有。我深感惋惜，但在政治活动中，我无能为力。否则，我会吃不消的。这些话不能对西西里人讲，如果您跟我讲这一番话，我也会不高兴。

"天色晚了，谢瓦莱，我们得穿整齐了去吃饭。这几个小时里，我不得不扮演一个有教养人的角色。"

次日清晨，谢瓦莱很早就启程了，本来就打算去打猎的堂法布里契奥顺便把他送到了驿站。堂齐齐奥·图梅奥

---

① 蒲鲁东（1809—1865），法国经济学家和社会学家，无政府主义创始人之一。

也和他们在一起,肩上扛着两支枪,一支是他的,一支是堂法布里契奥的。因为自己的美德受到践踏,他的内心正在恼怒。

清晨五点半,在晨光熹微中,多纳富伽塔悄无人迹,好似一座绝望之城。每家住房前面,沿着掉了灰的墙,堆放着可怜的残羹剩饭,战战兢兢的狗贪婪地翻弄着它们,一无所获,索然扫兴。有些门户已经打开,屋里挤着睡觉的人身上的臭味散发到了街上;在油灯的微弱亮光下,母亲们查看孩子们长沙眼的眼睑。女人们几乎都穿黑衣服,其中几个人的丈夫是死在小路的拐弯处的。男人们手拿锄头,走出家门,去找寻给他们工作的人,如果上帝愿意的话。不是沉默的寂静,就是歇斯底里的绝望的喊叫;从圣灵修道院那边开始出现了鱼肚白。

谢瓦莱心想:"这种状态为时不会太久,我们朝气蓬勃的现代的新政府,会改变这一切。"亲王心头感到压抑:"这一切都不应该继续下去了,然而,它会继续下去的,这才永远合乎人情。它可以继续一个世纪、两个世纪……将来可能有变化,但只会变得更坏。我们是豹,是狮,代替我们的将是豺,是鬣狗。不管豹也好,豺也好,或是羊也好,我们仍会自认为是社会中坚的。"谢瓦莱和堂法布里契奥互相道谢,告别。前者登上呕吐物颜色的四轮马车。饥饿和浑身伤痕的马匹开始了漫长的旅行。

天刚刚亮,透过云层射来的微光又被车窗长期积存的灰尘挡住。车上只有谢瓦莱一个人。在车身的摇晃颠簸之中,他舔了一下食指尖,用唾沫在玻璃上擦出一个眼睛大小的窟窿。他从中望出去:晨曦中,他面前的景物在跳动,无可挽回地跳动着。

第五章
彼罗内神父返乡

1861 年 2 月

彼罗内神父的老家在农村,他生在一个叫圣科诺的小地方。现在,由于有了公共汽车,它几乎成了巴勒莫的一个卫星城镇。但是,在一百年前,它属于一个独立的行星系统。大车从那里到达太阳——巴勒莫,要走四五个小时。

我们这位神父的父亲,是圣埃莱乌泰里奥修道院在圣科诺引以为荣的两块领地的"监工"。那时候,当监工对人的身心健康来说,可是个很危险的职业,因为干这一行免不了要和形形色色的人打交道,会了解到一些有趣的轶事。这样,积久成疾,说不定哪天就会突然(确实如此)倒毙在某个角落里,肚子装满了那些再也见不了天日的趣闻,无论那些游手好闲的人再怎么好奇,也无从知晓。然而，彼罗内神父的父亲堂加埃塔诺却没有染上这种职业病，这是由于他很严格地讲究了某种卫生，也就是谨慎从事和事先采取预防的手段。后来，他患了肺炎，得以寿终正寝。那是二月里一个阳光灿烂的礼拜日，清风飒飒，吹落了杏树的花瓣。他撇下了一个寡妇和三个孩子（两个女儿和神父），给他们留下了比较不错的经济条件。他深谋远虑，虽然从修道院领到的薪金少得几乎令人难以置信，但是他知道勤俭持家。当他与世长辞时，竟然在山谷深处拥有几棵杏树，在坡地上有几棵葡萄树，在更高的地方另外还有一个布满石子的小牧场。当然，这都是穷人家的财产，但是在经济不景气的圣科诺，它们对维持生计也起了不小的作用。堂加埃塔诺还有一所方方正正的小房子，外面为天蓝色，里边是白色，房子上下各有四个房间，恰好坐落在通往巴勒莫方向的村口上。

彼罗内神父十六岁离开家，那时，由于他在堂区学校成绩优异，再加上圣埃莱乌泰里奥修道院戴主教帽的院长大人极为仁慈，他被送到大主教教区的神学院学习。在这些年月里，他曾回过几次家，或为姐妹们的婚姻祝福，或在堂加埃塔诺弥留之时进行多余的宽恕（那是做给别人看的）。现在，1861年2月底，正值他父亲逝世十五周年之际，他又回来了。那一天，天空晴朗，刮着微风，跟他父亲病逝的那天一样。

彼罗内神父坐在大车上，双脚耷拉在马尾巴后面，经受了五个小时的颠簸摇晃。大车槽板上最近刚刚绘上了爱国主义的图画，其夸张渲染的最高峰则是火红色的加里波第挽着海蓝色的圣罗莎莉。刚看见这些画时，彼罗内神父真想呕吐；这种恶心的感觉过去后，他又觉得这五个小时过得很愉快。从巴勒莫到圣科诺的山谷景色既表现出沿海区域的美丽富饶，又让人看到了内地的穷山恶水。阵风吹来，空气愈发清新，据说，阵风还可以使瞄得很准的子弹打偏，如此一来，猎人就都到别处施展才能去了。赶大车的对死去的堂加埃塔诺非常熟悉，滔滔不绝地说了他的许多好话，有些话虽然不宜讲给做神父的儿子听，但是已经听惯了的人听起来还是美滋滋的。

到家时，欢迎他的是喜悦的泪花。他拥抱了母亲，并为她祝福。她和许多寡妇一样，炫耀着自己的满头银丝和红润的脸色，穿着一身不受时效约束的丧服。他问候了姐妹和外甥；睨视着外甥卡尔梅洛，原来卡尔梅洛俗不可耐地在帽子上扎了个三色饰带表示过节。像每次回乡一样，一进家门，青年时代的往事就甜蜜地涌上心头。一切还是老样子，红色的碎砖地面，简陋的家具；和从前一样的光线从小窗户里照进来；名叫罗米欧的那条狗从屋子的一角发出短促的吠声，它是他小时候嬉戏打闹的伙伴——老看家狗的曾孙，长得和它曾祖父一模一样；厨房飘来用文火煨着的番茄酱古老的香味，那是用番茄、葱头和腌羊肉煎的肉汁，逢年过节时用来拌"小面圈"。每样东西都洋溢着一种宁静的气氛，这种宁静是由死去的堂加埃塔诺用勤劳换来的。

不久，大家都去教堂望追思弥撒。那天，圣科诺呈现出它最好的面貌，牲口粪便比比皆是，它还引以为荣。奉拉着黑色奶头的小山羊欢蹦乱跳，乌黑而瘦长的西西里猪崽长得活像小马驹，在人群中、在陡直的街道上，窜来窜去。彼罗内神父成了当地的骄傲，他被许多妇女、小孩，还有小伙子们团团围住，有的求他祝福，有的向他追述往事。

彼罗内神父到圣器室探望了本堂神甫。望过弥撒，大家来到侧面的祭坛，那里有加埃塔诺的墓碑。女人们哭吻着大理石石碑，儿子则用神秘的拉丁语大声祈祷。大家回到家中时，小面圈已经熟了，彼罗内神父吃得津津有味，萨利纳府邸的美味佳肴居然还没有惯坏他的胃口。

当天傍晚，朋友们来看望他，大家聚在他的房间里。天花板上吊着一盏三支叉头的黄铜油灯，灯芯发出朦胧的光线。房间里的一角放着一张床，五颜六色的床垫上面铺着一条红黄色厚棉被。屋子的另一角用一领又高又直的席子隔成一间"谷仓"，里面堆放着金黄色的麦子。家里人一个星期要到磨坊去一次，磨好全家人吃的面粉。墙上挂着斑点累累的木刻画：圣安东尼奥和圣婴耶稣，圣露齐亚被挖去眼珠的眼睛，圣弗朗切斯科·萨韦里奥在向一群饰有长羽的衣衫褴褛的印第安人大声传道。室外，暮色之中已有星光出现，瑟瑟的风声，以它自己的独特方式表示对逝世周年的纪念。吊灯下，房间中间的地上放着一只大火盆，盆的周围嵌有磨得精光的木圈，人们可以把脚放在上面取暖，客人们正围坐在火盆周围的绳椅上。他们是本堂神甫，当地的财主斯基罗兄弟，年迈的采药人堂彼得利诺。他们来时愁云满面，现在还是忧心忡忡地待在那里。女人们在楼下忙碌，他们则谈论着政治，希望可以从彼罗内神父那里听到慰藉人心的消息，一则因为他来自巴勒莫，二则因为他生活在"老爷们"之中，一定知道不少事情。结果，消息是听到了，可是并不慰藉人心，因为他们的朋友彼罗内神父，一半出自真心，一半由于策略，给他们描绘了一幅暗淡的前景。加埃塔城上仍旧飘扬着波旁王朝的三色旗，但被严密封锁；要塞的火药库一个个相继被炸毁，那里除了荣誉之外，什么都难以幸免，也就是说剩下不了多少东西。俄国虽是友邦，但远水救不了近火；拿破仑三世离得挺近，可是难以信赖。关于巴西利卡塔①与泰拉迪拉沃罗②的暴动者,神父讲得不多,因为他内心深感惭愧。他说,必须承认不信神的贪得无厌的意大利国家正在形成这个现实,必须容忍像霍乱似的从皮埃蒙特蔓延到这里的征用和征兵法律。"瞧着吧,"他的结论并没有独到之处,"他们甚至不会给我们留下眼睛去哭的。"

这句话被乡下人传统的齐声抱怨所淹没。斯基罗兄弟和采药人已经受到赋税的威胁。前者要交特别税和附加税,而后者则遇到了更加令人震惊的意外之事:市政府把采药人唤了去,通知他说,如果他每年不上交二十个里拉,就不准他卖草药。"可是,这些上帝创造出来的神草、树根、曼陀罗,都是我到山上用双手采来的,不管天好天坏,在上帝指定的日日夜夜辛辛苦苦地采来的!随后,在万众所有的阳光下把它们晒干,再用我祖父的研钵捣成细末!这跟你们市政府有什么相干?我为什么要交给你们二十个里拉?嗅,因为你们的脸长得好看吗?"

采药人老掉了牙,说起话来含糊不清,而眼睛却因实在的愤怒而蒙上一层忧郁的阴影:"神父,我讲得有没有道理?你说!"

神父很喜欢采药人。他记得自己还是个拿石子打麻雀

---

① 现为意大利南部的一个区,当时属于两西西里王国。
② 靠近卡塞塔的一个小地方。

的顽童时，采药人就已经是个成年人了，并且由于长年跋涉采药，佝偻了身子。神父对他怀有好感，因为他知道每当老人把他的汤药卖给妇女们时，总是要说如果不多念几遍《圣母颂》和《荣耀归主颂》，药是不灵的。出于谨慎，神父并不过问那些药里都有什么东西，也不愿知道顾客们买这些药时抱着什么希望。"您说得有道理，堂彼得利诺，一百个有道理。自然是这样的！可是倘使那些人不从您或其他跟您一样穷困的人那儿弄到钱的话，那么，他们到哪儿去弄钱来向教皇开战，抢夺属于他的财产呢？"

风穿过结实的门板吹进屋里，柔和的灯光随之摇曳、跳动。在昏黄的光线里，人们娓娓而谈。彼罗内神父描绘着教会财产将来必将罹致的浩劫：修道院在这些地区的温和统治结束了，寒冬季节里再也不会有施舍的肉汤了。斯基罗兄弟中的弟弟冒冒失失地说到一些穷苦农夫或许会获得少量的土地时，神父的语调变得生硬起来，表示对事情的极端鄙视："走着瞧吧！堂安托尼诺，你会看到市长会把一切统统买到手，他付过第一笔款子以后，就算完了。这种事在皮埃蒙特已有先例！"

最后，客人们纷纷离去，脸色比来时更加阴郁沉重，这次谈话的内容足够他们私下议论两个月的。只有采药人留下没走，他今晚不回去睡觉了。天上一弯新月，正好可以到彼得拉齐峭壁上去采集迷迭香；他随身携带了一盏提灯，准备从神父家直接走上征途。

"可是告诉我，神父，您是生活在那些贵族老爷中间的，他们对这熊熊烈火是怎么看的？那位高傲、尊贵而又暴躁的萨利纳亲王又是怎么看的？"

神父以前也曾不止一次向自己提过这个问题，要想找到答案，不是一件容易的事，特别是因为神父把大约一年前堂法布里契奥在观象台的那个早晨对他说的话看成是夸大之辞，或者对他的话不曾多加思索。现在他明白了，可又找不到一种能使堂彼得利诺听得懂的方式说清楚。堂彼得利诺虽然不是一个傻瓜，可是他对这类抽象问题的理解力远不及他对草药治炎症、祛风乃至如何刺激情欲的了解。

"您知道，堂彼得利诺，您所说的那些老爷是不可思议的。他们生活在一个特殊的世界里，那个世界不是上帝亲手创造的，而是在那些具有极为特殊经历的世纪中由他们自己造成的。那个世界里有他们自己的喜怒哀乐，他们有一种非常惊人的共同的记忆力。因此，对你我无关紧要的事，却可以使他们心情纷乱或者兴高采烈，因为在他们看来，这些事与他们拥有的记忆、希望和阶级的恐惧，都生死攸关。上帝使我成为永恒的教廷中最荣耀之教会的卑微一分子，最终的胜利是属于教廷的。您在这个等级的另一端,我这么说并不是指最低的,可确也是非常不同的一端。当您发现一丛茂密的牛至,或是找到满满的一窝斑蝥时(我知道,堂彼得利诺,您也要斑蝥),您就和大自然进行了直接的交流。上帝不分良莠地创造了这个世界,使得人们能够自由地进行选择。当居心叵测的老妇和热切的年轻姑娘们向您讨教时,您就落入了各各他①之光以前的黑暗世纪的深渊。"

老人瞠目结舌地望着他,本想了解一下萨利纳亲王是不是满意目前的新状况,而神父却对他大谈什么斑蝥和各各他之光。"可怜的人儿,他愈看书,神经愈不正常了。"

"老爷们却不如此,他们衣来伸手,饭来张口。我们教士只能保证他们永恒的生命,而你们——采药人就是向他们提供消炎剂或兴奋剂的。我并非说他们是一群坏人,恰恰相反,他们仅仅跟别人不一样而已。我们可能觉得他们怪僻,因为他们已经达到了一个阶段,所有非圣人者都在朝这个阶段前进:就是对轻而易举得来的人间财富漠不关心。可能正是这个缘故,他们才毫不牵挂那些对我们极为重要的事情;住在山上的人不必担心平原的蚊子,同样,住在埃及的人也犯不着为雨伞操心。但是前者害怕雪崩,

---

① 又称为骷髅地,耶稣被钉死在十字架上的地方。

后者畏惧鳄鱼，这些又是我们所不必忧虑的。我们对他们的担忧毫无体会；堂法布里契奥虽然为人严肃，颇有卓见，但我曾看到他为了衬衫的领子熨得不好而大发雷霆。我还知道拉斯卡里亲王气得一夜没合眼，就因为总督的宴会上给他排错了座位。现在您不认为仅仅为了浆洗不当或是礼仪不周而耿耿于怀的人也会幸福，因此而比别人高贵吗？"

话是越说越荒诞离奇，现在又跳出来了衬衫领子和鳄鱼，堂彼得利诺愈发摸不着头脑。不过，乡下人懂得的一般道理他还是有的："如果是这样的话，神父，他们真该统统下地狱！"

"为什么呢？他们之中有些人是没有指望了，有些人还有救，这就要看他们将来如何在自己特定的环境中生活。就拿萨利纳来说吧，他大概可以摆脱困境，因为他照章办事，循规蹈矩，从不弄虚作假。上帝惩罚的是那些肆意践踏神诫的家伙，是那些死心塌地走上歧途的人。而一个走自己的路的人，只要他没有举止不当之处，就永远行得通。如果您，堂彼得利诺，存心把毒芹当作薄荷卖的话，你就算完了。可如果您是无意中弄错了的话，尽管扎纳大婶像苏格拉底一样高尚地死去①，您还可以身披白色袈裟，展着

---

① 苏格拉底（前469—前399），古希腊哲学家，被奴隶主民主派控以传播邪说，被判死刑，令其服毒芹而死。

双翅直升天堂。"

苏格拉底之死对采药人来说就更深奥难懂,这回他可实在忍受不了,一会儿工夫竟然睡着了。彼罗内神父见此情景,不禁满意起来,因为他现在可以毫无顾忌地讲话,大可不必担心被人误解。他有一种想说话的愿望,想把暗暗在脑子里折腾的一些思想,用自己具体的句子表达出来。

"他们也做了不少好事。譬如,您知道他们在自己的府邸里收容了多少没有立足之地的家庭啊!主人们对此一无所求,甚至对小偷小摸的行为也不介意。他们这么做不是为了炫耀自己,而是出于一种说不清楚的世代相传的天性,这种天性促使他们不得不这么做。说实在的,他们并不像其他一些人那么自私,尽管看来可能并非如此。他们府邸的辉煌华丽、宴会的豪华奢侈,都包含着某种非个人的成分,某种像教堂和礼拜仪式一样富丽堂皇的东西,包含着一种更大的民族光荣①,他们这样做就大大地为自己赎了罪。他们自己每喝一杯香槟,就要给别人喝五十杯;有时,当他们对某人不好时,这并不是他们的个性在犯罪,而是他们那个阶级的本性在起作用。生长的命运②。比如,堂法布里契奥保护和教育了他的外甥唐克雷迪,从而拯救了一

---

① 原文系拉丁语:ad maiorem gentis gloriam。
② 原文系拉丁语:Fata crescunt。

个可怜的孤儿，不然，唐克雷迪就完了。您也许会说他所以这么做，无非是因为那个年轻人也是一个贵族，要是换了别人，他一定会袖手旁观。确实如此。可倘若在他内心深处，他觉得其他的人都是没印好的画，或者都是出自陶工之手的拙劣的陶器，不值得放入火中烧制，那么，他为什么要去助那些人一臂之力呢？

"堂彼得利诺，如果您不是此时正在熟睡的话，一定会跳起来，对我说贵族们蔑视其他人是不好的，说我们大家都同样受到爱与死的双重奴役，在造物主面前是平等的，而我也只好说您言之有理。但是，我还要补充说，不能仅仅责怪贵族们蔑视别人，因为这是一种极为普遍的恶习。在大学教书的会瞧不起教区学校的教员，哪怕他不表现出来。既然您睡着了，我不妨坦率地告诉您，我们教士自认为比在俗的高明，而我们耶稣会教士又要比任何其他教会的教士优越，就好像你们采药人看不起拔牙的，而倒过来他们又嘲笑你们一样。医生对拔牙的和采药人看不上眼，可他们自己又被患者看成是蠢驴，因为那些心脏或肝脏已经溃烂的病人渴望能够继续生活下去。在法官的眼里，律师们仅仅是些妄图阻碍法律效能的捣蛋分子，而另一方面，文学作品里却充斥着对法官们的穷奢极侈、愚昧无知或更坏的恶习的冷嘲热讽。只有锄地的才自己瞧不起自己。当人们学会嘲笑别人时,循环就完成了,然后又周而复始。

"堂彼得利诺,你是否曾经想过有多少种职业的名称受到污辱?从脚夫、修鞋匠、做糕点的,到法文中的大兵①、消防队员②,有多少种啊?人们不去想他们的好处,只看到他们的个别缺点,并把他们全说成是粗野而自我吹嘘的家伙。反正您现在也听不见我说什么,我可以对您说,我很清楚'耶稣会教士'这个词的现时含义。

"这些贵族对自己的困境是有廉耻心的。我就见过一个不幸的人,他已拿定主意第二天自杀,可是,看上去他乐滋滋的就像孩子明天就要第一次领圣体时那样快活。然而,堂彼得利诺,我知道,如果您不得不喝您自制的药汁的话,那么整个村子都会回荡着您的呻吟。盛怒和嘲笑是老爷们的事儿,而呻吟和哀诉却不然。我可以告诉您一个秘诀:倘使您碰上一位呻吟的、牢骚满腹的老爷,只要看看他的家谱,您很快就可以发现有一个支系已经枯干。

"要想消灭这个阶级是困难的,因为它实际上在不断地更新,如果需要的话,它可以妥善地死去,还在它临死之际撒下一粒种子。看看法国吧,贵族们死得挺漂亮吧,现在他们又卷土重来,一切如故。我这样说,是由于并非是

---

① 原文系法语:retire。
② 原文系法语:pompier。

领地和封建权力造就了贵族,而是他们与众不同的气质造就了他们自己。我听说如今在巴黎住着一些波兰伯爵,由于暴动和专制主义,他们被迫流亡国外,过着贫穷潦倒的生活。他们靠赶马车来维持生计,可是对他们的平民顾客却横眉冷对,使得那些可怜的顾客一登上马车,也不知为什么,就像教堂里的狗一样谦卑。

"我还可以告诉您,堂彼得利诺,如果这个阶级像前几次一样,行将消灭,马上就会出现一个具有同样优缺点的阶级。它可能不是建立在血统之上,我怎么说好呢……可能看他们在某一个地方待的经历,或者看他们对某些所谓的经文理解得是否透彻。"

说到这里,就听到他母亲走上木楼梯的脚步声。她一进门不禁笑起来:"我的孩子,你在跟谁讲话呢?你没瞧见你的朋友已经睡着了吗?"

彼罗内神父感到有些不好意思,他没回答母亲的问话,只是说:"现在我得送他出去。真可怜啊,今晚他要挨一夜的冻呢!"神父捻高提灯的灯芯,然后踮起脚,凑着自家吊灯的火苗把提灯点着,灯油滴到了长袍上。随后他又调好灯芯,把灯罩好。堂彼得利诺还在甜美的梦乡中流连忘返,嘴角一条口水直流到领子上。神父好半天才把他唤醒。"啊,对不起,神父,您说的东西太离奇、太复杂了。"两个人会心地微笑起来,他们下楼走了出去。夜色笼罩着小屋、村舍和山谷;近处的群山影影绰绰,同往常一样,显得阴沉沉的。风已经停了,但是寒气逼人;繁星闪烁,发出成千上万度的炽热,可仍不能使一位可怜的老人感到温暖。"可怜的堂彼得利诺!用不用我回去再给你拿件披风?"

"谢谢,我早已习惯了。咱们明天见吧,到时候你可得告诉我萨利纳亲王是怎么容得下革命的。"

"这个我可以马上用两句话说给你听:他说并不存在任何革命,一切继续如此。"

"真是傻瓜!上帝创造了草药,我自己又把它们采来,可市长偏叫我为这些草药缴钱,难道你不认为这是场革命吗?难道你的脑瓜也糊涂了?"

灯光一跳一跳地远去了,最后终于消逝在黑魆魆的夜色中。

彼罗内神父想到对那些不懂数学和神学的人来说,世界简直是个难解的谜。"我的上帝,只有你无所不知,创造出这么多复杂的事情。"

第二天早上,一件复杂的事情又落到了彼罗内神父头上。当他走下楼来,准备到本区教堂去做弥撒的时候,看见他的姐姐莎莉娜正在厨房里切葱头。姐姐眼里噙着泪水，使他觉得不完全像是由切葱头引起来的。

"怎么了，莎莉娜？有什么不顺心的事？别泄气，上帝是赏罚分明的。"

亲切的话语驱散了可怜女人的克制精神，她一下子嚎啕大哭起来，脸贴到了油腻的桌子上。她呜咽着反复说："安杰莉娜，安杰莉娜……假如维琴齐诺知道了这件事，会把他们俩杀死的……安杰莉娜……维琴齐诺会把他们俩杀死的！"

彼罗内神父双手插在黑色的宽腰带里，只把两个大拇指留在外面，站在那儿看着他的姐姐。这事一听就明白了：安杰莉娜是莎莉娜尚未出嫁的闺女，那个使人畏惧的维琴齐诺则是女孩的爸爸，也就是彼罗内神父的姐夫。而另外一个人无疑是方程式中唯一的未知数，很有可能是安杰莉娜的情人。

那个女孩子，神父昨天已经见到了。七年前他离开的时候，安杰莉娜还是一个哭哭啼啼的小女孩，现在算来也该有十八岁了。她长得很难看，生着一张跟当地村女一般无二的噘嘴，眼神惶惶然，如丧家之犬。彼罗内神父到家的时候，就看见了这个女孩，当时他心里还暗暗地把这个就像自己的名字一样低微卑贱的安杰莉娜，与那个同阿利奥斯托①诗篇中名字一样的雍容华贵的安琪莉卡作了一番颇不仁慈的比较，安琪莉卡现在已经把萨利纳家搅得鸡犬不宁了。

这件事很麻烦，他来得正是时候。神父想起了堂法布里契奥说过的一句话：每碰到一个亲戚，就是触到了一根刺。后来他又悔恨自己想到这句话。他从腰带里抽出右手，摘下帽子，然后用手拍拍姐姐正在抽搐的肩膀。"算了，莎莉娜，不要这样！幸亏有我在这儿，哭也没用。维琴齐诺在哪儿？"维琴齐诺已经出去了，上利马托去找斯基罗的看园人。这倒也好，这样说话就不必担心他突然闯进来。于是在抽抽搭搭、泪水纵横和擤鼻涕声中，姐姐叙说了这件丑事的始末：安杰莉娜（或昵称为尼琪莉娜）被人引诱了，这件糟糕透顶的事情发生在小阳春天气里。安杰莉娜到堂娜努齐亚塔的干草堆里去和她的情人幽会，现在她已经怀孕三个月了，因此怕得要死，就把这事告诉了母亲。再过些日子肚子就要大起来，维琴齐诺是要杀人的。"他也会把我杀死的。因为我没跟他说。他可是一个'讲荣誉的人'。"确实，维琴齐诺前额很低，太阳穴上还长着几绺鬈发，走起路来一摇一晃，裤子的右口袋总是鼓鼓囊囊的，

---

① 阿利奥斯托（1474—1533），意大利著名诗人，其代表作《疯狂的奥兰多》中的女主人公名叫安琪莉卡。

一望而知，他是一个"讲荣誉的人"，一个鲁莽到可以杀人的粗人。

莎莉娜又大哭起来，比先前哭得更加厉害，因为自己跟有着"骑士品质"的丈夫不相配而由衷地感到懊悔。

"莎莉娜，莎莉娜，又哭了！不要这样！那个年轻人必须娶她，他会娶她的。我上他家去，跟他和他家里人说，一切都会解决的。以后，维琴齐诺知道的也仅仅是订婚之事，他那宝贵的荣誉仍然完美无瑕。但我得知道那个人是谁。如果你知道，就告诉我吧。"

他姐姐抬起头，眼睛里又出现一种异样的恐惧，那不是一种动物畏惧刀扎的恐怖，而是一种更加狭隘、更加激烈的恐惧神情，以致她的兄弟也猜不透它的内在含义。

"是桑蒂诺·彼罗内！图里的儿子！他这么干纯粹是为了报复，为了出我的丑，败坏我们的母亲和死去的父亲的名声！我跟他从来不说话，大家都说他是个好小伙子，其实不过是个下流胚，一个不要脸的人，真不愧是他那个混蛋老子养的。后来我才想起来：十一月的那些日子里，我总看见他和两个狐朋狗友打这儿经过，耳后还戴着一朵红色的天竺葵花。那是地狱之火，地狱之火啊！"

神父拿过一把椅子，挨着这个不幸的女人坐了下来。很显然，他只好晚些时候去做弥撒了。这事很难办。图里是那个勾引安杰莉娜的桑蒂诺的父亲，是他的伯父；图里是他去世的父亲的兄弟，确切地说是他父亲的哥哥。二十年前，他和当监工的死去的父亲合作过，那正好是后者最得意和最有建树的时候。后来兄弟俩吵了一场，彼此间产生了隔阂，这些家庭纠纷都有着盘根错节的深远根源，很难愈合，因为两方面谁都不曾把事情摊开来讲清楚，每一方都有很多需要隐藏起来的秘密。事情是这样的：当加埃塔诺拥有了那小片杏园以后，他的哥哥图里说，半个杏园应该归他，因为他为此出了一半的财力和人力，然而契约上仅仅写了加埃塔诺的名字。于是图里在圣科诺的大街上暴跳如雷，口吐白沫，破口大骂。死者的声望受到威胁，朋友们从中调停，这才避免了最可怕的事情。杏园仍归加埃塔诺所有，可是在彼罗内家族的两个分支之间形成了一道难以逾越的鸿沟，图里甚至都不参加他弟弟的葬礼，在神父的姐姐家里又被蔑称为"混蛋"。神父过去已经从本堂神父代笔写的信中得知了这一切，而且对这桩事也有一些个人的看法，但出于儿辈的孝道，他从来不曾表露过。那个杏树园现在属于莎莉娜了。

一切都很清楚：这里边没有一丝的爱恋和情欲，不过是以一个卑鄙的伎俩报复另一个卑鄙的伎俩罢了，然而它能够得到妥善的处理。神父感谢上帝恰恰在这样的时刻把他引导到了圣科诺。"听着,莎莉娜,不出两个小时,我就会处理好这桩难办的事,可有一样,你必须协助我,半个基巴罗(也就是那个杏树园)一定要给尼琪莉娜做陪嫁。除此之外别无它法。这个蠢货毁了你们。"这时他想到了上帝有时为了主持公道,甚至还使用处在发情期的母狗。

莎莉娜一听不禁火冒三丈:"半个基巴罗!给那个下流胚!绝对办不到!还不如死了的好!"

"那好。做完弥撒,我就去对维琴齐诺讲,不必害怕,我会尽力使他冷静下来的。"他重新戴上帽子,把手又插进了腰带。他充满了自信,耐心地等待着。

一提到维琴齐诺,就让人想起他的狂怒,即便经过神父的加工修饰,也总会使可怜的莎莉娜受不了,她开始第三次哭泣起来,不过抽噎声渐渐变弱,最后停住了。她站起身说:"那就按上帝的旨意去办,由你处理吧,这儿简直活不下去啦!美丽的基巴罗!那都是父亲的血汗啊!"

她的泪水眼看着又要夺眶而出,但是神父早已经走了。

赞美完基督的献身,并用过了本堂神父的咖啡后,神父直接朝他伯父图里的家走去。他从没到过那儿,可是他知道那是一所简陋不堪的小木屋,正好位于村子的最高处,与基古师傅的铁匠铺为邻。很快他就找到了屋子,由于屋子没安窗户,所以屋门敞开着以放进少许的阳光。他在门槛上停了下来。屋子里黑乎乎的,仅仅可以看见里面堆放着骡子的驮鞍、褡裢和麻袋;堂图里是以赶骡脚为生的,现在又有了儿子做帮手。

"感谢上帝!"彼罗内神父大声说。这是老天保佑[①]的省略语,是教士们请求进入时的用语。一个苍老的声音大声问道:"谁呀?"接着就见屋里有人站起身往门口走来。"我是您的侄子,萨韦里奥·彼罗内神父。如果可以的话,我想和您谈谈。"

对图里来说,这并没有什么太可惊奇的,彼罗内神父或其他什么人的光临至少被期待了两个月了。图里大伯是一个精力旺盛、腰板挺直的老头,身子骨被阳光和冰雹锤炼得结结实实,脸上刻着几道阴暗的皱纹,这是在那种居心不良的人脸上留下来的苦心焦虑的痕迹。

"进来。"他不带一丝笑容地说,然后站在一旁,颇不情愿地吻了神父的手。彼罗内神父在一具木制的大马鞍上坐了下来。屋里看上去的确够可怜的:两只母鸡正在犄角里觅食,而所有的东西都散发出大粪、湿衣服和贫穷的恶臭。

---

① 原文系拉丁语:Deo gratias。

"伯父,我们已经多年不见了,但这并不完全是我的过错,我不在家,这您知道。可您从来不到我母亲——您的弟媳家里来,我们为此很遗憾。"

"我决不再进那家的门,就是打那儿过也使我倒胃口!即便二十年以后,图里·彼罗内也永远不会忘记不公平的待遇。"

"是的,我明白,是这样的。不过,我今天到这儿来是充当诺亚方舟的鸽子的,来向您保证洪水已经退去。我很高兴来到这里,昨天他们在家里告诉我,您儿子桑蒂诺和我的外甥女安杰莉娜订婚之事时,我是非常高兴的。我听说,他们俩都是好孩子,他们的结合将会结束我们两家之间的不和。我一直对这种冲突感到不愉快,请您允许我这样说。"

图里露出过分惊讶的表情,很显然这是装出来的。

"要不是看在您穿着的神圣长袍分上,神父,我可要说您是在撒谎。谁知道您家里那些娘儿们都跟您讲了些什么。桑蒂诺长这么大,向来没跟安杰莉娜说过话。他很孝顺,不会违背他父亲的意愿的。"

神父暗暗赞赏老家伙的干脆和扯谎时的沉着。

"伯父,那么说,是她们没跟我讲清楚了,您瞧瞧,她们甚至还对我说,你们之间已经商量了嫁妆,而且你们俩今天还要到我们那儿去，两家最后确定一下呢。都是那帮没事干的妇人在胡说八道啦！不过，即使没这回事，可也看出她们是好心的。好了，伯父，我现在也没必要待在这儿了。我这就回家去责备我的姐姐。请原谅我，看到您身体康健，我很高兴。"

老头现出一副贪婪的嘴脸，兴趣忽然来了："等一等，神父。您家里还有什么趣谈，说出来让我再乐乐；那几个多嘴的娘儿们说的是什么嫁妆啊？"

"噢，我也不清楚，伯父！好像听到她们讲半个基巴罗什么的！她们说，尼琪莉娜是她们的掌上明珠，为了保证家庭的和睦，什么样的牺牲也不算过分！"

堂图里止住了笑声。他忽地站起来："桑蒂诺！"他就像吆喝执拗的骡子那样开始高声叫喊起来。由于没人进来，他的喊声更高了："桑蒂诺，他妈的，你干什么呢？"随后，当他瞥见神父轻轻一抖时，出人意料地用一种屈从的姿态用手捂住了嘴。

桑蒂诺正在附近的院子里照料牲口。他怯生生地走进来，手里拿着一把马刷子。桑蒂诺是一个二十二岁的漂亮小伙子，像他父亲一样高大、瘦削，但眼神里并不含有敌意。前一天，他和其他人一样，看见神父走过村子，而且当时就认出来了。

"这是桑蒂诺。这是你的堂哥萨韦里奥·彼罗内神父。有位尊敬的神父在这里,你应该感谢上帝,不然,我会割掉你的耳朵。我是你父亲,你竟然背着我去谈情说爱,这成何体统?孩子们生下来,是为了孝顺父亲的,不是为了追女人。"

小伙子显得窘迫不安,大概不是因为忤逆父意,而是因为依顺了父意,所以此时他不知该说些什么,不过急中生智,他把马刷放在地上,然后走上前来吻神父的手,这才得以摆脱困境。后者咧着嘴微微一笑,草草地给他祝福:"上帝保佑你,我的孩子,尽管我觉得你并不配。"

老头接着说:"你堂哥在这里向我再三说情,我也只好同意了。可你为什么早先不告诉我呢,嗯?好了,你现在去打扮打扮吧,我们这就到尼琪莉娜家去。"

"等会儿,伯父,等一等。"彼罗内神父想起他还应该先给那个至今仍蒙在鼓里的"讲荣誉的人"透个信,"家里总要准备准备,况且他们说的是傍晚等候你们的到来。你们那时来吧,他们看到你们会很高兴的。"父子两人拥抱了神父之后,神父便扬长而去。

当彼罗内神父回到那座小方楼时,发现他的姐夫维琴齐诺已经回到家里来了。这样一来,为了使他姐姐放心,他只好在她的妄自尊大的丈夫背后朝她眨眼,这一眼色足以使两个西西里人心领神会。然后他对他姐夫说有件事要商量，于是两人朝房后长得稀稀落落的小蔓藤花架走去。神父长袍摆动的下摆在他周围勾画出一道神圣不可侵犯的、变化不定的边界，"讲荣誉的人"扭动着肥大的屁股，这是蛮横狂妄的永恒的象征。他们的谈话大大出乎神父的预料。一旦确信了尼琪莉娜的婚事迫在眉睫之后，"讲荣誉的人"对他女儿的所作所为显出满不在乎的样子。但神父一提及嫁妆，他的眼珠立刻转动起来，太阳穴上青筋暴起，走起路来一个劲地摇摆不停，嘴里骂骂咧咧，脏话脱口而出，并且扬言要以杀人解决问题。他那在维护女儿的声誉时都不曾动一动的手开始神经质地摸着裤子的右口袋，以表明为了捍卫他的杏园，已决心放尽别人的最后一滴血。

彼罗内神父任凭维琴齐诺口出狂言，只是每当他到了亵渎神明的边缘时才快速地画着十字，对于那种杀气腾腾的动作他全然没有在意。趁着维琴齐诺稍一停顿，他插言道："维琴齐诺，为了解决这件事，我也愿意尽我的微薄之力。那一份私人合约证明，就是保证我继承父亲一部分财产的所有权的证明，我把它撕掉后从巴勒莫给你寄来。"

这服清凉剂可谓立竿见影，药到病除。维琴齐诺不作声了，专心致志地算计起那笔提前得到的财产的价值。穿过充满阳光的寒冷的空气，突然传来尼琪莉娜打扫她舅舅房间时不成调子的歌声。

下午，图里大伯和桑蒂诺践约来到，他们穿着雪白的衬衫，打扮得还算干净。订了婚的一对青年坐在两把邻近的椅子上，时而纵声大笑，却相对无言。他们真的感到高兴，她"安排"了自己的大事，并有了眼前这个漂亮的男人受自己支配；他听从了父命，而今不仅有了一个服侍自己的女人，还添了半个杏树园。现在谁也不再觉得他那插在耳后的红色天竺葵与地狱有什么联系了。

两天后，彼罗内神父动身返回巴勒莫。一路上，他把那些不完全令人愉快的感受从头理了一遍。小阳春天气里发生的丑恶的奸情，以及被精心策划的求爱搞到手的半个可怜的杏树园，使他在新近目睹的一系列事件中看到了乡村贫困的一面。老爷们态度矜持，而且难以理解，农民们则目的明确，一目了然。然而，魔鬼却把这两者都缠在自己的小手指上了。

在萨利纳府邸，他发现亲王的情绪极佳。堂法布里契奥询问他在离开的这四天里过得是否满意，是不是代亲王问候了他的母亲。亲王认识她，六年前，她来过萨利纳府邸，并以自己安分守己的寡居生活博得了亲王和王妃的好感。神父早把问候的事忘得一干二净，于是不吭声了。但随后他说母亲和姐姐让他向"阁下"致意,这倒不是什么弥天大谎,只不过是一个无伤大雅的虚构而已。"阁下,"他又说道,"我想问问您明天是否可以给我派辆马车,我必须到天主教区去请求一道结婚特许,我的一个外甥女和她的表兄订婚了。"

"可以,神父,当然可以,如果您需要的话;不过,我后天要到巴勒莫去,您可以跟我一起走——您真的这么急吗?"

第六章
舞　会

1862 年 11 月

马利亚·丝苔拉王妃上了马车，聚拢窸窣作响的丝绸裙子，坐在蓝色的缎子软垫上。贡切达和卡罗莉娜也随着上了车，坐在母亲的对面。姐妹俩打扮得一模一样：一身玫瑰色的丝绸长裙，身上飘溢着一股淡雅的紫罗兰的幽香。接着，一只有力的大脚沉甸甸地登上踏板，车子便跟着颤动起来，这是堂法布里契奥上了车。车子里挤得满满的：波浪起伏的绸裙，三个撑裙的衬架此起彼落，互相碰撞，难解难分，它们鼓起时，几乎没过了车上人的头顶。而下面，则是一堆紧紧挤在一起的鞋子：姑娘们穿的是绸缎软鞋，王妃穿的是金褐色的轻便鞋，亲王则穿着擦得锃亮的皮软鞋。每个人都为别人的脚的存在而感到难受，简直不知把自己的脚放在哪儿才是。

仆从刚把由两块踏板组成的脚镫收起,便听到了主人的命令:"去庞泰莱奥内府邸。"仆从在马车前面的车夫旁边坐下,这时,一直牵着缰绳的马夫退到一边,车夫令人难以觉察地发出了吆喝声,四轮马车便飞快地疾驰起来。

亲王一行去参加舞会。

那时,巴勒莫的社交活动很频繁,舞会盛行。自从皮埃蒙特人来了以后,经历了阿斯普罗蒙特不光彩的事件后①,掠夺和暴力便像幽灵似的消失了,于是构成上流社会的那二百来个人之中,有那么一批人频频聚会,庆幸自己还活在这个世界上。

晚会一个接一个,而且都一模一样。为了避免几乎每晚都得从圣洛伦佐作一次长途旅行,萨利纳全家决定在巴勒莫府邸住上三个星期。夫人和小姐们的衣服是从那波利运来的。衣服装在像棺材一样的黑色长柜里。一时间,帽商、理发师、鞋匠,在府邸里穿梭不息;心急火燎的仆人们则不断地往裁缝那里送催活的便条。在这短暂的狂欢季节里,庞泰莱奥内家的舞会要算最重要的一次,因为庞泰莱奥内家族门第显赫、府邸豪华,邀请的客人也相当可观。

---

① 指1862年8月29日,加里波第在阿斯普罗蒙特被撒丁王国军队打伤一事。

对于萨利纳家来说，更为重要的是：这是亲王外甥的美丽未婚妻安琪莉卡首次涉足上流社会。才十点半，这时候就出席舞会，是早了一点。一般来说，只是在舞会进行到最高潮的时候，亲王才到。可今晚不行，因为他要赶在塞达拉家之前到达那里。像塞达拉这样的人（可怜的人，他还不懂），当他接到那张有光纸的请帖以后，他会认真按照那上面所写的时间准时来到的。为了使塞达拉家得到一张请帖，颇费了一番周折，因为谁也不认识他们。为此，王妃马利亚·丝苔拉早在十天以前便特意拜访了玛格丽特·庞泰莱奥内，自然，一切都顺利解决了。但这毕竟是唐克雷迪的婚事所引起的麻烦，它像一根刺那样扎进了"豹"的细嫩的肉爪中。

从萨利纳府邸到庞泰莱奥内府邸的距离并不远，但要穿过一条又一条乌黑的巷子。因此，马车只能缓缓而行。先是穿过萨利纳街、瓦勒威尔台街，然后顺着邦比纳依街向下而行。白天，邦比纳依街熙来攘往、热闹非凡，商店里，各种蜡制的小塑像琳琅满目。可是，到了夜晚，这里却是一片凄凉。马车从沉睡或者看上去像是沉睡在黑暗中的两排房屋中间驶过，马蹄铁发出低沉的响声。

姑娘们无忧无虑，高兴地低声交谈着，因为对她们来说，去参加舞会是一件兴高采烈的事情，她们丝毫也不觉得，这是令人厌烦的社交应酬。马利亚·丝苔拉王妃摸摸手提包，确知嗅盐瓶子在里面时，这才放下心来。而这时，堂法布里契奥却陶醉在遐想之中：他想象着当那些人看到不认识的安琪莉卡的美丽动人时会怎么样；又想象那些人对了如指掌的唐克雷迪的幸运又会作何种反应。不过，想到这里，脑子里掠过的一缕阴影又使他扫了兴：堂卡洛杰罗的燕尾服会是怎样的呢？当然不会是在多纳富伽塔的那件。唐克雷迪负责卡洛杰罗，把他带到最好的裁缝那里，并且在卡洛杰罗试衣时，他也在场。表面上，他显得还挺满意，却又悄悄对亲王说："燕尾服是没说的，但安琪莉卡的爸爸缺少风度①。"事实确实如此，不过，唐克雷迪已许下诺言：保证堂卡洛杰罗的胡子刮得光光的，保证他穿双像样的鞋子。做到这两点已不简单。

马车在邦比纳依街的尽头，过了圣多明各教堂后殿的地方停了下来。这时，传来一阵又尖又细的铃声。接着，从拐角处出现了一个神父，手里举着盛有圣体的圣餐杯，身后有一个唱诗班的侍童，为他举着一把绣有金边的白色华盖；另一个侍童在他的前面，左手举着一支点燃的粗蜡烛，右手摇着银铃，当啷当啷地响，看上去他还自以为很

---

① 原文系法语：chic。

好玩。这说明,在那些带木栅栏的小屋里,有一个生命垂危的人,神父正在为他送去临终圣体。堂法布里契奥下了车,跪在人行道上,女人们连忙画起十字来。铃声渐渐在小巷子里消失,神父一行沿着小巷匆匆朝圣贾科莫教堂走去。马车又行驶了,朝着近在眼前的目的地驰去。车上的人像是灵魂上受到了启迪,得到了有益的告诫。

到了庞泰莱奥内府邸,亲王等人在第一道门下了车。马车随即消失在庭院里。这是一个极大的院子,院里灯光摇曳,回荡着早先到来的车马随从的凌乱脚步声。

台阶是由普通的石头建成,却气势宏伟。每一级台阶的两侧都摆满了鲜花,芬芳馥郁。有一道平台把台阶分为两段,那儿站着两个穿着苋红色制服的仆从,脸上扑了粉,一动也不动,活像两座雕像。在银灰色的背景衬托下,他们的服装显得格外鲜艳。从楼上高处有栅栏的两扇窗户里,爆发出孩子们的笑声和叽叽喳喳的低语声。那是庞泰莱奥内的幼子和孙子们,他们年龄小,不能参加舞会,于是,他们便在窗口拿客人取笑作乐。王妃和女儿们忙着重整衣裙,而堂法布里契奥却站在那里,胳膊下夹着大礼帽。虽然他站在比她们低一级的台阶上,却整整高过她们一头。他们在第一个大厅的门口遇到了这一家的主人:男主人堂迪耶戈，银发满头、大腹便便，如果不是他那傲慢的眼神，看上去还真有点像个平民；女主人堂娜玛格丽特，头上戴着冠冕形的发饰，光彩夺目，脖子上是一串三圈的翡翠项链，闪闪发光，中间则是她那张有着鹰钩鼻子的脸，像个老态龙钟的司铎。

"你们来得真早！不过，这样也好！你们尽管放心，你们邀请的客人还没到呢。"又是一根刺，扎进了"豹"的肉爪里，这使得敏感的"豹"很不舒服。"唐克雷迪已经到了。"在大厅的一角，唐克雷迪正坐在三四个年轻人中间。他那瘦长的个子，一身黑衣服，像条水蛇似的。他绘声绘色地在讲故事，那充满了冒险经历的故事和笑话，逗得那几个年轻人笑得前仰后合。但唐克雷迪那两只总是闪烁着惶惑不安的目光的眼睛，这时却紧紧盯着门口。舞会已经开始，舞厅里的乐曲通过四五间客厅传了过来。"我们在等帕拉维奇诺上校呢，他在阿斯普罗蒙特①表现得相当不错。"

庞泰莱奥内亲王的这句话，听起来很简单，但事实上并非如此。表面上，他这句话是没有政治含义的，所以这样说，无非是为了赞扬帕拉维奇诺，赞扬他的机智、细心

---

① 意大利地名。1862年8月29日，帕拉维奇诺统率的意大利政府军在卡拉布里亚阿斯普罗蒙特的高原上击败加里波第的志愿军，加里波第脚部受伤被俘。

和他的感情，因为子弹只是打在加里波第将军的足部，这说明，他对将军几乎怀有温柔的情意。后来，帕拉维奇诺便向躺在卡拉布里亚山上栗树下的受伤的英雄脱帽致敬，屈膝吻手。据说，将军也感动得微笑了，其中却并无嘲讽之意，虽然他完全可以这样做（可惜的是，加里波第却缺乏幽默感）。

庞泰莱奥内亲王的思想也不很明确，他的话含混不清，但可以看出，他是在赞扬上校卓越的军事才能：在部署兵力时安排得当，从而完成了兰迪所没有完成的任务。在面对同一对手的情况下，兰迪却在卡拉塔菲米①不可思议地惨遭失败。而在庞泰莱奥内亲王心灵深处，却觉得上校"表现得相当不错"，因为他成功地制止了加里波第的进军，挫败了他的行动计划，使加里波第负伤而被俘，其结果是，拯救了新旧制度之间颇为费劲地达成的妥协。

几乎好像是由于奉承的语言和更加谄媚的内心活动所召唤和创造出来的那样，上校随着话音出现在台阶的最上面一级了。他穿着一身双排扣的夹军衣，带羽饰的帽子夹在腋下，弯弯的军刀贴着左手。他仪态庄重，步伐沉着，军服上的饰物、链子和马刺叮当作响。上校是个深通世故、

---

① 意大利地名。加里波第的军队在马尔萨拉登陆以后所进行的首次战斗，5000名波旁王朝的士兵被打败。

性格爽朗的人，特别擅长意味深长的吻手礼，这是全欧洲都知晓的。那天晚上，他那喷过香水的胡子触过每一位太太的手指，因此，女士们都有了机会亲自体验一下那具有历史意义的一瞬间，同时也明白了民间画片对他颂扬备至的原因。

帕拉维奇诺接受了庞泰莱奥内夫妇对他滔滔不绝倾吐的赞美之词。他在握过堂法布里契奥向他伸过来的两个手指以后，便被女士们所包围，顿时，阵阵香气向他袭来。他身材魁梧，在女士们洁白如雪的肩膀之中，故意显得挺拔。人们不时地听到他的只言片语，诸如："伯爵夫人，我哭了，我像个孩子似的哭了。"或者是："他英俊、泰然，就像个大天使。"他的男性美使得女士们如醉如痴，因为他那狙击兵的枪声早已使那些女士不再担惊受怕了。

安琪莉卡和堂卡洛杰罗迟迟不来，萨利纳夫妇和女儿们本打算到其他大厅走走，但就在这时，只见唐克雷迪撇下那伙年轻人，一个箭步冲向门口：期待的人终于来了。安琪莉卡穿着一件玫瑰色的长裙，圆鼓的裙子有规律地波动着。她那袒露的美人肩洁白如雪，那健美的双臂使人产生柔情蜜意，小脸蛋高傲地耸立在富有青春魅力的光滑脖子上，为此，她特意戴了一串并不显眼的项链。当她脱去那光亮的长手套时，她的手露了出来，长得倒也不小，却极为匀称优雅,手指上戴着一只闪闪发光的那波利蓝宝石戒指。

堂卡洛杰罗跟在她身后,小心翼翼,亦步亦趋,活像只小耗子护着一朵红艳艳的玫瑰花。他的穿着并不时髦,但这一次还算得体,美中不足的是,他在扣眼里别着一个他最近获得的意大利十字王冠章,但是唐克雷迪眼疾手快,不一会儿,那小玩意儿便落进了他的燕尾服的暗口袋里。

安琪莉卡的举止稳重端庄,她懂得在这些人面前如何行事,因为,事先她便得到了未婚夫的教导("亲爱的,你只能在我面前流露感情,大声讲话。记住,你是未来的法尔科内里王妃,不比别人低下,而比许多人高贵。")。因此,安琪莉卡向女主人行礼时,虽不很自然,却极为出色,既表现出姑娘的那种腼腆和优雅,又显示出新兴贵族阶级的傲慢。

再说,巴勒莫人毕竟也是意大利人,也就是说,他们很容易被美色所吸引、被钱财所诱惑。从另一方面讲,唐克雷迪虽然是个风度翩翩的美男子,却分文不名,这也是众所周知的。因此,在人们的眼里,他并不是一个理想的结婚对象(当然,这种判断是错误的,当后来人们明白时,已经为时太晚)。一般说来,对他感兴趣的倒是那些已婚的妇女,而不是那些待嫁的姑娘。但不管怎么说,唐克雷迪风度翩翩也好，分文不名也好，安琪莉卡却出乎意料地受到了热情的欢迎。说实在的，有的年轻人，也许还会埋怨为什么自己就没有发现这么个漂亮的聚宝盆。但是多纳富伽塔是堂法布里契奥的封地，如果他在那块土地上挖掘出了这块宝贝，把它赠给自己亲爱的外甥，别人有什么好抱怨的呢，这犹如亲王在自己的土地上发现了硫矿一样，那本来是属于他的财产，这有什么可说的。

再说，即使有谁心中怀有嫉妒，那么，当他同安琪莉卡那双美丽的眼睛、那炯炯有神的目光相遇时，这种嫉妒也就烟消云散了。因而青年们都争先恐后地挤上前，想同她认识，要求和她跳舞。对每个请求者，安琪莉卡都轻启小口，报之嫣然一笑，然后向他们出示自己的舞会手册①：那上面注明，每一轮波尔卡、玛祖卡、华尔兹，都被法尔科内里订下来了。小姐们纷纷对她说："咱们之间就你我相称吧。"一小时之后，安琪莉卡同人们相处得十分自然融洽，以至于谁也想象不到安琪莉卡的母亲竟是个未开化的野人，而她的父亲则是个吝啬鬼。

安琪莉卡始终保持着她那端庄的举止：她从不独自走来走去，显得若有所思，神态恍惚；她的双臂从不随便乱

---

① 原文系法语：carnet。

动,讲话声音也从不高于其他女士们的音调(不过还是相当高的)。安琪莉卡之所以有如此的表现,这是因为唐克雷迪头天曾对她开导了一番:"你要注意,亲爱的,我们最注重我们的宅第和家中的陈设,如果谁小看了这些,我们就认为这是对我们最大的不尊重。因此,对于你所见到的一切,你都要表示赞赏,更不用说庞泰莱奥内府邸是理应受到赞赏的。但是,你现在不是一个小地方的乡巴佬,不能看到什么都表示惊讶,在表示赞赏时要有所保留,要跟你以前见到过的最好的东西、而且是最有名的东西相比较。"在多纳富伽塔府邸的长时间的漫游,使安琪莉卡受益不小,因此,那天晚上,她在对每一块壁毯都赞不绝口之后,便紧接着说,比蒂大厦的壁毯的镶边要更漂亮些;她在夸赞了多尔奇①所作的一幅圣母像后,又说,大公爵家里的那幅圣母像更出色地表现了忧愁的神色;甚至当一位自作多情的年轻的先生向她殷勤地送上一块蛋糕时,她的赞美话也脱口而出:好极了,味道鲜美,几乎就跟萨利纳家的厨师麦歇迦斯东所做的一模一样。既然麦歇迦斯东是厨师中的拉斐尔,那么,比蒂大厦的挂毯就是毯子业中的麦歇迦斯东了。关于这一点,谁也不能说什么,相反,大家都被

---

① 多尔奇(1616—1686),佛罗伦萨画家。

她的这种比喻所迷惑。于是，从那天晚上起，她便赢得了一个好名声：谦逊有礼，然而却是有固定看法的艺术鉴赏家；这雅号在她漫长的生涯中始终伴随着她，尽管并不是没有过分之处。

正当安琪莉卡赢得了大家的恭维和赞赏时，马利亚·丝苔拉同昔日的两位女友坐在长沙发上说东道西；贡切达和卡罗莉娜腼腆羞涩，使那些向她们献殷勤的青年很寒心。堂法布里契奥在各间大厅里转来转去：遇到女士们时，便亲吻她们的手；遇到先生们时，便拍拍他们的肩膀，以示招呼。这时，他感到一种难以名状的烦恼在慢慢地向他袭来。首先，他不喜欢庞泰莱奥内的家，七十年来，这家的家具陈设一点也没有变，还是马利亚·卡罗莉娜王后时代的老家具。而亲王自认为有新派的鉴赏力，对此，他感到不能容忍。"上帝呀，凭迪耶戈的收入，完全可以扔掉这些老朽的家具和失去光泽的壁镜，用红木新做一套，再配上长毛绒垫子，那他生活得该多么舒适呀。同时，他的客人也不至于在这个像坟墓似的房间里转弯抹角了。总有一天，我要对他说的！"然而，事后他是从来也不会对迪耶戈说的，因为，这些想法只是在他心情不佳或内心冲突时才产生，但很快就会忘得一干二净。况且，他自己在圣洛伦佐和多纳富伽塔的家里的家具也一件都没有更换过。

只不过，这些想法足以使他更加郁郁不乐罢了。

舞会上的女人们也不能使他高兴起来。在上了年纪的女人中，有两三个是他当年的情妇，现在都上了年纪，当起婆婆来了。亲王看到她们那笨重而肥胖的身躯，怎么也不能把她们现在的形象同二十年前的形象联系起来。于是，他悔恨交加：为什么自己在最美好的岁月里虚度年华，去追逐（并获得）这种邋遢的女人呢。就是年轻的女人，也没有他看得上的。他能看上眼的，只有两个：一个是帕尔玛公爵夫人，她正当青春年华，亲王非常喜欢她那对灰色的眼睛和庄重而又温柔的举止；另一个是杜杜·拉斯卡里，如果他再年轻一些，也许就会同她干出那种让人想不到的风流艳事。至于其他的女人……幸亏安琪莉卡冲出了多纳富伽塔的黑暗，以自己光彩照人的形象向巴勒莫人表明，一个漂亮的女人该是什么样子。

在这里，我们不能怪罪亲王，因为在那个年代，贵族家庭风行姑表亲的联姻，一方面是他们在寻找配偶时的惰性所致，另一方面也是由于他们对地产的算计，再加上过多食用淀粉，缺乏蛋白质，缺乏新鲜空气和运动，因此，客厅里到处都是个子矮小得出奇的姑娘。她们长着一张橄榄色的脸，简直令人难以置信；她们叽叽喳喳，发音含混不清，简直到了令人难以容忍的地步。这些姑娘聚成一堆消磨时间；她们什么也不会，只知道向小伙子们发出齐声的呼唤，往往把人家弄得莫名其妙、惊慌失措。她们生来好像就是为了给那三四个漂亮的女人做陪衬。譬如，金发女郎马利亚·帕尔玛、妩媚动人的埃莱奥诺拉·贾尔迪内利，都可算是漂亮的女人，她们步履轻盈，一闪而过，好像是天鹅游动在满是青蛙的池塘里。

亲王越看那些姑娘，越感到沮丧和恼怒。他一向就喜欢独自长时间地沉思和漫无边际地遐想，因此，当他走进长廊，看见一群这样的女人坐在中间的一个软垫坐墩①上时，眼前便出现了一幅幻景：仿佛他是在动物园里当一个管理员，负责看管一百来只母猴，眼见那些小动物就要爬上吊灯，倒挂着尾巴，屁股朝外，在空中摇晃。那些小家伙对着温和善良的来宾不停地喊叫，把牙齿咬得咯咯地响，还把核桃壳朝他们扔去。

说来也怪，一种奇异的宗教感便把他从动物园的幻景中解脱了出来。原来这时，从那一堆穿着大裙子的猴子中，传出了一阵单调而又持续不断的"马利亚！马利亚！"的喊声。这些可怜的姑娘不断地叫着："马利亚！这屋子多漂亮呀！""马利亚！帕拉维奇诺上校好风流潇洒啊！""马利

---

① 原文系法语：pouf。

亚！我的脚真疼！""马利亚，我饿极了！夜餐什么时候开始？"这群贞洁的姑娘齐声呼喊"圣母"的声音在走廊里回荡。这喊声又把那些母猴变成了女人，因为还没有事实证明巴西大森林里的狨猴皈依了天主教。

亲王感到有点恶心，便信步来到隔壁的大厅。这里是男人们的天下：各种各样的互相敌视的男人。青年都在跳舞，这儿只有上了年纪的男人，他们都是亲王的朋友。亲王在他们中间坐了一会儿。虽然在这里，他听不到那种向天上的圣母徒劳的祈祷，但取而代之的却是那些先生的陈词滥调和庸俗乏味的闲聊，气氛同样令人窒息。在这些先生的眼里，堂法布里契奥是一个"荒诞不经"的人，他对数学的喜好则几乎被认为是罪恶的堕落。如果他不是萨利纳亲王的话，如果他不是一个优秀的骑手、不知疲倦的狩猎者、一个适可而止的花花公子的话，他就有可能由于他的望远镜和视差而被驱逐出上流社会。不过，现在人们已很少和他讲话。那是因为他那对嵌在沉重的眼皮里的湛蓝色眼睛中，往往闪射出一道冷漠的目光，使对话者不知所措。所以大家疏远他，并不是像他所想象的那样是出于对他的尊敬，相反却是出于害怕。

他站起身来，由伤感变成极度忧郁。他本不该来参加舞会的；即使没有自己，丝苔拉、安琪莉卡、贡切达和卡罗莉娜，也都会玩得很快活的。他想，这时候他要是在萨利纳府邸靠近平台的那间书房里该多美呀。他可以倾听喷泉的潺潺水声，可以在夜空中寻找彗星的尾巴。"不过，既然来了，也不能就走，如果现在走掉，那将是不礼貌的。还是去看看那些跳舞的吧。"

舞厅里，人们看到的都是金子：门楣上的贴金，门框上讲究的涂金，明亮的金线在门板和室内百叶窗的暗淡背景上显得特别突出，这一切使人感到窗户已不复存在，整个房间已宛如一只富丽堂皇的首饰盒，同沸腾的外界不再有任何联系。当然，这种金子并不是目前那些装饰家广泛使用的赤金，而是一种已经用过的带有某些北方小姑娘淡金色发色的金子。也就是说，是人们带着一种如今已丧失的廉耻感去仔细掩饰其真实价值的金子，就像人们既想表现一种珍奇物品的美，又想让人忘了它的价值一样。于是，在各处的护壁板上，那些色彩平淡的洛可可式花结就像是一种来自吊灯的反光，偶尔呈现出一种淡淡的红色了。

这种明亮的色调，这种若隐若现的闪烁的光色，使亲王感到内心的痛苦。他站在门槛上，脸色阴沉，神情庄重。在这间装饰得豪华富丽的客厅里，亲王的眼前却呈现出一幅田野的景色：多纳富伽塔周围那一望无际的庄稼地，在精神恍惚地向专横的骄阳乞求宽恕。亲王在这间大厅里,犹如在八月中旬的庄园里一样,庄稼早已收割,谷物进入谷仓。此刻,他只记得枯干的、毫无用处的留茬地的颜色。大厅里空气闷热,这时传来了华尔兹舞曲的乐声,但在亲王听来,这乐曲好像是风在不停地吹,发出呜咽声,拨动着竖琴,向那昨天、今天、明天、永远、永远、永远干枯的原野倾吐自己的哀怨。跳舞的人群中,有许多人虽然和他不是心心相印,在关系上却甚为密切。即便如此,亲王仍觉得跳舞的人们都是虚无缥缈的,是由织成消逝的往事所使用的材料组成的,比令人惴惴不安的梦境中所见到的更加不可捉摸。天花板上,众神安坐在金光闪闪的宝座上,微微俯身向下注视着跳舞的人们。虽然他们的脸上泛起淡淡的笑容,但跟夏天的晴空一样严峻无情。他们自以为是宇宙间永恒的东西,但是1943年的某一天,宾夕法尼亚州匹兹堡制造的一颗炸弹将会告诉他们,他们完全想错了。

"真好,亲王,美极了!不过,像这样的东西,以今天的纯金价格,可是搞不出来的!"塞达拉走到他跟前,一对机灵的小眼睛左顾右盼,打量着周围环境。他只知道东西的货币价值,而对艺术的魅力却无动于衷。

突然间,堂法布里契奥对塞达拉感到厌恶起来。正是因为塞达拉以及上百个塞达拉之流的发迹,正是因为他们的贪婪和吝啬以及他们的种种见不得人的勾当,这些贵族的府邸才被笼罩在死亡的阴影下;正是由于塞达拉以及他的那些伙伴,由于他们的怨恨和自卑、他们没有能够展示自己的才能,所以亲王才在看见穿黑色礼服的跳舞者时,就想起了小嘴乌鸦:它们盘旋在空旷的山谷上空,寻觅腐烂的猎物。亲王真想不客气地回答塞达拉,叫他滚开。但亲王不能那样做,因为市长毕竟是客人呀,再说,他又是亲爱的安琪莉卡的父亲。也许像其他许多人一样,他也是个不幸的人呢。

"是呀,堂卡洛杰罗,真美!但今晚最美好的要算是我们的那两个孩子了。"唐克雷迪和安琪莉卡恰在这时从他们面前经过。唐克雷迪戴着手套的右手温柔地搂着安琪莉卡的腰。两人的眼睛互相对视着,举起的胳膊交叉在一起。唐克雷迪的黑色燕尾服和姑娘的玫瑰色衣裙交织在一起,构成一件奇特的珍品。此时此刻,他俩成了全场瞩目的一对舞伴。的确,还有什么能比一对年轻的恋人翩翩起舞的场面更亲切感人呢?他们相对而视,但对对方的缺点视而不见,对命运的告诫不闻不问。在他们的幻想中,他们一生的道路就像这大厅里的地板一样光滑平坦。他们也好像是两个没有经验的演员,导演叫他们分别扮演朱丽叶和罗密欧,并且根据剧情设下了毒药和墓穴。唐克雷迪和安琪莉卡并不是完美无缺的人，他们各有自己的打算，内心充满了隐秘的目的，但他们给人的印象仍然是那么亲切感人。他们那种不很袒露但很单纯的野心，此时已被唐克雷迪那快乐的甜言蜜语、姑娘那香气四溢的头发，以及两人紧紧拥抱的躯体——注定要消失的躯体——所掩饰了。

唐克雷迪和安琪莉卡走开了，其他的一对对舞伴又过来了。他们也正沉浸在那瞬息即逝的盲目乐观中。他们虽不那么漂亮动人，但叫人见了也会引起爱怜之心。堂法布里契奥的心一下子软了下来，对这些朝生暮死的人由厌恶变得同情。对于所有这些人来说，生命是那么的短暂，因此，每个人都在尽情享受呱呱落地之前和奄奄断气之后那两段"黑暗"之间所能得到的微弱的光亮。怎么能对注定要死的人那么冷酷无情呢？如果那样的话，岂不跟六十年前卖鱼的人在广场集市上凌辱囚犯一样卑鄙吗？即使眼前那些坐在软垫上的小母猴以及他的那些糊涂老友，也都是值得怜悯和同情的。所有这些人，都像夜间被赶往屠宰场的牲畜一样，经过城里的街道时，声嘶力竭地叫着，但最终逃脱不了死亡的厄运。是的，将来的某一天，每个人的耳边都会响起送葬的铃声，就像三小时前他在圣多明各教堂后面听到的铃声一样。只要不是永恒的东西，人们就不应该去憎恨。

再说，在各个客厅里的那些人，不管是难看的女人还是呆笨的男人，那些浮华虚荣的男男女女，都和他血肉相连，或者说就是他自己。亲王觉得，只有他们理解自己，只有跟他们在一起时，他才感到自在和自如。"也许，我比他们聪明些，我的文化水平比他们高，这是肯定无疑的，但归根结底，我是属于他们一类的，我应该跟他们团结在一起。"

他看见堂卡洛杰罗同乔万尼·菲纳尔在一起议论干酪可能涨价的问题。塞达拉在盼望这件好事到来时，激动得两眼都有些湿润，眼神里充满了温和友爱之情。亲王终于可以溜掉了，并且用不着感到内疚。

在这之前，亲王由于心头淤积着恼怒而感到精力充沛；这会儿，暂时的和缓却使他感到疲惫不堪。已是凌晨两点钟，他想找个地方坐下来，清静一会儿。他想远离人群，虽然那些人是他亲如手足的兄弟，但他们总是那么令人生厌。他很快就找到了一个隐身之所：书房。这是一间小巧而明亮的房间，里面空空荡荡、幽雅静谧。坐下之后，他又起身到一张小桌前找水喝。他按地道的西西里人的习惯在想："只有水才是最好喝的。"喝完，他并不去擦嘴边上的水，又重新坐下。他很喜欢这间小书房，很快便感到轻松自在起来。书房也不反对他占有自己，就像所有那些从不住人的房间一样,这书房是没有人来的,也就是说,庞泰莱奥内是不会把时间浪费在这种地方的。这时候,他开始欣赏起对面墙上的一幅画来。那是一幅格勒兹①的《朱斯托之死》的绝妙的复制品。画面上,一位长者奄奄一息,躺在铺着洁白而有皱纹的床单的床上,子孙们围在身旁。男孩子们悲痛欲绝,女孩子们双臂伸向天花板。一眼就可以看出,这些娇柔可爱但又风雅放浪的小姑娘才是画面的真正主题。她们身上那凌乱的衣服,使人联想到的是放荡不羁,而不是痛苦悲哀。堂法布里契奥先是大吃一惊,想不到迪耶戈竟喜欢经常看见这痛苦的死亡场面。后来一琢磨,才恍然大悟:一年中,迪耶戈最多也就到这里来一次而已。

接着,他便寻思起来:将来自己死时,会不会也是这个样子?也许是的,但是床单不会这样洁白如雪(他知道,处于弥留之际的人的床单总是龌龊不堪,那上面沾满了唾沫、粪便和药水的污渍)。另外,但愿贡切达、卡罗莉娜和其他女人的穿着会体面一些。但总的来说,不会有什么区别。像往常一样,别人的死亡会使他的内心惶恐不安,而当他思考自己的死亡时,却感到很坦然,也许这是因为

---

① 格勒兹(1725—1805),法国画家。

在他内心深处,他认为自己的死亡首先意味着整个世界的毁灭。

由此,他联想到需要修缮嘉布遣会修道院里的家族墓地,但遗憾的是,不能像前人那样,把自己的尸体吊在地下小教堂里,慢慢地变成木乃伊。要不然的话,他那又高又大的身躯会在地下室的墙上留下一个壮丽的形象的:他那干瘪多皱像羊皮似的脸上挂着一丝不动的笑容,是会把姑娘们吓坏的;他穿着长极了的白色凸纹布裤子;不,人们会给他穿得很讲究,也许就叫他穿着今天晚上的燕尾服……

这时候,门开了,"好舅舅,今晚上,您简直美极了,穿着这身黑礼服太漂亮了。可您在看什么呀?您在向死神求爱吗?"

唐克雷迪挽着安琪莉卡进来了。由于刚跳完舞,两人还处于肉欲的激情之中,都有些倦意。安琪莉卡坐下后,向唐克雷迪要一块手帕擦太阳穴上的汗。堂法布里契奥便把自己的手帕递给了她。两个年轻人毫不在意地看着那幅画,因为他们对死亡的理解是抽象的,毫无切肤之痛的亲身体验,它只是他们文化修养中的一种知识。自然,他们也承认死亡是存在的,但那是属于别人的。堂法布里契奥想:正因为年轻人在内心深处没有这种至高无上的慰藉,所以，他们比老年人更难以忍受痛苦，因为老年人深知，摆脱痛苦的出路就在眼前。

"亲王！"安琪莉卡说，"我们听说您在这儿。我们到这里来休息一下，但也是来向您请求一件事的，但愿您不要拒绝我。"她那笑眯眯的两眼闪烁着调皮的光芒，手放在堂法布里契奥的袖子上："我想请您跟我跳下一支玛祖卡舞。请您一定答应我，不要说不。谁都知道，您是一个了不起的舞蹈家，跳得最好。"亲王听了感到十分高兴，精神立刻振奋起来。什么嘉布遣会修道院的地下室，滚到一边去吧！他那毛茸茸的两颊由于兴奋而颤动起来。不过，说到玛祖卡舞，他感到有点为难，因为这是一种军人式的舞蹈，从头至尾要不停地跺脚、转圈，这可不是他的关节所能承受得了的。当然，在安琪莉卡的面前屈膝，那是一件令人愉快的事，但是在这之后如果起不来了，该怎么办？

"谢谢，我的孩子，你使我年轻起来啦！我很乐意听从你，但是玛祖卡可不行，你跟我跳下一支华尔兹舞吧。"

"舅舅多好啊，唐克雷迪，瞧见了吧？可不像你爱闹别扭。知道吗？亲王，他不愿意我邀请您跳舞，他在吃醋呢。"

唐克雷迪笑了："可是，有这么个风流潇洒的美男子当舅舅，怎么能叫人不吃醋呢。不过，这次我不反对。"三个人都笑了，但堂法布里契奥弄不明白，这事儿是他俩事先策划好了让自己高兴高兴的，还是拿他开心呢。不过，那又有什么关系，反正他俩都是自己喜爱的人。

从书房往外走时，安琪莉卡用手指摸着一把安乐椅的椅套说："多漂亮呀，颜色真好看，但是，亲王，您家的安乐椅……"小船继续用余速在滑行，唐克雷迪插嘴说："别说了，安琪莉卡，就是不听你对家具的精辟的鉴赏，我们俩也是喜欢你的。别管什么椅子了，跳舞去吧。"

堂法布里契奥往舞厅走时，看见塞达拉同乔万尼·菲纳尔还在谈话。只听见他们在说什么"罗塞拉""普里敏蒂奥""马索列诺"①。原来他们在比较麦种的优缺点。亲王想：菲纳尔不久就会邀请塞达拉到他的马尔卡罗沙庄园去参观了。由于他在那里不停地搞农业革新，几乎要把庄园毁了。

安琪莉卡和堂法布里契奥是舞会中最出色的一对。亲王的脚虽然大得出奇，却迈着异常灵活和轻巧的步子，因此，安琪莉卡不用担心她的缎子鞋会被踩着。他那只宽大的手有力地搂住她的腰身，他的下巴轻轻地擦着她那波浪

---

① 罗塞拉、普里敏蒂奥、马索列诺均为麦子品种的名称。

起伏的鬈发,不觉销魂荡魄。她的袒胸领子散发出一股元帅之花牌香粉的香味,还有那年轻姑娘白嫩光滑皮肤的香气。这时候,他耳边又响起了图梅奥的一句话:"她的床单上一定散发着天堂的香味。"当然,这句话不那么文明,有那么点俗不可耐,但确实是说对了。唐克雷迪这小子……

安琪莉卡在亲王的耳边絮絮而谈。她那天生的虚荣心和不达目的誓不罢休的野心都得到了满足:"好舅舅,我是多么幸福啊。人人都是那么和蔼可亲、温厚善良,而唐克雷迪呢,更是个宝贝。您也很可爱,好舅舅,这一切我都要感激您,因为当初要是您不同意的话,谁知道事情会怎么样呢。"

"孩子,不要感激我,这一切都应归功于你自己。"

确实是这样,唐克雷迪绝对不会不被她的美貌所倾倒、不为她的财产所动心的。为了达到跟她结婚的目的,就是闹得天翻地覆,唐克雷迪也会在所不惜。想到这里,贡切达那傲慢而又绝望的眼神便浮现在他的眼前,使他心头感到一阵刺痛。但这只是转瞬即逝的痛苦,每转一圈华尔兹,他就感到自己年轻了一岁,很快他便回到了二十岁:就是在这同一间大厅里,他同丝苔拉跳过舞,那时候他心中无忧无虑,根本就不知道什么叫失望和烦恼。死亡是"属于别人的",这天晚上,他的脑海里又一次闪过了这个念头。

亲王的全部身心沉浸在对往事的回忆里，而这种回忆又跟眼前的感觉完全吻合，以致他都没有发现，跳到后来，只有他和安琪莉卡两人在跳舞了。也许是受了唐克雷迪的鼓动，其他的一对对舞伴都不跳了，只是出神地在一旁观看。庞泰莱奥内夫妇也站在那里观看，他们似乎也被这场面所感动，因为他们也是上了年纪的人，所以能够理解此情此景。丝苔拉站在门槛上注视着，虽然她也是上了年纪的人，她的眼神却是阴郁的。当舞曲终止时，人们差点为他们鼓掌喝彩，只是因为看到堂法布里契奥那极为庄重严肃的表情，才没有做出有失礼仪的举动。

华尔兹舞跳完后，安琪莉卡邀请堂法布里契奥到她和唐克雷迪的餐桌上吃夜餐。他很乐意接受这一邀请，但就在这时，年轻时代的往事涌上心头。那时候，如果丝苔拉在他身旁，和一个上了年纪的舅父在一起用餐，他是不会惬意快活的。情侣总是愿意单独在一起，也许跟陌生人在一起倒也无妨，但不能和上了年纪的人，更不能和亲戚在一起。

"谢谢，安琪莉卡，我不饿。我站着随便吃点东西就行了，你跟唐克雷迪去吧，别管我了。"

两个年轻人走开后，亲王也走进餐厅。餐厅的最里面，有一张狭长的餐桌。那张长长的餐桌上，放着一只有十二个分支的著名枝形镀金烛台，烛光闪闪，把餐桌照得豁亮。这十二个分支的大烛台是迪耶戈的祖父在结束担任驻马德里大使时，西班牙的朝廷赠送的。烛台的高高底座由闪闪发亮的金属做成，上面交错地立着六个力士像和六个女人像，每个像的头顶是一根镀金的银柱，顶端被十二支点燃的蜡烛所环绕。金银匠以娴熟的技艺，诙谐地表现了人物的形象：在重负压顶下，男子们旁若无事、神态自若；而女士们，虽然姿态优雅，神情却疲惫不堪。这是十二个技巧高超的艺术品。"天知道，这该值多少萨尔玛的土地呀。"可怜的塞达拉会这样说。堂法布里契奥想起来，有一天，迪耶戈让他观看这座烛台的巨大绿色皮套，那是用细软的羊皮做的，两侧印有庞泰莱奥内的烫金三等分的盾形纹章，以及由赠送者姓名的起首字母组成的图案。

餐桌上，一个五层塔式大蛋糕伸向很高很高的天花板，这蛋糕是从来也不会吃完的。在巨大烛台的火光照耀下，长长的桌子上摆满了"茶点"，都是盛大舞会上所常见的那种丰富的菜肴，诸如：呈红珊瑚色的清煮活龙虾，蜡黄和乳白相间的半生不熟的烤牛肉，浸在稠厚的调汁里的银灰色鲜鱼，金黄色的烤火鸡，玫瑰色的冷冻肥鹅肝，剔骨的山鹬平卧在盘中,周围配以琥珀色的烤面包干、研碎的内脏、玫瑰色的肉冻,还有其他数不清的色美味香的生菜。长桌的两端,有两只巨大的银汤罐,里面盛满了清汤,汤水略呈淡黄。为了这顿夜餐,厨师们头天晚上就在那宽敞的厨房里挥汗操劳了。

"哎呀,这么多吃的!堂娜玛格丽特真能干。但是,要多来几个不像我这样胃口的人,才能吃得完这些东西呢。"

在餐厅右边的桌子上,放着各种饮料、透明的水晶玻璃杯、闪闪发亮的银杯,但亲王对它们毫无兴趣,便径直朝左边的甜食桌走去。一眼望去,桌子上放着一尊特大的红棕色罗姆酒水果蛋糕,犹如马的鬃毛的颜色,奶油犹如白雪皑皑的勃朗峰。那些味美的多福饼,上面点缀着白色的杏仁和淡绿色的阿月浑子;那像山丘似的夹心巧克力酥糖,红棕棕、亮晶晶、油酥酥,就像肥沃的卡塔尼亚平原的腐殖土。事实上,所有这些奶油点心,这玫瑰色的、淡灰褐色的、有香槟酒味的奶油点心,都正是出自卡塔尼亚的平原,只不过中间经过了许多道程序而已。勺子划破表层,发出一阵咯咯响声的,便是以酸樱桃和略带酸味的黄色菠萝为主的煮水果;而"贪食者的最后福音",则是一座"完整的蛋糕",上面点缀着研碎了的暗绿色阿月浑子,叫人见了垂涎欲滴。堂法布里契奥选择的正是这个,他让人取了一块放在盘子里。他注视着这块蛋糕,仿佛看见了一幅渎圣的漫画:圣阿加塔①在展示自己被割下来的乳房。"宗教裁判所怎么没有想到禁止这种点心呢?它本来是可以这样做的。什么'贪食者的福音'(贪食可是人的一大罪孽呢!),修道院卖掉的圣阿加塔的乳房被寻欢作乐的人吞食了!天哪!"

大厅里香气袭人:香草、香粉、美酒的香味混杂在一起。堂法布里契奥四处转悠,想找个地方坐下来。这时,坐在一张桌子旁的唐克雷迪看见了,便用手拍了拍一把椅子,意思是叫他坐到自己身边来;安琪莉卡正在他身旁,对着银盘的反面整理自己的头发。堂法布里契奥莞尔一笑,摇了摇头,谢绝了唐克雷迪的美意。于是,他继续寻找。从一张小桌子那里传来了帕拉维奇诺那满意的声调:"这是我一生中最兴奋的一天……"他旁边倒是有一个空位,但亲王一想,他是一个多么乏味的人呀!也许,还不如去听听安琪莉卡和唐克雷迪的谈话要好些呢!安琪莉卡说起话来,稍带矫揉造作的架势,却是那么亲切动人;而唐克雷迪虽然讲起话来爽快利落,倒也幽默诙谐。不,宁愿自己愁绪满怀,也别去打扰别人的闲情逸致。

---

① 圣阿加塔是卡塔尼亚圣女,公元 250 年殉教,是卡塔尼亚和圣马力诺的保护神。

亲王道了歉，便坐在上校身旁。上校见他来了，赶忙站起来，这使"豹"对上校产生了一些好感。亲王一面品尝着盘子里用牛奶杏仁、阿月浑子、桂皮精细制作的甜食，一面跟帕拉维奇诺谈话。通过谈话，亲王发现，尽管对女士们甜言蜜语，上校却并不是糊涂虫。归根结底，他也是一位绅士，只不过他的怀疑主义通常都被他那领子上红色狙击兵的标志所掩盖罢了。而这会儿，当他远离军营和女崇拜者的赞美之词，置身于一种亲切的家庭气氛之中时，他那固有的阶级的怀疑主义便又故态复萌。

"现在，左派对我大肆攻击，因为我在八月份曾下令叫我手下的人向将军开枪。亲王，您说说看，我带着上司的书面命令，能有什么法子呢？不过，我得承认，当我在阿斯普罗蒙特看见那几百个衣冠不整的无赖——有的带着一副无可救药的狂热嘴脸，有的是一副'职业叛乱者'的嘴脸——我很高兴，因为上司的命令太合我的心意了。如果我没有下令开枪的话，那些人就会把我和我的士兵打得稀巴烂。这没有什么了不起，但可能会引起法国和奥地利的干涉，从而酿成一场空前的动乱，最终将导致意大利王国的崩溃——这个像奇迹一样出现的王国，究竟是怎么形成的，谁也不知道。我坦率地对您说吧，那一阵急促的排枪可是帮了加里波第的大忙，他终于可以摆脱那伙缠住他不放的无赖了，摆脱像赞比安基之流的家伙。这伙人都在利用他，谁知道他们要利用他达到什么目的呢？也许是为了一种可望而不可即的高尚目的，也许只是奉了杜伊勒里宫①和法尔内塞宫②的旨意。总之，这些人跟那些在马尔萨拉同他一起登陆的人截然不同。那些人是中坚力量，认为能以一系列的'1848年革命行动'来建立意大利。对此，将军心里很清楚，因为，在众所周知的那一刹那，当我跪在他面前时，他热烈地握住我的手。对一个在五分钟前朝他足部开枪的人如此热情，我想这是非同寻常的。您知道他，这个在那不吉利的山上的唯一的好人，他对我说了什么吗？他说：'谢谢您，上校。'我问他谢什么？难道感谢我让他终身当一个跛子吗？不，显然不是。我想，他之所以要感谢我，是因为我使他看清了他的那些追随者的面貌：平日里，他们夸夸其谈、吹尽牛皮，关键时刻却卑鄙怯懦、背信弃义。"

"请原谅，上校，可您不觉得，您的那些吻手、脱帽致敬、恭维客套，有点儿过分吗？"

"实话说，并不过分。因为这种温柔亲切的举止是自发的。你要是当时看见他就好了，那个可怜的伟大人物躺在

---

① 当时拿破仑三世的府邸。
② 法国驻意大利的大使馆。

一棵栗树下面,忍受着肉体的痛苦,同时也忍受着精神上更大的痛苦,那情景真叫人难受!那时候,他那孩子般的童心便一览无遗地显现出来了。是的,他像一个孩子,一个有胡子和皱纹的孩子,一个闯了祸但又天真无邪的孩子。看到那情景,使人很难不对他产生恻隐之心,很难使人去扮演宪兵的角色。再说,我又为什么克制自己的激情呢?亲王,至于吻手,我从来只是吻女士们的手,即使那会儿,我也只是为拯救王国而吻了手,而王国也是一位女士,我们军人应对她表示崇敬。"

一个仆人走过来,堂法布里契奥要他拿一块"勃朗峰"和一杯香槟酒。"上校,您不来点吗?"

"谢谢,我不想吃,要不,也给我来一杯香槟吧。"

上校继续讲着,显然,他忘不了那段往事。事实上,那确实是一次聪明机智而又速战速决的漂亮行动;这样的事情最能吸引跟他一样的人。"当我的狙击兵解除加里波第士兵的武装时,他们大声斥骂、诅咒不已,您猜他们骂谁?骂的就是将军,在战场上唯一恪守职责的人。这真是奇耻大辱!不过细细想想,倒也没有什么值得大惊小怪的,因为眼看这个幼稚而又伟大的人物同他们分道扬镳了,而他是唯一能够掩盖他们丑行的人。即使我的礼貌和客套是多余的,我也乐意这样做,因为在我们这儿,在意大利,温情脉脉和频频接吻永远也不会多余,这也是我们行之有效的政治手段。"

上校喝了仆人端来的酒,似乎更增加了他的痛苦和辛酸:"亲王,在王国成立以后,您没到大陆去过吧?您算是幸运,那里的情况并不妙。我们意大利从来也没有像统一以后这么四分五裂。都灵不愿放弃它的首都地位,米兰嫌弃我们,说我们的行政管理比奥地利差,佛罗伦萨则担心它的艺术珍宝被劫掠,那波利因为丧失了工业而伤心落泪,而在这里,在西西里正酝酿着一场没有理性的灾难……目前,红衬衫是无人谈起了,这里也有您谦卑的仆人的一点功劳,将来还会有人提起它们的。当那些红衬衫消失后,代之而起的是另一种颜色的衬衫,然后又是红衬衫。将来怎么样呢?也许人们会说,意大利有保护星。也许会有的,但是亲王,您比我更清楚,真正的、固定的星星是没有的。"他略带醉意,对将来发表了自己的看法。堂法布里契奥想到将来的不安宁,不禁心头一阵紧缩。

舞会进行到很晚,已是清晨六点钟了。人人都精疲力竭,至少在三小时前,他们就想上床睡觉。但是早早退席无疑是等于宣告舞会的失败,那是会得罪主人的。可怜的庞泰莱奥内夫妇为了举办这次舞会,可是煞费苦心,操劳了一阵子呢。

女士们脸色苍白，衣裙揉得皱巴巴的。她们吁吁喘着气。"马利亚！累死人了！马利亚，困死了！"先生们脸色蜡黄，皱纹满布，嘴巴黏糊，又苦又涩，领带弄得七扭八歪。跟乐池高低差不多的地方，有一间不引人注目的小房间，人们络绎不绝地去光顾，里面整齐地放着二十来个大便壶，这时差不多都满了，有几个溢出来流到了地面上。眼看舞会即将结束，昏昏欲睡的仆人便不再更换吊灯上的蜡烛。即将熄灭的蜡烛头散发出朦胧的光芒，像是一种不祥的预兆。餐厅里已是空空荡荡，杯盘狼藉，酒杯里还剩下一点酒底。仆人们一面窥伺着四周，一面慌慌张张地将它一饮而尽。淡淡的曙光已透过百叶窗照射进来。

舞会就要散了，已经有一些人围在堂娜玛格丽特的身边，向她告辞。"妙极了！像梦一样令人陶醉！富有古典的风味！"在一个角落里，堂卡洛杰罗在一张安乐椅里仰头睡着了，唐克雷迪费了好大劲才把他唤醒。他的裤腿已经溜到了膝盖上，结果是，丝袜子上面的短衬裤的边都露了出来，可真够土气的。帕拉维奇诺上校的眼睛也有了一道黑圈，但他对人说，他不回家了，要直接从庞泰莱奥内府邸到练兵场去。事实上，这是每个参加舞会的军人都必须遵守的一条铁的纪律。

当萨利纳全家都上了马车时（露水把坐垫打湿了），堂法布里契奥对家人说，他想步行回家，因为他有点头痛，而呼吸新鲜空气会对他有好处。其实，他是想看看星星，从中寻找到一点慰藉。天穹上，还有几颗星星高高地挂在空中。如同往常一样，他看见星星就感到精神振奋。那些星星虽然远在天际、强大无比，却听从他的运算，恰恰同人相反，人虽然总是近在咫尺，却是那么软弱而且乖张善变。

街道上已有些动静：几辆垃圾车已经出来了，车上垃圾堆得高高的，其高度是拉车的小灰毛驴的四倍。一辆长长的双轮运货敞篷大车上，堆着从屠宰场拉来的刚宰完的牛，已经劈成四爿，既然死了，内脏也就肆无忌惮地暴露在外，一滴滴又浓又红的血不时地落到马路上。

从一条斜巷望去，已经可以隐约看见东方海上的天空。金星裹在秋天的雾霭里，高挂在空中。它对堂法布里契奥总是那样忠贞不渝，无论是他在多纳富伽塔去狩猎之前，还是在这会儿参加舞会以后，总是在清晨等候他。

堂法布里契奥叹了一口气。金星何时才能决定同他在一个始终让人感到安全的地方约会呢？那是一个远离垃圾和血的地方，他们的相会也不再是短暂的了。

第七章
亲王之死

1883 年 7 月

堂法布里契奥常常有一种感觉。数十年来，他一直感到生命之流、生存能力，亦可以说生命本身，或许还有继续活下去的意志，都缓缓不停地从自己的体内离去，像聚在一起的沙粒，一颗一颗地、不紧不慢地、毫不间断地从沙漏的狭口里漏下。在活动频繁、精力集中的某些时刻，这种不断离他而去的感觉消逝了，然而一有安静或内省的机会，哪怕是最短暂的也好，这种感觉又会悄悄出现：像萦绕耳际的嗡声、摆钟的喊嚓声，当其余的一切寂然无声时，它们便跃然而出；于是，人们这时才得以确知：即便听不见，它们依然警觉地存在着。

在其他的一切时间里，只要他稍加留心，便听得见沙粒轻轻漏下的窸窣声，感觉到从他的意识中离去的永不复返的分分秒秒。这种感觉开始时并没有带来任何不适。这种不易察觉的生命力的消逝反而成了生命的标志，成了感觉存在的条件。它并没有给惯于观察浩瀚的外界空间和探索辽阔的内部深渊的堂法布里契奥带来丝毫的不悦；他感到自己不断地被碾成极小的细末，模糊地预感到要在别处重创另一个人（由于上帝的缘故），虽然没有原来的那样有意识，但更为宽容豁达。那些沙粒并没有散去、消逝，却重聚在人所不知的他处，在那里造成一座更为持久的建筑物。不过，他寻思："建筑物"这个词不准确，太笨重了；再说，"沙粒"这个比喻也不妥当。更确切地说，那是从狭小的池塘里发出的水蒸气微粒。它们升入空中，形成大片大片自由自在的缥缈浮云。

他有时颇感奇怪：在这么多年的消耗之后，生命的水库居然还有东西存在。"就是大得像金字塔也不可能呀。"他因为几乎只有自己一个人觉察到这种不断的消逝而经常感到骄傲；而他周围，似乎没有一个人与他有同样的感受。因此，他有理由蔑视别人，就像老兵蔑视新兵把嗖嗖的子弹幻想成没有杀伤力的大苍蝇一样。不知何故，他没有把这些事情说出来，却让周围的人自己去感受；然而，从来没有人有这种能力，连他的女儿们也没有一个能够做到；

她们只是梦想阴曹地府与现实生活一模一样：法官、厨师、修道院，一应俱全。甚至连丝苔拉也感受不到，她曾徒劳地紧紧抓住这痛苦的人生不放，然而却被糖尿病的病魔所吞噬。

或许只有唐克雷迪，当他以责难的嘲弄口吻对他说"好舅舅，你在向死亡献殷勤"的一瞬间，他一定理解到了。现在，殷勤已经献完了，美人说："好吧。"于是堂法布里契奥决定走了，火车包厢也订好了。

因为现在情况不同，完全是另一码事。堂法布里契奥坐在西西里旅馆阳台上的一把安乐椅中，两条大长腿裹在被单里，感到生命正以波浪滚滚之势溢出体外，精神上的拍击之声犹如雷诺河瀑布直泻之声一样，铿锵有力。那是七月底的一个星期一的中午，濒临巴勒莫的大海密密实实、油滑光亮，懒洋洋地伸展在他的面前，意想不到地平静，好像一条狗在主人的威胁之下，尽力平卧在那里，叫人看不见。头顶上的骄阳叉着双腿，一动不动地跨在海上，用皮鞭无情地抽打着大海。万籁俱寂，红日高照。堂法布里契奥此刻只听见体内的生命奔腾而出的巨大声响。

他早上从那波利回到这里，那是几小时以前的事。他到那波利去，是为了请塞莫拉医生看病。在已经四十岁的女儿贡切达和小孙子法布里切托的陪伴之下，他作了一次凄惨的、像葬礼一样缓慢的旅行。出发时和抵达那波利时，港口的熙熙攘攘、船舱里的酸臭味、那座患有偏执的城市里无休止的喧嚣，都使他恼火。这是使弱者疲惫、虚弱的一种牢骚满腹的愤慨，即使对普通的年轻人也会引起同样的不满。因此，他想从陆上回巴勒莫。医生力图打消他这个突如其来的念头，但他硬是坚持己见。他尚存的威望仍然非常强大，所以最后还是他取得了胜利。结果是不得不在发烫的闷罐子里关了三十六个小时：当穿过像发烧的噩梦一样多的隧洞时，被烟呛得透不过气来；当走出像忧郁的现实一样清晰的原野时，又被阳光照得眼花缭乱；最后，又由于要求惊惶失措的小孙子为他做些琐细的小事而感到内心压抑。一路上见到的尽是穷山恶水、疟疾蔓延下麻木不仁的平原。法布里契奥觉得卡拉布里亚和巴西利卡塔的风光显得太不开化，实际上，它们与西西里的风光全然没有两样。铁路线还没有全部修完：在到雷焦去的最后一段路上，火车在梅塔庞托绕了一个大弯，穿过克罗托内和西巴里两个凄凉的地区。这两个地区起了这么强壮和富有贪欲的名字，真是个讽刺。后来，在墨西拿，过了海峡骗人的微笑之后，伯罗利塔尼干旱的山丘就泄露了真相，接着又是一个大转弯，漫长得像延期的诉讼程序一样。在卡塔尼亚是下坡，然后又要上坡到卡斯特罗乔万尼。火车在令人惊讶的斜坡上挣扎,仿佛一匹疲惫不堪的老马,濒于灭亡。火车下了坡,发出震耳欲聋的巨响之后,法布里契奥终于回到了巴勒莫。抵达时,家人满脸堆笑地庆幸旅行顺利结束。正是迎候在火车站上的人们那安慰的笑容,正是那装得不像的强颜欢笑,使他明白了塞莫拉医生诊断的真实意义,而医生对他本人却只说了一些宽慰的话。他走下火车,拥抱了穿着黑色孀服的儿媳以及笑得露出牙齿的儿女,还拥抱了眼睛露出不安神色的唐克雷迪和胸部绸衣被丰满的乳房绷得紧紧的安琪莉卡。就在这个时候,堂法布里契奥听见了瀑布的隆隆轰鸣。

他可能晕过去了,因为连自己也记不清是怎么上的马车。他躺在车里,双腿僵直,只有唐克雷迪一人陪着他。车子还没启动,只听见家里人在车外低声议论:"不要紧。""旅途太长啦。""这么热的天,我们也会晕倒的。""一直这么坐到府邸,会把他累坏的。"他又完全清醒过来,把一切全看在眼里:贡切达与弗朗切斯科·保罗之间严肃的谈话,唐克雷迪穿着讲究的灰褐色的小格子衣服,头戴棕色的帽子;外甥的微笑不似过去那么带有嘲弄神情,却表露出一种忧郁的亲切。一种又酸又甜的滋味涌上心头,他看出来外甥是爱他的,同时也明白了自己已病入膏肓,因为外甥一扫惯有的嘲弄神情,代之以温存和柔情。马车动了起来，向右边拐了个弯。"唐克雷迪，咱们这是到哪儿去呀？"听到自己的声音，他吃了一惊，因为这声音反映了内部的轰隆声。

"好舅舅，咱们到西西里旅馆去；您累了，府邸又远；在旅馆里休息一个晚上，明天再回家。您不觉得这样做好吗？"

"那么，还不如到海边的房子去吧，那儿更近。"

那可不行，房子没有收拾好，这一点他是知道的。它只是偶尔用来在海边吃顿午饭的，那里连张床都没有。

"住在旅馆里更好，舅舅，您在那儿样样都方便。"唐克雷迪像对一个初生婴儿似的对待他。的确，他只有初生婴儿的那点力气了。

他在旅馆里的第一个方便就是请医生：大概是在他昏厥的时候，人们急匆匆地把医生请来了。但来的不是常给他看病的卡塔廖蒂医生。卡塔廖蒂医生笑容可掬，打着白领带，戴着高贵的金丝边眼镜。来的是个可怜的家伙，是这个不幸的居民区的大夫，曾经无能为力地目睹过多少人在贫困中垂死挣扎。在开了线的礼服上方伸出一张满是白色茸毛的、可怜而瘦削的脸庞，一张饥饿的知识分子的没有奢望的脸庞。他从口袋里掏出没有表链的怀表，镀金的表面上露出斑斑驳驳的绿色铜锈。他不过像个可怜的皮囊，由于崎岖山路的颠簸而磨损,不知不觉地流出了最后的几滴油。他摸摸法布里契奥的脉搏,开了樟脑水滴剂,龇着蛀蚀的牙齿做了一个微笑,意思是叫人宽心,可那样子叫人怪可怜的。之后,他蹑手蹑脚地走了。

从附近的药房里很快买来了滴剂,那药还不错。堂法布里契奥觉得身子骨不是那么没劲儿了,但是离他而去的时间仍然风驰电掣般地在消逝,丝毫没有减速。

堂法布里契奥照照衣柜镜子;他认出来的是自己的衣服,而不是自己这个人:高高的、瘦瘦的、双颊深陷,三天没刮的胡子,活像圣诞节时他送给法布里切托的凡尔纳书中插图里的疯疯癫癫的英国人。一只孱弱的豹。为什么上帝让每个人临死时面貌全非呢?为什么无人例外呢?人临死时脸上好像戴着面具,甚至年轻人也是如此。连那个蓬头垢面的士兵也一样;就说保罗吧,当人们在尘土飞扬之中去追赶把他摔下来的那匹马时,另外一些人则把他从人行道上扶起来,他的脸也抽搐着,扭动着。如果生命的流逝在他年迈的老人身上发出那么大的声响,那么,依然满满的水库从那些可怜的年轻人的躯体内倾泻而出的声响又该怎么样呢?

他本想尽自己的可能来违抗这个让人强制变形的荒诞规律,但是他感到无能为力。现在,拿刮脸刀就像过去抬写字桌一样沉重。"得叫一个理发师来。"他对弗朗切斯科·保罗说道，但继而又寻思："不，那是既定之规，虽然令人讨厌，然而形式上要这样做。他们在完事之后会给我刮胡子的。"他想到这里，就大声说道："算了，待会儿再说吧。"想到理发师俯在搁置一旁的尸体上刮胡子，他并不感到不安。

仆人端着一盆温水和一块海绵走了进来，然后给他脱掉上衣和衬衫，替他洗脸、洗手，仿佛在擦洗一个小孩，又像在擦洗一个死人。坐了一天半的火车，身上的煤灰使水变成了黑汤。房间低矮，人们闷得喘不过气来。炎热使气味发酵，有积尘的长毛绒发出一种难闻的味道；几十只被踩死的蟑螂还留在屋里，发出一股药味；床头柜旁边的地上以及屋里其他的地方留着擦不掉的尿渍。堂法布里契奥叫人打开百叶窗。旅馆被树荫遮蔽，然而从呈金属光泽的大海反射过来的光芒却叫人睁不开眼睛。这总比闷室里的臭味好些。他叫人把安乐椅搬到阳台上，然后，扶着一个人的胳膊，步履艰难地移身到阳台上。走了两米路之后，他坐了下来，感觉体力得到了恢复，就像从前在山上狩猎四个小时之后休息的感受一样。"告诉大家，让我安静会儿，我好些了，想睡觉。"他的确感到困倦，不过，他想现在打瞌睡如同在期待已久的宴会前吃一片蛋糕一样愚蠢。他不禁莞尔。"我总是一个明智的贪食者。"于是,他坐在阳台上,沉浸在外界的寂静和内部的可怕巨响之中。

他可以把头转向左边,佩莱格里诺山侧有一个山谷把山脉切断,再远些,有两座丘陵,他的家就在山丘脚下。家对他来说已很遥远,真是可望而不可即了。他又一次想起自己的观象台,想起往后几十年将搁置不用而积满灰尘的望远镜,想起可怜的彼罗内神父,他也变成了灰尘;他又想起领地的画像,壁画上的猕猴,他的丝苔露齐亚死在上面的那张黄铜大床;那一切现在看来微不足道而实际却很珍贵的东西,他都想起来了;金属交错,丝线相织,泥土和草汁绘成的画布;他赋予这些东西以生命,而不久,它们将无辜地坠入遗弃和忘却的虚无缥缈之境。他的心紧缩了,忘记了自己危在旦夕,想到的却是这些可怜而可爱的事物的即将消逝。他身后一排毫无活力的房屋,群山做的屏障以及被太阳鞭笞的一望无际的土地,使他不能清晰地记起多纳富伽塔的面貌;自己的家仿佛出现在梦幻之中,似乎不再为他所有。此时此刻,属于他的只有这个衰竭的身躯,还有脚下的石板以及向深渊疾逝的深色流水。他只身一人,像一个海上遇难者,在木排上听凭急流的摆布而漂泊。

他的儿女们一定都在。儿女们,是的。不过,唯一酷似他的一个，乔万尼却不在这里。乔万尼每两年从伦敦写一封信表示问候，他现在不再和煤炭打交道，而做起了宝石买卖。他曾给丝苔拉写过一封信，后来还寄过一只装着手镯的盒子，那时候丝苔拉已经与世长辞。乔万尼也一样，在"向死亡献殷勤"。他摈弃了一切，为自己作了活中求死的安排。但是，其他的儿女们……还有他的孙子：法布里切托，年纪最小的萨利纳，多么英俊，多么活泼，多么可爱呀……

又是多么可恶，因为他的血管里有马尔维卡的双重血液。他生性喜爱享乐，讲究资产阶级的优雅。毋庸置疑，最后的萨利纳是他，就是此刻在一家旅馆的阳台上生命垂危的瘦削的巨人。因为贵族家庭的意义全寓于传统之中，寓于对生命的回忆之中；而他正是怀有这种不寻常的、区别于其他家庭的回忆的最后一个。法布里切托恐怕只会跟他中学的同学一样，记忆中只留着平淡无奇的印象，比如：午后的点心，对教员的恶作剧，只重价钱不重素质而买的马。姓名的意义将会变成空洞的奢华靡费，永远为别人比自己更阔绰而感到痛苦。人们为追求金钱关系而结合的婚姻，那会成为司空见惯的老一套，而再没有唐克雷迪结婚时的那种大胆进取的韵事。多纳富伽塔的壁毯，拉加蒂齐的杏园，谁知道呢，或许还有安菲特里忒喷泉，它们的下场很可能滑稽可笑；这些多年的已经模糊不清的事物会变成一罐罐的肥鹅肝，很快被吞咽消化，或者变成比脸上的脂粉消逝得更快的无足轻重的女人。而他，法布里契奥，留给孙子的仅仅是这个年老而脾气暴躁的祖父的印象——在七月的一个下午咽了气，恰恰使小孙子不能到里窝那去游泳。堂法布里契奥过去曾想过：萨利纳终归还是萨利纳。他错了。他是最后一个萨利纳。那个加里波第，长着大胡子的火神，终究胜利了。

从通向同一阳台的隔壁房间，传来贡切达的声音："不能免掉，要请他来，如果不这样做，我将遗憾终生。"堂法布里契奥立刻明白了：她讲的是请神父。他一时竟想拒绝、撒谎、大声喊叫，说他身体挺好，什么都不需要。不过，他马上发觉自己的想法很可笑：他是萨利纳亲王，而作为萨利纳亲王，死时当然要有神父在场。贡切达做得对。再说，为什么要免去千千万万行将就木的人们渴望做的事情呢？于是，他没有作声，期待着伴随临终圣体而来的铃声。他很快就如愿以偿了：本区教堂几乎就在旅馆对面。清脆而欢快的铃声爬上楼梯，闯进走廊。房门打开，铃声变得更加尖锐。旅馆经理，一个瑞士人，先走进来，因为恰在自己的旅馆里死了人而气急败坏。跟着走进来的是本堂神父巴尔萨莫，他手里端着圣餐杯，下面是皮盒子装的圣体。

唐克雷迪和法布里切托抬起安乐椅，把它又放回屋里，其他人都跪在那里。堂法布里契奥没说话，只是挥手示意："出去，出去。"他要忏悔了。事情要做就做，要不然就别做。众人走出了房间。但是当他该开口说话时，又觉得没有许多要讲的。记得的只有几个明显的罪过，不过也没什么了不起，不值得在这样的大热天去惊动这位可敬的神父。并非说他认为自己无罪，而是一生都是罪孽，不是这件或那件事的问题。他来不及说出这种想法。他的眼睛一定显出了不安的神色，神父却把它看作是悔恨的表示。从某种意义上说也确实是悔恨。于是他得到了宽恕。他的下巴显然是贴在胸上了，因为神父得跪下来，才能把圣体塞到他嘴里。然后，神父咕噜了几个古老的音节，为他归天铺平道路。这一切做过之后，神父退了出去。

安乐椅没有再挪到阳台上去。法布里切托和唐克雷迪坐在他身边，每人握着他的一只手。孩子凝视着他，露出一种第一次瞅见垂危之人的天然好奇心，再没有其他的表情。要死的人不是别人，而是他的祖父，这就不同了。唐克雷迪紧紧地握着他的手，跟他说话，说了许多许多，兴高采烈地说，说着他参与其中合作的计划，评论政治事件。唐克雷迪是众议员，曾被任命为驻里斯本的公使，知道许多秘密和趣闻。带鼻音的声调，风趣的措辞，在生命之水滔滔地向外奔流时绘出了一幅毫无用处的复杂图案。亲王感激唐克雷迪的闲谈，就使劲地，却没有多大力气地握着外甥的手。他感激唐克雷迪，可实际上并没有听他讲话。他在总结自己的一生，要在一堆消极的灰烬中捡起幸福时刻留下的金碎屑：婚前两周、婚后七周、保罗诞生时的半小时，那时他为延续了萨利纳家谱的一个分支而骄傲（说是"骄傲"有些言过其实，他现在才明白，不过说"自豪"总是可以的）；跟乔万尼在他失踪前的几次谈话（说实在的，那其实是一个人讲话，通过这样的谈话，他觉得在乔万尼身上发现了自己的思想）；在观象台里消磨的许多时光，聚精会神地作抽象运算，追求难以实现的理想。不过，这些时光当真能够记在一生的功劳簿上吗？不会是死亡的真福提前的恩赐吧？管它呢，反正这样的时光是有过的。

在楼下的马路上，一个推着手摇风琴的人停在旅馆和大海之间，奏起了音乐，贪心地希望打动外地人的心弦，可是这个季节是没有外地人来的。奏的音乐是《你展开翅膀飞向上帝》。弥留之际的堂法布里契奥心里想：意大利在这受苦受难之时，听到这种音乐是多么叫人心酸啊。唐克雷迪一向非常敏感，急忙跑到阳台上，往下扔了一枚钱币，示意不要再奏。于是外面又恢复了寂静，可是体内的隆隆声却愈来愈响了。

唐克雷迪啊！确实，许多功劳来自唐克雷迪。他那既可贵又有嘲弄意味的理解力，眼见他巧手应付生活的艰难时刻的美的享受，他那合乎身份的调皮的亲切。还有狗：孩提时期肥大的哈巴狗富菲，急躁而又亲热的长卷毛狗托姆，目光温驯的斯维尔托，笨拙得可爱的本迪科，爱用爪子抓人的波普，还有此刻正在灌木丛中与府邸的扶手椅之间寻找他而找不见的短毛大猎犬。还有马，但是它们不如狗那么亲近，那么熟悉。回到多纳富伽塔的最初时刻，以石头与水表达的传统和永恒的意义，冻结的时间。几次狩猎时愉快的枪击，对野兔和山鹬亲切的杀戮，和图梅奥在一起的欢笑，在修道院里的霉味和蜜饯的味道之中的沉思。还有其他别的时刻吗？当然有，不过那已经是混有泥土的天然金属块了。对一些蠢家伙给予锋利的对答时踌躇满志的时刻，发现真正的萨利纳永远存在于贡切达的美貌和性格之中的高兴时刻，爱恋之情洋溢的时刻，收到阿拉戈[①]主动庆贺他对赫胥黎彗星艰巨运算的准确性而寄来的信件时的惊喜。为什么不呢？他在索邦神学院被授予奖章时得到的公众赞扬，做领带用的精致绸缎的软柔感，浸渍的皮革气味，在街上遇到的几个女人满面春风的笑脸和婀娜多

[①] 阿拉戈（1786—1853），法国物理学家和天文学家。

姿的神态；昨天在卡塔尼亚火车站影影绰绰看见的那个女郎，她混在人群中，穿着一件褐色旅行服，戴一副黄鹿皮手套，在肮脏的火车包厢外面似乎要找寻法布里契奥那苍白而憔悴的面孔。人群中喧嚣沸腾："面包夹香肠！""《西西里邮报》！"然后，疲惫不堪的火车气喘吁吁地爬行……到达目的地时的烈日，掩盖真相的脸庞，瀑布的飞泻而下……

在上升的阴影中，堂法布里契奥试着计算自己实际上活了多少时间。他的脑子里连最简单的数字也算不清：三个月、二十天、一共六个月，六八四十八……四万八千……八十四万。他又开始算起来："我七十三岁，大概活了，真正地活了，最多总共两……三年。"而痛苦、烦恼又有多少呢？没有必要花费心血去算了，剩下的都是七十年。①

他觉得自己的手松开了法布里切托和唐克雷迪的手。唐克雷迪连忙站起来，走了出去……自他体内奔腾而出的不再是一条河，而是一片汪洋大海，波澜壮阔，海面上泛着浪花，激起奔腾的波涛……

他可能又昏厥了过去，因为他忽然发现自己躺在床上。

----

① 此段亲王在病中头脑不清，已失去基本的计算能力，故混乱。

有人摸着他的手腕。从海上反射的光芒透过窗子照得他眼花缭乱。房间里只听见呼噜呼噜的声音,那是他在喘气,但是他自己不知道。

四周围着一群人,一群以惶恐的神色盯视着他的陌生人。他慢慢地认出来了:贡切达、弗朗切斯科·保罗、卡罗莉娜、唐克雷迪、法布里切托。摸他脉搏的是卡塔廖蒂医生,他微笑着向医生表示欢迎,然而谁也瞧不出那是微笑。除了贡切达以外,大家都哭了,唐克雷迪也哭了,呜咽着喊:"舅舅,亲爱的好舅舅!"

突然从人群中挤进来一位年轻女人。她身材苗条,穿一件褐色宽裙旅行服,头戴一顶挂有小珠子短面纱的草帽,但是面纱遮不住她那俏丽的容貌。一只戴有黄鹿皮手套的小手灵巧地推开哭啼着的人们的胳膊,边道歉、边向前走来。是她,那个一直渴望着的美人,现在来接他了。真奇怪,这么年轻的女人会委身于他,火车出发的时刻可能已经临近。她走到他跟前,掀起面纱,羞答答地,但是心甘情愿地为他所有。堂法布里契奥觉得她比他在星空遥见的还要美丽。

大海的咆哮,完全平息了。

第八章
尾 声

1910年5月

无论谁去拜访萨利纳家的三位老小姐,几乎总是可以看见门厅的坐椅上放着几顶教士帽,最少的时候起码也有一顶。萨利纳家有三位小姐,个个都想独揽持家大权,这种明争暗斗使姊妹们产生了龃龉与隔阂。三个人的性格一个强似一个,因此都想有自己个人的忏悔神父。1910年时,忏悔还可以在家里进行。由于三位忏悔者做事都一丝不苟,经常要求作忏悔,于是一群忏悔神父你来我往,络绎不绝。这还不算,再加上小教堂的司铎,他每天清晨都要来主持私人小教堂的弥撒;还有一个耶稣会教士,他包下了萨利纳家的一切精神生活;更有无数僧侣和教士频繁求见,为某区教堂或某项慈善事业讨取布施。这样一来,就不难想象神职人员登门拜访的川流不息景象了。因此,萨利纳家的门厅就像罗马密涅瓦广场周围的一家商店一样,橱窗里陈列着各式可以想象得到的教士法帽,从红艳艳的主教冠冕到乡下神父戴的黑色帽子,琳琅满目,一应俱全。

那是1910年5月间的一个下午。这一天,帽子都跑到一起来了,其盛况确实空前。在远处的一把椅子上放着一顶海棠花色的细海狸大帽,色泽艳丽,帽子旁边还有一只和帽子一色的丝织手套,是右手的:这标志着巴勒莫总主教教区代理主教的光临。一顶边上镶有紫色细带的发亮的黑长毛绒帽,则说明代理主教的秘书也来了。两个耶稣会教士的来到,则由他们那象征着持重和谦恭的不起眼的深色毡帽所代表。小教堂的司铎的帽子则被孤零零地丢在一把单放着的椅子上,这倒挺合乎接受审查的人的身份。

那天的聚会确实非同一般。遵照教皇旨意,红衣大主教已经开始巡视他所管辖的总主教区的私人小教堂,以核实在那里主持宗教仪式的人是否合格,那里的摆设和祭礼是否合乎教会的规定,也为了检查供在那里的圣物是否真实。萨利纳家几位小姐的小教堂在巴勒莫要算是首屈一指,因此红衣大主教第一批想视察的私人小教堂就包括它在内。而代理主教此行就正是为红衣大主教明晨光临亲王府邸这件事作安排的。不知通过什么渠道,关于萨利纳家的小教堂早已有些令人不愉快的说法传到了总主教教区。这当然同小教堂的女主人们的品德以及她们有权在自己家里尽宗教义务的事实无关,这是没有争议的。人们对宗教仪式的正规性和连续性也没有提出异议,这方面几乎可以说是无懈可击的。只是萨利纳家的小姐们过分反对非至亲好友参加小教堂的神圣活动,不过,这种做法是可以理解的。红衣主教大人的注意力集中在亲王府中受人崇敬的一幅画像和圣物,就是陈设在小教堂中的几十件圣物。怀疑这些圣物的可靠性的谣言四起,着实令人不安,因此必须检验一下它们是否确属圣物。小教堂的司铎虽是个满腹经纶、前途无量的教士,但这次因为没有充分提醒那三位老小姐而遭到了严厉的斥责。他被"当头击了一棒",这样说也未尝不可。

会议是在萨利纳府邸那间有猕猴和鹦鹉的大客厅里进行的。贡切达坐在一张已有三十年历史的长沙发上,她的右边坐着代理主教。长沙发的两侧有两把扶手椅,上面各坐着卡罗莉娜和一位耶稣会教士——科尔蒂神父。长沙发和扶手椅上铺的是有红色细条的蓝色毛呢,和室内原是名贵但已开始褪色的墙上挂毯显得极不协调。双腿瘫痪的卡特莉娜小姐坐在一张轮椅上,其余的教士们只好在椅子上就座。椅面和挂毯一样,是绸缎的,大家当然认为椅子比可羡慕的扶手椅要逊色多了。

三姊妹中有的刚过七十而有的则将近七十。贡切达并非长女,但是前面提到的独揽大权的明争暗斗想必早已因为那两位对手的失败而告终,因此谁也不想反对她作为一家之主的地位。

在贡切达的身上,昔日的风韵犹存:她已发胖,但仪态端庄,身穿一件笔挺的黑波纹绸长袍,满头银发向上梳拢,露出她那依然平滑的前额。如此的穿着打扮,再加上她那傲慢的眼神和鼻梁上方一道怨恨的皱纹,使她具有了一副威严的甚至可以说是女皇般的气派。她的一个侄子在一本书里曾经看见过一位俄国有名的女皇的肖像,所以私下里称贡切达为"叶卡捷琳娜"。这个称号很不相宜,由于贡切达一生贞洁无瑕,再加上侄子对俄国历史一窍不通,所以也就不算罪过了。

谈话已经持续了一个小时,咖啡也喝过了,时间已不早了。代理主教归纳了一下自己的意见:"主教阁下慈父般的关怀,要求私人小教堂的宗教仪式必须符合神圣教廷规定的最纯正的原则。正因为这个缘故,他首先关切府上的小教堂,因为他知道贵府像一盏明灯,照亮了巴勒莫全体在俗的教徒。他要求小教堂供奉的圣物无可非议,这对你们自己、对全体信徒的心灵,将产生重大的教育意义。"贡切达听后缄默不语，姊妹中年长的卡罗莉娜可忍不住，终于发作起来了："我们现在在亲友面前成了有罪之人，对不起，大人检查我们的小教堂这个想法，主教阁下本来就不应该有。"

代理主教大人颇感兴趣地莞尔一笑："小姐，您想象不到，您的激动多么叫我高兴：它是一种纯真的绝对的信仰的表示，教会和我主耶稣基督对此当然是再喜欢不过的了。正是为了使这种信仰更加纯洁，更加发扬光大，教皇才建议进行一次检查。再说，这项活动在天主教界已进行几个月了。"

说实在的，在这个节骨眼上提起教皇是不合时宜的。卡罗莉娜属于那么一派天主教徒，他们确信自己的宗教信仰比教皇的信仰更为坚定。庇护十世①进行了某些带有温和色彩的改革，特别是取消了某些次要的宗教节日，这早就使卡罗莉娜恼火了。"这个教皇最好还是管他自己的事去。"说完话，她又怀疑自己太过分了，就画了个十字，喃喃念了一声"荣耀归主"。

贡切达插话了："卡罗莉娜，没想过的就别乱说。大人

---

① 庇护十世（1835—1914），罗马教皇，原名朱塞佩·萨尔托，于1903年当选为教皇，曾进行过一些宗教改革：反对政教分家，主张天主教徒参与政治事务等。

在此，他对我们会有什么想法呢？"

其实，大人此时正比任何时候都笑得欢呢，他只是在想：眼前的这个女人不过是个老小孩，在思想狭隘的天地和缺少正确指导的宗教祭礼中过了一生。于是他友善地采取了谅解的态度。

"大人想的是他面前是三位圣洁的女人。"耶稣会教士科尔蒂神父想缓和一下紧张的气氛，"大人，我生活在更能证实您的话的人中间。当我还是初学修士时，那位至今仍为认识他的人所怀念的彼罗内神父就经常给我讲三位小姐生长的圣洁环境。再说，萨利纳这个名字就足以说明一切。"

代理主教大人要的是具体行动："贡切达小姐，现在一切都说明白了。如果大家允许的话，我倒想参观一下府上的小教堂，好为主教阁下明早观看圣物作个准备。"

法布里契奥亲王在世时，府邸里没有小教堂，每逢节日来临，萨利纳一家都得到教堂去参加宗教仪式，就连彼罗内神父去做弥撒时，每天清晨也要走上一段路。堂法布里契奥去世后，由于遗产继承的种种复杂问题——讲这些事情够使人腻烦的——最后，府邸的所有权完全归属于三姊妹。于是，她们立刻想到要在自己家里建立一个私人小教堂。她们选择了一间僻静的客厅。那客厅里的人造花岗石柱一半嵌入墙内，一半露在外面，令人模模糊糊地联想到罗马的大教堂。天花板的正中原有一幅以神话传说为题材的壁画，它的内容显然不合时宜，于是便叫人把它刮掉了，然后摆起一张祭坛，一切就绪，小教堂就这样产生了。

当代理主教迈步走入小教堂时，夕阳的余晖正照进室内。祭坛上方挂着三位小姐极为崇敬的一幅画，此刻完全沐浴在阳光之中。那是一幅具有克雷莫纳①风格的画。画面上有一位纤弱而又惹人爱怜的少女，两眼向天仰望，一头棕色的浓发妖媚地披散在半裸露的肩膀上，右手握着一封揉皱了的书信，脸上流露出一种焦虑不安的期待神色，但她那纯洁的双眸又闪烁着喜悦的光芒。画面的背后是一派优美葱绿的伦巴第景色。在这幅画里，既没有圣婴耶稣，也没有念珠，没有蛇和星星。总之，一般圣画中经常与马利亚的形象同时出现的象征，一个都没有。也许，画家认为这副童贞表情足以叫人认出她就是马利亚。代理主教大人朝前走去，登上祭坛的一级台阶，连十字也没有画，便停在画前仔细端详了一阵，他像一个艺术批评家，脸上露出了欣赏的微笑。跟随在他后面的三姊妹，一面画着十字，

---

① 意大利伦巴第的一个城市。

一面低声吟诵《圣母颂》。

随后,大人走下台阶,转过身来说:"是一幅好画,富于表现力。"

"这是一幅灵验的圣像,大人,非常灵验的圣像!"可怜的残废人卡特莉娜从轮椅上探着身子说,"它显了多少圣迹啊!"卡罗莉娜也紧接着说:"它表现的是呈信圣母。她正要呈上圣信,祈求圣子保佑墨西拿①的老百姓。而墨西拿的老百姓非常荣幸地得到了这种保佑,这已为两年前发生地震时出现的许多奇迹所证实。"

"一幅好画,小姐,不管它表现的是什么意义,都算得上是一件艺术佳作,值得珍视。"然后,他便去观看圣物了:一共七十四件,密密麻麻地挂满了祭坛两侧的墙。圣物都装在镜框里,上面贴有一张纸条,标明装的是何物,以及证实其真实性的证件的号码。带有各种印鉴的证件又大又厚,都放在小教堂一角的锦缎面箱子里。各式各样的镜框应有尽有:银质刻花或没有花纹的、黄铜的、珊瑚的、玳瑁的、金银丝的、稀有木材的、黄杨木的、红丝绒的、蓝丝绒的、大的、小的、八角形的、四方形的、圆的、椭圆的。它们是从博科尼商店里买来的,价值连城。三姐妹

---

① 西西里的一个城市,1908年12月28日曾发生过一次大地震,造成6万人死亡,全城几乎完全毁灭。

虔诚的心灵把这些摆放在一起的框架视为超自然的至宝，一种宗教的责任感促使她们收藏了它们。

真正说起来，收藏圣物的活动起源于卡罗莉娜。是她发现了堂娜罗萨，一个上了年纪的胖女人，算是半个修女，因为她和巴勒莫城郊的大小教堂、修道院和慈善团体都有关系，并且从中获利。就是这个堂娜罗萨，每隔两三个月必然到萨利纳府邸来一趟，并且带来一件用薄纸包着的圣徒遗物。据她说，这是她从某个财政困难的区教堂或某个家业中落的贵族家庭那里弄到手的。如果不说出卖主的姓名，那也仅是出于一种可以理解的，甚至是应该表扬的审慎而已。再说，堂娜罗萨每次总带来说明圣物真实性的证明，并且把它们交给主人。这些证件都一清二楚，不是用拉丁文，就是用奥秘的文字，据说是希腊文或者古叙利亚文写的。贡切达出钱付款，因为她掌管家务和经济。然后，就是物色和配制框架，把圣物装起来。这又是连睫毛也不眨一下的贡切达付钱。有一阵子，大概连续有两年的时间，收集圣物的嗜好甚至到了使卡罗莉娜和卡特莉娜连觉都睡不好的地步。每到清晨，姐妹俩就互相述说各自遇见奇迹的梦境。有时候，她们把梦说给堂娜罗萨听，经她一圆梦，两人就一心一意盼望梦幻变成现实。贡切达做什么梦，谁也不知道。到后来，堂娜罗萨去世了，圣物的搜集才差不多全部停止。况且,小姐们对这项活动也有些腻味了。

代理主教大人比较匆忙地观看了几副比较显眼的镜架。"宝物!"他说,"宝物,多么漂亮的镜架!"随后,他又称赞了一番主人们的漂亮的陈设(他是使用但丁的话说的),并说好明天陪红衣主教阁下一道前来("是的,九点整")。最后,他朝悬挂在侧壁上的一幅端庄的庞培圣母像跪下施礼,画了个十字,退出了小教堂。门厅坐椅上的帽子马上不见了,教士们各自登上守候在庭院里的三辆马车,那是总主教区用黑马拉的三辆马车。代理主教大人特意要小教堂司铎蒂塔神父跟他同坐一辆马车,对于这一特殊待遇,蒂塔神父颇为受宠若惊。马车启动了,大人缄默不语;车子沿富丽堂皇的法尔科内里府邸缓缓而行。精心收拾的花园使人耳目为之一新,一株盛开的九重葛伸出墙头。当马车来到了朝巴勒莫微微倾斜的坡路时,周围是一片橘园,大人这才开口讲话:"蒂塔神父,这些年来,您竟有胆量在那个姑娘的画像前面主持圣祭?那个画像中的姑娘收到了约会的情书,不是正在等待她的情人吗?请您不要对我说您也以为那是一幅圣像了。"

"大人,我知道,我有罪。可是,萨利纳家的小姐们,特别是卡罗莉娜小姐,可不容易对付呀。您还不了解这点。"

经蒂塔神父一提醒,代理主教大人不禁打了一个寒战:"孩子,你的话击中了要害,我们要好好地考虑这一点。"

卡罗莉娜给嫁到那波利的妹妹基亚拉写信,把自己的满腔愤怒全都发泄在信里了。卡特莉娜被这么长时间的难以忍受的谈话弄得疲惫不堪,上床休息去了;而贡切达则回到了自己那寂寞的闺房。那是一间有两副面貌的房间(这样的房间为数甚多,以致可以说差不多都具有这个特点):一副是伪装的,是给不知真情的来访者看的;另一副是赤裸的,仅对了解情况的人,特别是对主人才显示出来,因为只有主人才能看出它们那凄凉的实质。房间里洒满阳光,面向深邃的花园,一角摆着一张高床,上面放着四个枕头(贡切达患有心脏病,几乎得坐着睡觉)。美丽的白色地板嵌着黄色的方格,没铺地毯;一只贵重的钱柜,上面的几十只小抽屉饰有宝石和玳瑁;有一张写字台,中央还放有一张桌子。所有的家具都是当地制作的,具有马焦利尼[①]欢快的风格,用黄檀木做成,上面有琥珀色的奔跑的猎人、猎犬和猎物。这一套摆设连贡切达也觉得过时了,甚至俗不可耐。她去世后,这套家具被拍卖了。现在成了一个富有的委托人的骄傲,他的"夫人"举行鸡尾酒

---

① 马焦利尼(1738—1814),伦巴第人,以制作精美家具和镶嵌细工闻名。

会时,她的女友们看着这套摆设羡慕不已。一切都是那么干净、整齐。只有两件东西似乎显得有点不同一般:对床的屋角里耸立着四只绿色大木箱,每只箱子上都有一把大挂锁;木箱前面的地板上放着一块破烂的皮毛。心地单纯的客人看到这房间如此模样,可能会付之一笑。这房间说明一个老处女的温顺和井井有条。

了解底细的人都知道,这间闺房对贡切达来说,意味着回忆僵化了的往事的地狱。四只绿箱子装着几十件衬衫,其中有白天穿的,有夜间穿的,还有无数的晨衣、枕套和床单,都被细心地分成"好的"和"一般的"。这是五十年前为贡切达准备的嫁妆,但是没有用上。锁是从来不打开的,怕从里面跳出不受欢迎的魔鬼。巴勒莫到处弥漫着湿气,因此衣物发黄了,腐蚀了,永远没有用了,谁也用不上了。肖像上画的是不再被爱戴的死去的人们,照片是朋友们的,他们活着的时候曾经给她造成心灵上的创伤,大概仅仅为了这个缘故,他们死后才没有被她遗忘。水彩画表现的是屋舍和田园,现在大部分都被卖掉了,被败家的侄儿们廉价处理了。如果仔细看一下那块虫蛀的皮毛,就会发现那上面有两只竖立的耳朵,一个黑木的脑袋,两颗黄玻璃做的发直的眼睛:这是四十五年前死去的、用防腐香料保存下的本迪科,现在它成了蜘蛛和蛀虫的安乐窝。

仆人们早就对它恨之入骨，几十年来一直要把它扔进垃圾堆里去。但是，贡切达一直反对，因为她不忍丢掉这唯一不令她感到痛苦的纪念往日的物品。

然而，今天的痛苦（到了一定年龄，痛苦是每天必定有的）却都和当前有关。贡切达远不如卡罗莉娜那么激动，但比卡特莉娜更为敏感。她已经理解到了代理主教大人光临小教堂的意义，并且预见到了这次巡查的后果：命令撤出所有的，或者几乎所有的圣物，掉换祭坛上方的画，还有可能要对小教堂重新祝圣。对于那些圣物的真实性，她本来就不大信服，但是她出了钱，把它们买下，就像一个毫不在乎的父亲，付清了买玩具的钱，但他本人对那些玩具丝毫不感兴趣，只不过用它来哄哄孩子们罢了。拿走这些物品对她是无所谓的。但是，她更痛苦、担心的是萨利纳家在教会面前丢了脸，过不了多久，全城也都会对萨利纳家产生不好的印象。在西西里，教会对这种事情处理慎重，是不成问题的，但是起不了多大的作用。一两个月以后，一切都会张扬出去。西西里岛上的大小事情传得很快。其实，它不该用三角形，而应以锡拉库萨①的迪奥尼西奥②的耳朵作为自己的象征，因为他可以使轻轻的一声

---

① 西西里的一大城市。
② 公元前 300 多年时，治理锡拉库萨的统治者。

叹息响遍方圆五十米的地方。贡切达很尊敬教会。萨利纳家的名望渐趋消失。萨利纳家的财产是分了又分,按最好的情况设想,也只能与许多地位低下的家族的财产相当,但大大地少于某些阔绰的工业家的产业。然而,在教会中,在与教会的关系中,萨利纳家的成员却总是高人一等。应该瞧瞧,当三姊妹从前在圣诞节时去拜会红衣主教大人时,他是如何盛情款待她们的!可是现在呢?

一个女仆走了进来:"小姐,王妃驾到,汽车停在院子里了。"贡切达连忙起身,理理头发,往肩上披了一条黑纱巾,目光中重新显出一种威严的神色。当她来到门厅时,安琪莉卡已经登上外面台阶的最后几级。安琪莉卡患有静脉曲张症:她的腿本来就长得有点短,现在更加行走不便,因此,她上楼时得挽着自己贴身仆人的胳膊。仆人的黑色大氅拖到台阶上。"亲爱的贡切达!""我的安琪莉卡!我们有多久没见啦!"确切说来,从她们上次见面分手以后,才过了五天;但是姑嫂之间的亲密(从接近和感情上讲,这种亲密与数年之后把意大利人和奥地利人各自拴在毗邻的战壕里的亲密完全一样),却好像真的把五天变成了好多天。

安琪莉卡虽然已年近七十,但昔日的丰姿美貌依然可见。三年以后将把她变成可怜亡灵的疾病已经开始形成，潜伏在她的血液深处。绿色的眸子依然如故，只是由于上了年纪，略显暗淡；脖颈上的皱纹被大衣轻柔的黑缎带遮住。三年前她成了孀妇，穿着这样的大衣，却也增添了一番思旧的风韵。"有什么办法，"她搂着贡切达向小客厅走去，边走边说，"有什么办法，就要庆祝'千人团'五十周年纪念了，简直没法清静。你想想看，前几天通知我，请我参加名誉委员会。这当然是为了缅怀我们的唐克雷迪作出的表示，可是我得办多少事呀！考虑来自意大利各地的老军人的住处，安排观礼台上的请柬，还得想周全，不能得罪任何人，考虑岛上的大小市长都得参加纪念活动等等。对啦，亲爱的，萨利纳的市长是个教士，他拒绝参加游行。因此，我立刻想到你的侄子法布里切托。正好他来看我，得啦！我可就抓住他啦。他不能拒绝我。如此一来，我们到月底就可以看见法布里切托穿着长大氅在'自由路'上游行了，他前面有写着大大的'萨利纳'字样的牌子。你不觉得这一招很妙吗？萨利纳家的一员向加里波第致敬！这将是新老西西里的结合。我还想到了你，亲爱的，这是给你的贵宾观礼台的请柬，就在王室观礼台右边。"安琪莉卡从巴黎买的提包里拿出一张跟加里波第红衫一样红的卡片，那红色跟唐克雷迪曾经有一阵子戴在领子上面的丝带是一个颜色。"卡罗莉娜和卡特莉娜一定会不高兴的。"她武断地继续说道,"可是我只有一个座位,再说,你比她们更有权利,你是我们唐克雷迪最喜欢的表妹。"

安琪莉卡健谈,善于辞令。和唐克雷迪相处四十年的共同生活,一种暴风雨般的、时断时续的,但相当持久的共同生活,使她在口音和举止中,失去了多纳富伽塔最后的烙印。她处处模仿唐克雷迪,甚至也经常交叉双手,轻柔地扭动它们,这是唐克雷迪常做的动作。她读书很多,在她的桌子上,法朗士与布尔热[①]的最新作品同邓南遮[②]与塞劳[③]的著作交相更换。在巴勒莫的"沙龙"里,安琪莉卡堪称为卢瓦尔河[④]流域法国城堡的建筑研究专家,她讲起这些城堡时,常常赞美得不够确切,有时可能无意识地把它们那种文艺复兴的宁静与多纳富伽塔府邸的巴洛克风格的繁复相比较。不了解她那卑微和寂寞的童年底细的人,会觉得她对多纳富伽塔府邸怀有无法解释的厌恶。

"瞧我这个记性,亲爱的!我忘了告诉你,参议员塔索尼过一会儿要到这里来。是我邀请他到法尔科内里府邸来

[①] 布尔热(1852—1935),法国作家,批评家。
[②] 邓南遮(1836—1938),意大利作家。
[③] 塞劳(1856—1927),意大利女作家兼记者。
[④] 法国河流名,发源于塞文山脉,经中央高原,西流注入大西洋的比斯开湾。

作客的。他想和你认识一下,他是可怜的唐克雷迪的至交兼战友。看来,他过去听唐克雷迪说起过你。我们亲爱的唐克雷迪啊!"她从提包里掏出一条有细黑边的手帕,用它擦拭着依然美丽的眼睛里流出来的一滴泪珠。

在安琪莉卡喋喋不休地讲话时,贡切达时而插上几句话。不过,当听到塔索尼的名字时,她不作声了。她仿佛又看见那个已经很遥远,但仍然很清晰的情景,就好像通过倒转的望远镜看见的景物一样:一张白色大桌子,周围坐着一圈人,他们现在大部分都已不在人间,唐克雷迪坐在她身边,他现在也已经去世了,再说,她自己实际上也已死去。粗鲁的故事,安琪莉卡歇斯底里的笑声,她自己不亚于歇斯底里的眼泪。那次宴会是她一生的转折点,当时走上的道路把她引到了这里,引到了这一片没有爱情、没有怨恨的沙漠,因为爱情破灭了,怨恨消失了。

"我听说你们跟教会之间有些麻烦事。他们真讨厌!可你为什么不早告诉我呢?否则,我还可以做点什么。主教很尊敬我,只怕现在为时已晚。不过,我在底下活动活动吧,不会一点用处也没有的。"

塔索尼参议员不久就来了,他是一位衣着非常考究的快活的小老头。他家资万贯,而且财富还在不断增长,都是通过竞争和斗争得来的。这种经历不仅没有使他精力衰竭，反而使他充满活力，没有受到年龄的限制而富于激情。在加里波第南方部队待过的几个月，使他具有一种永不磨灭的军人气概。这种军人气概和彬彬有礼的举止赋予他一种魅力，使他起初颇受女人的垂青，而现在又由于拥有大量的股票，就有了慑服银行和棉织业董事会的威力。半个意大利和巴尔干半岛的大部分国家，全用塔索尼公司生产的棉线来缝纽扣。

"小姐，"塔索尼向贡切达说道，一边在她身旁的一只矮凳子上坐下，那是专为青年侍从准备的，正因为这个，塔索尼才选择了它，"小姐，我在非常遥远的青年时代的一个梦想今天终于得以实现。在沃尔图诺河岸①和在被围困的加埃塔城平坡周围露营的寒夜，我们难以忘怀的唐克雷迪有多少次向我讲起过您！这使我仿佛认识了您本人，到过了您度过倔强的青年时代的这所房子，能够在您——使我们解放事业中真正的英雄得到安慰的人的脚下，献上我的敬意，我感到非常荣幸，虽说为时已晚。"

贡切达很不习惯和并非从童年起就认识的人交谈，她也不太喜欢看书，因此，她不能抵制夸张的修辞，反倒被它的魅力所感染，神魂颠倒了。她听了参议员的话，大受

---

① 意大利河流名，发源于亚平宁山脉中部，在加埃塔湾入海。

感动，因而忘记了半个世纪前的战争轶事，觉不出塔索尼这个人曾经侵犯过修道院，嘲弄过可怜的、魂不附体的修女，此时此刻，她只把他看作是一个老人，是唐克雷迪的一个忠实的朋友。他讲起唐克雷迪时热情洋溢，对幽灵似的她则带来了死去的人的敬意，通过死人极少能逾越的时间的沼泽传了过来。"我亲爱的表哥对您讲我什么啦？"贡切达轻声地问道，羞怯使她在黑绸衣裙和苍苍白发之中又回到了十八岁的年代。

"噢！讲了很多事情！他讲起您和讲起堂娜①安琪莉卡几乎不相上下！安琪莉卡对他意味着爱情，而您呢，则是美妙的少年时代的象征，那个时代对我们当兵的来说真是过得太快啦。"

贡切达衰老的心房又一次感到冰冷而紧缩，可是塔索尼却已提高了嗓门，转向安琪莉卡说道："王妃，您还记得唐克雷迪十年前在维也纳跟我们说的话吗？"接着他又转过身向贡切达解释道："我那时为贸易协定的事随意大利代表团去维也纳。唐克雷迪在大使馆款待我，表现出朋友和同胞的伟大襟怀和高贵绅士的和蔼可亲。可能是因为在那个敌对的城市里重见昔日的战友打动了他的心弦，

---

① 堂娜（Donna），意大利南方人在女人名前加的尊称。

他给我们讲了多少他的往事啊！有一次，我们到歌剧院去看《唐璜》，在幕间休息时，他在包厢里以他那独一无二的嘲弄口吻向我们说起了一个过错，他的一个不可饶恕的过错——他是这么说的，一个对您犯下的过错。是的，对您，小姐。"他停顿了片刻，以便让听话的人为意外的事作好思想准备，"您想，他对我们说，一天晚上，在多纳富伽塔的一次宴会上，他斗胆编造了一个故事讲给您听，那是一个跟巴勒莫战役有关的战斗故事。可是您竟信以为真，生起气来，因为根据五十年前的看法，类似那样的事是有点胆大妄为的。您责备了他。'她真迷人！'唐克雷迪说，'当她朝我怒目而视，气得可爱地噘着小嘴时，那副模样真是天真无邪。她真叫人心醉，要不是我克制住自己，我真能当着二十来人的面，当着我那可怕的舅舅的面把她搂在怀里。'小姐，您可能忘了这件事，然而唐克雷迪却记得一清二楚，他的心多么细腻啊！他记得清楚，也是因为他犯错的那天，正是他和堂娜安琪莉卡初次相识的一天。"塔索尼的右手在空中向下一划，对王妃致了一个敬礼。哥尔多尼①的传统仅在王国的参议员中保留着。

谈话又继续了一段时间，然而此时很难说贡切达积极

---

① 哥尔多尼（1707—1793），意大利剧作家。一生写有剧本约250部，代表作有《女店主》《一仆二主》等等。

地参与了谈话。真情突然披露,慢慢地渗入她的思想里。开始时,她还不太感到痛苦,但是,当客人告辞而去,剩下她独自一人时,她开始看得更清楚了,因而也就更加痛苦起来了。往事的幽灵多年来已被驱散,不过,它们隐藏在各处,使食物发苦,使女伴之间互相厌恶,可是它们的真面目却许久不见了。现在却跳了出来,并且裹上了一层悲哀的喜剧色彩,一种不可补偿的、痛苦的、悲哀的喜剧色彩。如果说贡切达还爱唐克雷迪,那当然荒谬,因为爱情的永恒只是几年,而不是五十年。然而,一个痊愈了五十年的天花病患者,虽然可以忘记疾病的折磨,但已在脸上留下了疤痕。所以贡切达在自己受压抑的现实生活中,仍然有着失望的伤疤。那几乎是一种历史性的失望,它之所以是历史性的,是因为现在大家正忙着正式庆祝五十周年纪念。到今天为止,每当她少有地回想起多纳富伽塔那个遥远的夏日发生的事情时,就感到自己做了牺牲品,蒙受了委屈,以致怨恨起对她漠不关心的父亲,并对另外一个死去的人感到心碎肠断。可是现在,这些构成她的思想支柱的派生的情感也崩溃了。敌人是不存在的,只有一个对手,就是她自己。是她自己的不慎,是萨利纳家人特有的狂怒,毁了她自己的未来。几十年后的今天,回忆往事,她却不能把自己的不幸归罪于别人而引以自慰;其实这种自慰只不过是绝望者自欺欺人的最后伎俩罢了。

如果事情真像塔索尼说的那样,那么,在父亲肖像前长久地品尝怨恨的滋味,把唐克雷迪所有的照片都藏起来,以免也勾起对他的仇恨,都成了毫无意义的愚蠢行为,或说得更厉害些,都成了冷酷的不公平。当她回忆起唐克雷迪央求舅舅允许他进入修道院时那热切的、哀求的声调时,她感到痛苦。那是爱她的话语,可是她当时没有理解,自己的傲慢和冷酷驱走了这些话语,使它们像挨揍的小狗,夹着尾巴逃跑了。现在真相大白,她内心永恒的深处泛起了极端的痛苦,将她完全占有。

不过,这究竟是真的吗?什么地方也不像西西里,在这里,真话的日子不会长久。事情发生在五分钟之前,可是它那纯真的核心已经消失、伪装、美化、变样,被幻想和私利所压制、所消灭;廉耻、惧怕、慷慨、仇恨、怜悯,投其所好,一切的激情,好的坏的都在内,一齐向这桩事猛扑过来,把它撕得粉碎,刹那间就无影无踪。不幸的贡切达想找寻半个世纪前没有表达出来的,只是模糊感到的真实感情!它已不复存在。它是短暂的,它被无可辩驳的痛苦所取代了。

与此同时,安琪莉卡和参议员走了不多远就到了法尔科内里府邸。塔索尼忧心忡忡,"安琪莉卡,"他说(三十年前他和安琪莉卡曾有过一段私情,并且还保持着那种不可取代的亲密关系，有时他们还在同一床被单下度过几个小时），"我担心是不是什么地方叫你的表妹不高兴啦。她后来很沉默，你注意到了没有？我感到遗憾，她确是一位和蔼可亲的女人。"

"我想，你是叫她不高兴啦，维托里奥，"安琪莉卡由于双重的、然而是幽灵般的妒忌而恼怒地说，"她爱唐克雷迪爱得发狂，可是唐克雷迪根本看不上她。"就这样，又有一铲泥土抛上了实情的土堆。

巴勒莫的红衣主教确实是一位圣人，如今，他去世已有多年，可是对于他的仁慈和忠实，人们至今还牢记于心。然而，当他在世时，情况却并非如此：他不是西西里人，也不是南方人或罗马人，他是个北方人。好几年以前，他就积极活动，力图改变西西里岛老百姓以及神职人员的惰性和迟钝的精神状态。在两三个同一籍贯的秘书的协助下，他起初幻想兴利除弊，清除最大的绊脚石，但是很快他就发现这等于往棉絮里开枪：一时打穿的小窟窿瞬间就被数千条合谋的纤维所填满，一切又恢复了原状。然而，火药是要花本钱的，徒劳无益的努力令人耻笑，最后还把东西毁坏。这样一来，红衣主教大人得到了"笨蛋"的美称（在当时的环境里，这倒也不无正确之处）。那个时候，所有想改造西西里居民性格的人都得到了和他同样的待遇。

于是他只得满足于一些消极的慈善事业,但是,如果这种活动要求获益者稍微辛苦一点的话,譬如说,到大主教府邸去一趟,那就只能使红衣主教阁下更加不受人欢迎。

5月14日晨,年事已高的红衣主教来到萨利纳府邸。他此时为人虽然善良,但对任何事已不抱幻想,以至于对他管辖的主教区的信徒抱着一种既蔑视又怜悯的态度(有时候,这样做终究还是不正确的)。由此一来,他办起事来就显得生硬、干脆,结果更加陷入了不得民心的泥塘。

我们知道,萨利纳家三姐妹对巡视她们家小教堂一事深感不快。然而,她们那幼稚的、身为妇道的内心深处同时附带地又不可否认地预感到某种满足:那就是能够在家中接待红衣主教阁下,向他炫耀萨利纳家的豪华——她们确信这种景象多少年来并没有丝毫变化,尤其是在半小时之内看着那华丽的红色长袍在自己家里飘忽而行,欣赏各种红色集于一身的和谐与绚丽的色调,并且为那厚实的锦缎的熠熠光彩而神驰目眩。但是,可怜的女人们连这微不足道的最后的希望也注定不能如愿以偿。她们走下外面的台阶时,看见车里下来的主教阁下衣着简朴,身穿庄重的黑色长袍,只有袍子上的红色小纽扣代表着他那尊贵的地位。尽管他的脸上露出一副仁慈的、却已被触怒的神色,但从风度上讲,并不比多纳富伽塔的总司铎威严多少。他于彬彬有礼之中现出冷漠;他对萨利纳家族和小姐们个人的美德表示了自己的敬意,同时又瞧不起她们的愚昧无知和流于形式的虔诚:他能把这两者巧妙地融而为一。当他们穿过一间间摆设讲究的客厅时,代理主教不禁赞叹不已,而红衣主教阁下却对此毫无表示:对备好的饮料和糕点,他也拒不领情("谢谢,小姐,我只要一点水就行啦,因为今天是我的主保圣人瞻礼节的前夕。");他连坐也不坐,就直接向小教堂走去。他在庞培圣母像前跪了一会儿,在圣物前匆匆而过。然而,当他向跪在门厅的女主人和仆从们祝福时,却显出了温顺的神色。最后,他对一夜未眠、脸上带有倦容的贡切达宣布说:"小姐,三四天内不得在小教堂举行圣祭仪式。不过我一定亲自关心,尽快为小教堂进行再祝圣的仪式。我认为,庞培圣母像应当占据祭坛中央的位置,而原来的那幅画却完全可以和我经过您家客厅时欣赏到的精美艺术品放在一起。至于圣物,我把我的秘书堂巴基奥蒂留在这里,他是一位很有才干的教士,对圣物的证件,他将一一检查,并把检查结果通知你们。他的决定就如同我的决定一样。"

他慈祥地让众人吻了他的戒指,然后,迟缓地同他的几个随行人员上了马车。

车子还没到法尔科内里府邸的拐弯处,这一边卡罗莉娜就已经挛缩着下巴，目光炯炯地大声喊道："我看这个教皇是够残酷的！"与此同时，大家忙着给卡特莉娜嗅乙醚。只有贡切达镇定自若，和堂巴基奥蒂谈着话，后者最后还用了一杯咖啡和一块罗姆酒蛋糕。

随后，教士要了开证件箱子的钥匙，又从自己的提包里取出了小槌子、小锯子、螺丝刀、一个放大镜和两支铅笔。他向主人告退后，就一个人进了小教堂。此人在梵蒂冈古文字学学校里读过书，此外，他还是个皮埃蒙特人。他的工作很仔细，用的时间很长。仆从们走过小教堂门口时，只听见里面击槌声、拧螺丝的吱吱声和叹息声混成了一片。三小时之后，堂巴基奥蒂出来了，长袍上沾满灰尘，双手乌黑，但是神态愉快，戴眼镜的脸上流露出安详的表情。他手里提着一只大藤筐，抱歉地说："我擅自动用了这只筐子，好把没用的东西放在里面。我可以把它放在这里吗？"说着，他就把那只装满碎纸、纸板、骨头盒、软骨盒的藤筐放在屋角里。"我高兴地通知你们，我发现五件确是真正的圣物，值得成为崇敬的对象。其余的都在这里了。"他指着筐子说，"小姐们，能够告诉我什么地方可以掸掸身上的土、洗洗手吗？"

五分钟后，他就回来了，一面还在用一条大毛巾擦着手，毛巾边缘有红线绣的一只舞豹。"我忘了说，镜框都整齐地放在小教堂的桌子上,有几只实在很漂亮。"他告辞要走了,"小姐们,向大家致意。"卡特莉娜拒不吻他的手:"那筐子里的东西,我们该怎么办呢?"

"完全随您的便,小姐,收起来也行,扔进垃圾堆也行,反正它们一点价值也没有。"贡切达想派一辆马车送他回去,他说:"小姐,不必费心啦。我到住在附近的奥拉托利会会员那里去吃午饭。我什么也不需要。"他又把自己的工具放进提包里,然后,迈着轻快的步子离去。

贡切达回到自己的闺房里,她毫无任何感觉,只好像生活在一个既熟悉而又陌生的世界里。这个世界已经耗尽了她的精力,只存在于形式之中。父亲的肖像不过是几平方厘米的画布,绿色的箱子也不过是几立方米的木头。没过多久,仆从给她送来了一封信。这封信用黑色火漆封着,上面印有一枚凸出的王冠。

"最亲爱的贡切达,我已知悉红衣主教阁下的光临;有几件圣物得以保存下来,我为此感到高兴。我希望力争代理主教大人亲自来为得到再次祝圣的小教堂主持第一场弥撒。塔索尼参议员明日即将离去,他向你致意①。我很快就

---

① 原文系法语:bon souvenir。

来看你,亲切地拥抱你,拥抱卡罗莉娜和卡特莉娜。你的安琪莉卡。"

贡切达看完了信,还是没有任何感觉:她内心十分空虚。只有那块皮毛发出一股令人不舒服的气味。这就是今天的痛苦,因为甚至连可怜的本迪科也勾起了她辛酸的回忆。她按了一下铃。"安内塔,"她对一个女仆说,"这狗皮确实虫蛀得太厉害,而且积满灰尘。把它拿走,扔掉吧。"

这堆骨头和皮毛被拖走时,那双玻璃眼睛死盯着贡切达,像一切被扔掉的即将被消灭的东西一样,发出了一声卑贱的埋怨。几分钟以后,本迪科的遗体被扔到了后院一个堆放垃圾的地方。当它从窗子里被扔出去的时候,它飞翔在空中,刹那间重现了它的形态。人们好像看见一只长胡子的四足动物在半空中张牙舞爪,右面的前爪向上举着,似乎在祈祷。后来,它一下子就无声无息地落到了一堆暗绿色的尘土上。

(1957年5月)

译后记

1958年11月,一位名不见经传的西西里岛巴勒莫人写的长篇小说《豹》出版发行了。此举立即轰动了意大利文坛,小说成为当年畅销书。1959年5月,书已经印到了十八版,并获得斯特雷加(Strega)文学奖。1961年,小说被译成法、英、德等文字。

这个不为人知的巴勒莫人就是朱塞佩·托马西·迪·兰佩杜萨;然而,书在斯人去,作者已于1957年7月23日病故。书的出版也是一波三折。作者在世时,相继遭到蒙达多里(Mondadori)及埃诺迪(Einaudi)出版社的拒绝,后来,书稿辗转传到了作家乔治·巴萨尼手里。他认定这是"本世纪一部佳作",遂把它推荐给了费尔特里内利(Feltrinelli)出版社,并为该书写了序言,《豹》终于得以问世。

多年来经过研究兰佩杜萨的学者的探寻和考证，兰佩杜萨的身世之谜慢慢浮出水面，他的基本生活轨迹也日渐清晰。事实证明他的成功不是偶然的，并非是人们所谓的"奇迹"，而是与其特殊的家庭环境和渊博的学识分不开的。

1896年12月23日，兰佩杜萨诞生在巴勒莫一个古老而又日趋没落的贵族家庭。曾祖父是一位天文学家。兰佩杜萨是独生子，孤寂的童年养成了他内向、沉默的性格。阅读是他的爱好，给了他许多乐趣。

兰佩杜萨在十岁之前就开始和父母去巴黎旅游，后来，他学习法语，可以直接阅读法文书籍，他喜欢巴黎的文化氛围和法国文学，赞赏卢梭、司汤达、巴尔扎克和普鲁斯特等法国作家。

1914年至1915年，他在热那亚大学法律系读书。第一次世界大战爆发，他中断了学习，应召入伍，在战场上受伤，被俘，关在匈牙利的松博特海伊战俘营中。后来，兰佩杜萨越狱成功，历尽艰辛，徒步返回祖国。

从1925年开始，他多次去伦敦旅游。这使他和英国文学结缘。莎士比亚、狄更斯、萨克雷等古典作家令他折服。他在伦敦结识了未来的生活伴侣——亚历桑德拉·沃尔夫·斯托梅尔西。亚历桑德拉是拉脱维亚人，母亲是意大利人。1932年8月24日，一对情侣在拉脱维亚里加城的一座教堂里举行了婚礼。婚后，在里加居留期间，兰佩杜萨学习俄语，阅读俄国文学作品，普希金、托尔斯泰等作家把他带进了一个新的文化天地。

1953年至1955年，他在家乡以私人授课方式召集了一些有才华的青年，和他们一起探讨文学。在这群人中，有的日后成为著名学者。例如，焦阿基诺·兰扎·迪·马扎里诺（兰佩杜萨的义子）成为研究音乐的学者，弗朗切斯科·奥兰多成为法国文学专家。奥兰多写的《回忆兰佩杜萨》提供了许多这一阶段关于老师的有价值资料。

1955年至1957年是兰佩杜萨致力于文学创作时期。父母的过世、外祖父家府邸被变卖、自家府邸在二战期间被飞机炸毁等事件，对兰佩杜萨是很大的打击，令他感到更加孤寂和失落。1954年夏天，他陪表弟——诗人彼科洛参加了在伦巴第的圣·佩雷克里诺举行的一次文学会议。早年就萌发的创作意识此时已日趋成熟，此后，他就全神贯注地投入到长篇小说《豹》的创作之中。

兰佩杜萨天资聪慧，通晓英、法、德、俄及西班牙等国语言。在博览群书中，他吸收了本国及其他多国经典文学中的精华，化为己有，再把它们融入自己的作品中。他丰富的人生经历和多元化的文化底蕴是他写作的源泉。

书稿完成后，1957年5月27日，他被诊断患有肺癌，到罗马医治无效，于1957年7月23日离开人世。

《豹》叙述的是西西里一个古老贵族家庭在资产阶级革命风暴中经历衰亡的历史。"豹"是这个家族的族徽，象征着这个家族的权势和威严。

十九世纪，意大利经历了一场轰轰烈烈的反外族占领，要求自由和解放的民族统一运动。世纪初，意大利出现了秘密团体烧炭党。三十年代，马志尼成立了青年意大利党，主张建立共和国。当时，奥地利、法国和西班牙分别控制着意大利北部、中部和南部，意大利处于四分五裂状态。1859年，意、法对奥战争获胜，迫使奥军退出伦巴第，推动了意大利北部和中部的革命浪潮。一些城市和地区，如帕尔马、摩德纳、马尔凯、翁布里亚、托斯卡纳并入了皮埃蒙特的撒丁王国，部分实现了统一。不久，革命风暴席卷南方各地。1860年4月，西西里岛爆发了农民起义，遭到南部波旁王朝政府军的血腥镇压。青年意大利党人加里波第闻讯率千人团前往援助。5月11日，他们在西西里岛西部的马尔萨拉登陆，消灭了政府军。波旁王朝覆灭，西西里全境得到解放。10月21日，经过公民投票，统一的意大利王国诞生了。北部原撒丁王国国王埃马努埃莱成为一国之君。意大利复兴运动是意大利人民争取民族独立与统一的资产阶级革命运动。从实质上讲，是经济发达、思想开明的北部（城市）与经济落后、思想保守的南部（农村）的较量，北部在这一番较量中胜出。北部和南部之间的差异与矛盾，始终是困扰意大利的一大问题。

小说《豹》正是以加里波第登陆马尔萨拉为切入点，展开了萨利纳家族在这一动荡时期发生的故事。萨利纳亲王在这一社会变革中，像海藻一样，随波逐流，同时由于同旧王朝有着千丝万缕的联系，内心的冲突十分激烈，经常为一种不安、失落和死亡感所折磨。外甥唐克雷迪投身革命，他的一句话"假使我们希望一切如故，就得先让它一切都变"，令萨利纳恍然大悟：以不变应万变。国家的统一在历史上是前进了一步，但是，国家的体制仍然是君主专政制，而不是人民共和制。新兴的资产阶级与没落的封建贵族阶级经过较量后，不但互相妥协，而且进一步勾结，劳动人民则受到双重压迫。加里波第在阿斯普罗蒙特受伤后，贵族们频频举行舞会，庆幸劫后余生。作者的出身背景使他在书中流露出对未来的悲观情绪和怀疑主义，但是客观上揭示了意大利复兴运动的软弱性和妥协性。

小说中除了社会变革这一条主线外，还有一条支线，那就是爱情。萨利纳亲王的外甥唐克雷迪和市长女儿安琪莉卡的爱情与结合，是建立在政治和经济利益基础上的。唐克雷迪要凭借安琪莉卡家的财富步入政界，而安琪莉卡则需依靠萨利纳家族的声望进入所谓的上流社会。小说从这个侧面衬托了新、旧两个阶级的互相利用、互相渗透的现象。

《豹》对西西里岛的社会也作了一定的剖析。它通过生动的语言向读者展示了这个岛屿的旖旎风光、物质和精神上的贫困以及黑手党的猖獗。西西里长期以来受到外族的侵占和统治。自公元前735年以来，它就成为异族占领的殖民地。希腊、迦太基、东哥特、拜占庭、撒拉逊、诺曼底以及西班牙等侵略者接踵而来，使西西里人民处于水深火热之中。

小说对人物性格刻画得有血有肉，活灵活现。萨利纳亲王是中心人物，他表面上威严，内心却很脆弱。他不善理财，却怜香惜玉，醉心于对星空的研究。他的复杂而矛盾的精神世界被描绘得十分细腻，层次分明，跌宕起伏，表现了他思想上的多面性。这个人物的原型是作者的曾祖父朱利奥·托马西。他生于1814年，是个天文学家，曾发现两颗小行星，获得法国索邦神学院的奖励。书中其他人物也各具鲜明个性，栩栩如生。

《豹》出现在第二次世界大战以后意大利新现实主义由盛而衰时期。它以国人关切的历史题材、生动诙谐的语言及高超的艺术技巧，打破了当时意大利文坛沉寂的局面，令人耳目一新。从出版到二十世纪八十年代，销售量超过百万册，被译成十五国语言，并且引起文艺界的广泛关注。小说《豹》曾在电台广播，并被改编成歌剧，反响很好，还被搬上银幕。影片由意大利电影大师维斯康蒂执导，由美国演员伯特·兰卡斯特、法国演员阿兰·德隆以及意大利女星克劳迪娅·卡尔迪纳莱联袂主演。该片大获成功，获得戛纳电影节金棕榈奖。

1961年，兰佩杜萨的《短篇小说集》也出版了。其中包括《莉海娅》《幸福与法规》、一部未完成的长篇小说《瞎眼的猫》以及一篇幼年时期的回忆录《我幼年待过的地方》，他还写有关于法国作家司汤达的文学讲稿，至今仍被欧洲大学作为参考教材。如果他不是过早地被病魔夺去生命，一定会给读者奉献更多优秀的作品。兰佩杜萨的一生是短暂的，但是，他留下的长篇小说《豹》却是不朽的。

2007年12月于北京